KING

Título original: *Kate and Clara's Curious Cornish Craft Shop*

© 2020, Ali McNamara
© 2023, de la traducción por Juan Carlos Postigo Ríos
© 2025, de esta edición por Antonio Vallardi Editore S.u.r.l., Milán

Todos los derechos reservados

Primera edición en esta colección: junio de 2024
Tercera edición en esta colección: mayo de 2026

Newton Compton Editores es un sello de Antonio Vallardi Editore S.u.r.l.
Pl. Urquinaona, 11, 3.º 1.ª izq. Barcelona, 08010 (España)
www.newtoncomptoneditores.com

Gruppo editoriale Mauri Spagnol S.p.A.
www.maurispagnol.it

ISBN: 978-84-10080-45-4
Código IBIC: FA
DL: B 4.871-2024

Diseño y composición de interiores:
David Pablo

Impreso en mayo de 2026 en Puntoweb s.r.l., Ariccia (Roma), en Italia.

Ali McNamara

La pequeña tienda
de los corazones felices

Traducción de Juan Carlos Postigo Ríos

Newton Compton Editores
Barcelona, 2025

*Esta es la primera novela completa que escribo
desde que me diagnosticaron esclerosis múltiple,
así que me gustaría dedicársela a todos
mis compañeros* Spoonie[1] Warriors,
*a sus familias y a quienes se preocupan por ellos.
Seguid luchando y creyendo. Al final, lo conseguiremos.*

[1] El término *spoonie* del inglés *spoon*, «cuchara», derivado de la teoría de las cucharas, se emplea para denominar a aquellas personas que sufren de dolor crónico (*N. del T.*).

Uno

—No lo pillo –dice mi hija mientras mira fijamente el enorme lienzo de vivos colores de la pared que tenemos delante–. Es como algo que hice cuando era pequeña y pegaste en la nevera para que lo viera todo el mundo.

Tengo que darle la razón, pero, consciente de dónde estamos, elijo mis palabras con cuidado.

–Se llama «arte moderno» –susurro–; no todo el mundo lo entiende.

–¿Tú lo entiendes? –pregunta Molly, que sigue con una voz un poco demasiado alta para mi gusto–. Y, más concretamente, ¿crees que es bueno?

Unas cuantas personas que se encuentran cerca desvían su intensa mirada de la obra de arte que tienen delante hacia nosotras.

–Molly, tienes que bajar la voz –susurro de nuevo, sin responder a su pregunta–. Las galerías de arte son un poco como bibliotecas: a la gente no le gusta que la molesten mientras estudia.

Molly se cruza de brazos.

–En una biblioteca la gente quiere llevarse los libros a casa. No creo que nadie quiera llevarse a casa una serie de manchas azules que se repiten, ¿verdad, mamá?

Abro la boca para darle la razón, pero una refinada voz femenina habla primero.

–De hecho, este cuadro es una de nuestras obras más populares. Nuestra tienda vende más postales, láminas y bolsos reproducidos a partir de esta obra de arte que de cualquier otra de toda la galería.

Miro a la mujer que está a nuestro lado. La he visto alguna que otra vez por el pueblo, contoneándose con bufandas de colores brillantes y capas de ropa desparejada.

–Es evidente que trabaja usted aquí –respondo con amabilidad–. Me parece que la he visto por St. Felix.

–Soy una de las conservadoras de la galería –responde con prepotencia–. Estoy a cargo de la nueva exposición sobre Winston James. Supongo que están aquí para la inauguración de esta noche.

Nos mira de arriba abajo como si se estuviera preguntando si nos han invitado por error.

–Sí –digo, sacando la invitación del bolso.

La mujer me la quita y la examina detenidamente.

–Ah –dice con complicidad–. Negocio local, ¿no? Tiene sentido.

–Sí –le respondo, arrebatándole la invitación–. Soy la dueña de Kate's Cornish Crafts, en Harbour Street. Vendemos artículos de arte y artesanía –recalco cuando me mira perpleja.

–Mmm –dice la mujer, que al momento pierde el interés por nosotras cuando entran más personas por las puertas de la galería principal–. La fiesta es por allí. –Señala vagamente en dirección a unas pesadas puertas de cristal–. Disfruten de la velada. –Luego se acerca corriendo a un hombre corpulento que lleva una larga gabardina negra y un sombrero negro tirolés a juego–. ¡Julian! Qué maravilla que hayas podido venir –exclama, y le da un beso al aire en ambas mejillas.

–Vamos –le digo a Molly mientras sonríe divertida ante el excéntrico grupo de gente que sigue a Julian por la puerta–. Cuanto antes acabemos con esta fiesta, antes podremos irnos a casa.

–¡Kate! –nos llama poco después una joven con voz alegre mientras Molly y yo permanecemos de pie allí plantadas con nuestras bebidas de cortesía mirando a la gente que nos rodea.

A algunos los reconocemos como vecinos de St. Felix y otros parecen muy distintos de los visitantes habituales de fuera del pueblo, pero encajan muy bien en el entorno de la galería de arte.

–¡Poppy! –le respondo, encantada de ver a una de mis compañeras propietarias de tiendas de Harbour Street–. ¿Cómo estás? Hacía mucho tiempo que no te veía.

–No he estado mucho en la floristería últimamente –dice con una mueca Poppy–. Náuseas matutinas –explica, dándose palmaditas en la barriga.

–¿Estás embarazada otra vez? –pregunto, encantada–. ¡Eso es maravilloso!

–Desde luego que sí –responde Poppy con cara de satisfacción–. Espero que ahora que estoy de más de doce semanas empiece a sentirme un poco mejor, como la última vez. Hola, Molly –dice al verla–. ¿Lo estás pasando bien?

Molly se encoge de hombros.

–No está mal.

Poppy sonríe.

–Me recuerdas a mi hijastra Bronte. Ella habría dicho algo similar a tu edad, al verse arrastrada a un lugar como este por uno de sus padres.

Molly mira incómoda a Poppy.

–Es una noticia maravillosa lo del bebé, Poppy –le digo–. No sabía que estabas esperando otro.

–Jake y yo se lo estamos diciendo a la gente ahora que es seguro. De hecho, creo que Jake ha tardado todas estas semanas en hacerse a la idea de que va a volver a ser padre.

–Este será su… cuarto hijo, ¿no?

–Sí, el segundo conmigo. Es que los dos primeros ya no son ni niños. Bronte tiene veinte años y Charlie veintidós.

–Bronte está en la universidad de arte, ¿no? Creo que una vez vino a comprarnos un cuaderno de dibujo, pero no creo que quedara muy impresionada por nuestra gama algo limitada.

–Tampoco puedes vender de todo, ¿no? –dice Poppy con pragmatismo–. La mayoría de las tiendas de St. Felix son bastante pequeñas. Tienes suerte de tener ese sótano para tener más espacio en la tienda. Seguro que Bronte encontró algo en tu tienda que le venía bien; nunca deja de dibujar. –Poppy se inclina hacia mí–. Sus dibujos son mucho mejores que la mayoría del «arte» que cuelga de estas paredes. Es un poco… infantil, ¿no?

–Supongo, pero es mejor que algunas de las obras de las otras salas. Parece como si alguien acabara de lanzar pintura a algunos de los lienzos de por ahí. Al menos se sabe qué es lo que representan estos cuadros.

–Eso es cierto –coincide Poppy–. En realidad solo he venido esta noche para apoyar la galería, ¿tú no? Es genial que hayan vuelto a abrir después de todas las renovaciones. Siempre vemos un aumento de visitantes cuando este lugar está abierto. ¡Parece que hay mucha gente que aprecia el arte moderno más que yo!

Sonrío. Poppy nunca tiene pelos en la lengua y admiro su honestidad.

–Está bien saber que pronto habrá más visitantes. Yo no lo sabía; la galería ha estado cerrada desde que abrí la tienda.

Poppy se queda pensativa.

–Sí, supongo. Me había olvidado de que ha estado cerrada tanto tiempo. ¿Cuándo llegaste…? ¿Hace doce meses?

–Dieciocho. Acababan de cerrar la galería por renovación cuando llegué.

–Dios, ¿tanto? Cómo pasa el tiempo.

Se oye el sonido de alguien golpeando un vaso de vino con una cuchara y la sala se calla mientras todos nos volvemos hacia el ruido.

–Damas y caballeros. –Es la mujer de antes–. Les pido que me presten atención unos instantes, por favor. –Espera a que toda la sala guarde silencio antes de comenzar–. Gracias. Como muchos de ustedes sabrán, me llamo Ophelia Fitzpatrick y soy la conservadora jefe de la Lyle Gallery. Como saben, nuestra magnífica galería acaba de reabrir después de nuestra extensa y, si me lo permiten, fabulosa reforma, así que estoy segura de que esta es la primera vez que algunos de ustedes nos visitan desde entonces. Seguro que todos estarán de acuerdo en que las renovaciones han valido la pena y la galería es ahora aún más impresionante que nunca. –Nos hace gestos a nuestro alrededor y hay una pequeña ola de aplausos–. Estoy convencida de que también estarán de acuerdo en que una galería, por asombrosa que sea su arquitectura, solo es tan buena como las obras de arte que exhibe y, como muchos de ustedes habrán visto esta noche, tenemos algunas obras de arte increíbles expuestas de forma permanente.

–«Increíbles» no es la palabra que yo usaría –murmura Poppy a mi lado, y Molly le sonríe con aprobación.

–Pero estoy muy contenta –continúa Ophelia– de que nuestra primera exposición especial en la Lyle Gallery sea de un artista local que vivió y trabajó aquí, en St. Felix, en los años cincuenta. Estoy segura de que todos han estado apreciando y admirando las numerosas obras de arte que estamos orgullosos de exponer en nuestras paredes, pero si no lo han hecho porque han estado demasiado ocupados divirtiéndose los animo a que se dejen cautivar y embelesar por ellas antes de que se marchen esta noche. Pero, antes de que se apresuren a hacerlo, tengo el inmenso placer de presentarles a alguien que puede contarles mucho más sobre estos maravillosos cuadros y sobre el propio artista. Permítanme darle la bienvenida al escenario a alguien que conoció a Winston James mejor que nadie: su hijo Julian.

Ophelia rompe a aplaudir con entusiasmo, y la sala se une con una respuesta algo más apagada cuando el mismo hombre que hemos visto fuera unos momentos antes con sombrero y abrigo, ahora con un traje azul marino hecho a medida, camisa azul pálido y pañuelo de lunares blancos, sube al pequeño escenario provisional junto a ella. Le da un beso en ambas mejillas y le quita el pequeño micrófono con confianza.

–Gracias, Ophelia –le dice, haciéndole un gesto para que baje del escenario y que a nadie le quede duda alguna de que ahora le toca a él ser el centro de atención.

–¡Saludos, amigos! –dice Julian James dirigiéndose con entusiasmo a la sala.

Miro con recelo a Molly, pero ella ya está sonriendo y levantando el teléfono un poco más para poder grabarlo.

Pongo la mano sobre el objetivo de la cámara.

–¡Mamá!

Niego con la cabeza. Frunce el ceño y baja el teléfono.

–¿Puedo llamarlos «amigos»? –pregunta Julian, con una expresión de preocupación en sus rasgos cincelados–. Mi padre formó parte de la vida de St. Felix durante tantos años que siento que todos ustedes son sus amigos y su familia, y por lo tanto también los míos.

Poppy resopla a mi lado y se apresura a tomar otro sorbo de su zumo de naranja para disimular su diversión.

Julian parece percibir cierta disensión entre la multitud y mira con preocupación en nuestra dirección. Al instante me dedica una sonrisa encantadora.

Le devuelvo la sonrisa amablemente.

–Lo tienes en el bote –murmura Poppy, dándome un codazo.

–No lo creo –digo, poniendo mala cara–. No tengo el listón tan bajo.

–Pero debe de estar forrado –susurra Poppy, divertida–. Ahora que el padre pintor ya no está, toda la pasta debe de ser suya. Si puedes pasar por alto ese ridículo vello facial y la voz rara, es todo tuyo.

–¡Basta! –exclamo, intentando no reírme.

–St. Felix formó parte de la vida de mi padre durante muchos años –continúa Julian–, por eso le gustaba pintarlo a su manera. –Señala uno de los cuadros que tiene detrás–. Así que sé lo mucho que le habría emocionado saber que todos sus cuadros de St. Felix se exponen aquí, en la Lyle Gallery, este verano para que los admiren tanto ustedes, los lugareños, como todos los visitantes de St. Felix. –Levantamos las manos para aplaudir, pero Julian continúa–: De hecho, estoy seguro de que muchos de ustedes, propietarios de pequeños negocios, agradecerán muy pronto a mi padre que este verano haya aún más visitantes en el pueblo gracias a esta exposición, así que les pido que alcen sus copas en agradecimiento al genio que fue, y sigue siendo, el señor Winston James.

–Casi me convence –dice Poppy mientras levantamos a medias nuestras copas–, pero luego nos ha dicho lo agradecidos que deberíamos estar, y, aunque estoy de acuerdo en que las visitas son una ventaja para todos nosotros, es un poco pretencioso, ¿no?

–Parece bastante engreído –digo, echando un vistazo en busca de Molly, que parece haberse escabullido a alguna parte.

–Le sale la pomposidad por las orejas –dice Poppy con su habitual tono directo–. Ay, perdona, Kate, acabo de ver a Rita por allí. Tengo que hablar con ella sobre unas flores que nos han encargado para un convite de boda en el Merry Mermaid. Vuelvo enseguida.

Poppy saluda a Rita con la mano y se abre paso entre la multitud de asistentes, muchos de los cuales parecen estar subiéndose al escenario en ese momento para hablar con Julian.

«¿Dónde ha ido Molly?», vuelvo a pensar, mirando a mi alrededor. No es propio de ella alejarse.

En realidad, tengo que admitirlo, últimamente sí que es más propio de ella. Desde que Molly es adolescente, ha cambiado; no físicamente –sigue siendo pequeña y enjuta–, pero sí en otros aspectos. Ahora viste con vaqueros, botas pesadas y camisetas con emblemas llamativos. Sin embargo, la diferencia no está en su aspecto, sino en que cada vez es más independiente.

Sintiéndome aún más incómoda de pie, sola y sin nadie con quien hablar, me vuelvo hacia el cuadro que tengo más cerca y finjo examinarlo.

Poppy tiene razón: el estilo es un poco infantil a primera vista. PUERTO DE ST. FELIX AL ATARDECER, se lee en la plaquita que hay bajo el cuadro.

«Mmm… Supongo que sí que es el puerto», pienso, mirando más de cerca el lienzo. Es fácil reconocer el característico puerto del pueblo con el pequeño faro al final, y enfrente las casitas de piedra encaladas que aún bordean el puerto, ahora en su mayoría tiendas, cafés y alojamientos vacacionales, y no viviendas para familias de pescadores, como en los años cincuenta. Sin embargo, la perspectiva de la imagen me resulta extraña, aunque tal vez sea deliberado. Además, el artista ha utilizado líneas y pinceladas muy básicas para completar su obra, por lo que se parece mucho a la visión de un niño pequeño del pueblo pesquero al que yo ahora llamo hogar.

–Uno de los favoritos de mi padre –dice una voz grave y madura por encima de mi hombro.

Me doy la vuelta y encuentro a Julian James un poco demasiado cerca para mi gusto. Tiene un vaso de vino tinto en la mano y le da un largo y lento sorbo mientras espera mi respuesta.

–¿De verdad? –pregunto amablemente, volviéndome hacia el cuadro–. ¿Por qué?

–¿No es evidente? –dice Julian, acercándose al cuadro.

–Tal vez tú puedas explicármelo.

El olor a *aftershave* caro y vino tinto me llena las fosas nasales mientras espero lo que supongo que será una respuesta muy larga sobre la calidad de la luz, las pinceladas maestras, la profundidad y los sentimientos.

–¡Fue una de sus obras más vendidas! –se ríe Julian, así que me vuelvo hacia él–. Se ha hecho más *merch* de esta pequeña preciosidad que de cualquier otra.

–¿*Merch*?

–¡*Merchandise*! –Se frota los dedos–. ¡Y donde hay *merchandise* hay dinero! ¡Mucho dinero!

–Ah, ya veo –respondo, preguntándome si Julian podría disgustarme más de lo que ya me disgusta–. Estoy segura de que tu padre nunca pensó en que sus cuadros fueran comerciales cuando los creó, ¿verdad?

Vuelvo a mirar el cuadro. Al lado del materialismo de Julian, de repente me parece muy puro e inocente. Me cuesta imaginar que alguien que ha creado una obra de arte tan ingenua como esta fuese tan interesado como para prever el dinero que podría ganar con ella.

–¿Estás de broma? Mi padre era el despilfarrador más extravagante e imprudente que he conocido. Le encantaba derrochar el dinero. Para él, cuanto más, mejor.

–Lo estás retratando muy bien –digo con ironía.

–Ah… –Julian me señala con el dedo–. Qué ingeniosa. Eres un pajarito muy listo, ¿verdad?

–Lo intento –respondo educadamente, deseando que alguien venga a por mí o a por Julian para no tener que soportar más su compañía.

¿Por qué de repente nadie quiere hablar con él? Unos minutos antes nadie podía acercarse a él.

–¿Qué haces aquí? –me pregunta Julian–. Creo que algunos de los invitados de esta noche son hombres de negocios locales y, por supuesto, mujeres –añade, agitando amablemente la mano en mi dirección–. ¿Eres una de ellas?

–Sí, soy la dueña de una de las tiendas de Harbour Street –le digo con orgullo–. Es una tienda de artesanía. Kate's Cornish…

–Qué bien –me interrumpe Julian, que no parece muy interesado–. Tu propia tienda.

–Estoy muy orgullosa de ella.

–Estoy seguro. Toma –dice Julian hábilmente, metiendo la mano en el bolsillo–, ¿por qué no te quedas mi tarjeta? Quizá quieras llamarme algún día. Podemos hablar de negocios y de otras cosas… –Me hace un guiño sugerente y casi vomito–. Suelo venir a Cornualles. Tengo una casa de vacaciones aquí y una villa de lujo en el sur de Francia. –Sigue enumerando sus propiedades como si fuera lo más normal del mundo–. Además de un piso en el sur de Londres, pero dudo que vayas mucho a la capital, ¿verdad? Es un viaje largo desde aquí.

–No –le contesto, cogiendo su tarjeta. Quiero decir mucho más, pero me muerdo la lengua, no quiero montar un numerito–. Tampoco voy mucho al sur de Francia. Taunton suele ser mi límite antes de que me dé el *jet lag*.

–Qué pena –continúa Julian alegremente, sin darse cuenta de lo que estoy diciendo–. Viajar es lo que más me gusta hacer, ya ves… Ah… ¡muy lista! *Jet lag*. Ya lo pillo.

–¡Julian! –lo llama Ophelia mientras corre hacia nosotros, para mi inmenso alivio–. Aquí estás. Tienes que conocer… Ah, usted otra vez –dice, sin intentar ocultar el desdén de su voz al verme–. ¿Está pasando una… agradable velada?

–La verdad es que sí –digo en un tono alegre, viendo la oportunidad perfecta para levantarme–. He visto cuadros maravillosos y me acaban de invitar a una villa de lujo en el sur de Francia para hablar de negocios… –Golpeo con aire despreocupado la tarjeta de Julian contra la palma de la mano para que Ophelia pueda verla bien, mientras le dedico lo que espero que sea una sonrisa deslumbrante–. Yo diría que es bastante agradable para un martes por la noche, ¿no crees?

»Estamos en contacto –le digo al engreído de Julian mientras aprovecho para escapar de los dos–. Adiós, Ophelia. Gracias por una velada realmente única.

Asombrada, me mira sin comprender.

A continuación me doy la vuelta y me alejo de ellos lo más rápido que puedo, esperando no encontrarme con ninguno de los dos pronto, y consciente de que la posibilidad de que esté «en contacto» con Julian es tan remota como la de que una gaviota no le robe la empanada de Cornualles a un turista este verano.

Dos

–¡Voy a dar un paseo con Barney, Anita! –digo desde lo alto de las escaleras de la tienda–. ¿Podríais Sebastian o tú subir un rato?

Engancho la correa de cuero rojo de Barney a su collar y me mira agradecido, así que le froto detrás de las orejas rubias justo donde le gusta y me acaricia la mano con el hocico.

–No te pongas nervioso –le digo–. Solo vamos a dar una vuelta rápida; luego tengo que coser.

Anita aparece al final de la escalera seguida de cerca por su joven colega Sebastian.

–No hace falta que subáis los dos –les digo–. No tardaré mucho.

–¡Pausa para el té! –dice Sebastian, agarrándose teatralmente la garganta–. Estamos deseando una taza de té, ¿verdad, Anita?

Anita asiente con su cabeza gris.

–Ya hemos desembalado casi todo. Solo quedan unos cuantos cachivaches: agujas de ganchillo, paquetes de agujas de bordar… ese tipo de cosas, pero no nos llevará mucho tiempo.

–¡Lo habéis hecho muy rápido! –digo, asombrada de que hayan desempaquetado muchas de las cajas que hemos recibido en la tienda este mismo día.

Es una entrega de material para manualidades, así que la mayoría son cosas pequeñas y complicadas que tardan siglos en colgarse en los raíles de madera o apilarse en los estantes de cristal de la planta baja.

—No nos andamos con tonterías cuando nos ponemos en marcha, ¿verdad, Anita? —dice Sebastian, rodeando con un brazo de chico joven a Anita por los hombros, mucho mayor que él—. Somos un gran equipo.

—Lo somos cuando dejas de parlotear uno o dos minutos —dice Anita de buen humor, dándole una palmadita cariñosa en el hombro.

Barney tira un poco de la correa.

—Muy bien, ya voy —le digo—. Volveré dentro de un rato. Puede que Molly llegue del instituto antes de que volvamos. Si es así, decidle que no puede estar más de quince minutos aquí en la tienda antes de ponerse a hacer los deberes arriba. Sé que la tentarás con un poco de tu tarta casera, Anita.

Anita sonríe.

—Ay, es que se lo merece. Es una buena chica.

—Sé que lo es, pero también sé que preferiría pasar el tiempo aquí abajo con vosotros dos que arriba haciendo los deberes.

—¿Qué tal os lo pasasteis en la galería anoche? —pregunta Anita—. He oído que fue bastante gente.

—Sí, estaba abarrotado; apenas podías moverte. Es increíble lo que pueden atraer un par de bebidas y un volován gratis. La exposición estaba bien, supongo, si te gusta ese tipo de cosas. Los cuadros no eran de mi agrado, la verdad. Quizá debería haberte dado las entradas, Sebastian.

Sebastian estudia en una Facultad de Bellas Artes de Londres la mayor parte del año, pero en vacaciones vuelve a casa, a St. Felix, a vivir con sus padres, y entonces me ayuda en la tienda. Estamos tan ocupados en los meses de verano que puedo permitirme el lujo, por los pelos, de contratar a dos empleados a tiempo parcial.

Sebastian se encoge de hombros.

–Qué va, no pasa nada. He estado en la galería muchas veces. En realidad no sé mucho sobre Winston James... ¿Su obra era buena?

Arrugo la nariz.

–«Buena» no es la palabra que usaría para describirla... ¿«Infantil», tal vez?

–¡Seguro que quieres decir naíf, querida! –dice Sebastian con una floritura de manos–. Eso es lo que siempre dicen los críticos cuando parece que ha pintado la obra un niño de tres años.

Me encanta eso de Sebastian: aunque es estudiante de arte, nunca se comporta como tal. No es un «fantasioso», como sugirió Anita cuando le dije que lo contrataría el verano pasado. Llama a las cosas por su nombre y admiro su sinceridad. Sí, es animado y un poco exagerado a veces, pero tiene buen corazón, es muy trabajador y los clientes lo adoran.

–Estoy segura de que anoche sonó mucho esa palabra –le digo, guiñándole un ojo–. ¡Vale, Barney! –le digo al cruce entre un labrador y un *golden retriever* que me toca la pierna–. Ahora ya sí que voy.

–Antes de que te vayas, Kate –dice Anita–, se me había olvidado decirte que antes ha llamado Noah, de la tienda de antigüedades. Dice que tal vez tenga algo que te interese.

–¿En serio? –le digo, preguntándome qué demonios podría tener Noah que yo quiera–. Bueno, gracias. Iré después del paseo con Barney.

Barney y yo dejamos a Anita y Sebastian con su té y, sin duda, con un buen cotilleo, y recorremos la calle a paso ligero camino del puerto.

Tengo mucha suerte de haber encontrado unos empleados tan buenos para ayudarme. Al principio éramos Anita y yo, y se podría decir que ella venía con el local. Antes de que yo fuera la inquilina, era una antigua tienda de lanas, propiedad de una anciana llamada Wendy, que también vivía encima de la tienda, como Molly y yo ahora.

Por lo que he oído, Wendy y Anita solían llevar el local como si fuera una parada de cotilleo para las señoras mayores del pueblo, y era muy popular. Sin embargo, estoy segura de que hacía tiempo que no obtenían beneficios. Cuando Wendy falleció, por desgracia, se habló mucho de lo que iba a ser de Wendy's Wools, hasta el punto de que, cuando llegué yo y dije que quería abrir una tienda de artesanía, el propietario casi me abrazó de alegría y alivio porque el querido local volvería a abrir sus puertas con un negocio parecido. Incluso me ofreció un descuento en el alquiler si aceptaba quedarme con Anita, cosa que en aquel momento no me convencía demasiado. Ahora, echando la vista atrás, no sé qué habría hecho sin sus conocimientos y consejos sobre cómo hacer que mi pequeña tienda funcionara tanto para los lugareños como para los veraneantes que acuden a St. Felix.

Digo «pequeña tienda», pero en realidad tenemos dos plantas desde las que comerciamos. Para poder vender una gama lo más amplia posible de artículos de arte y artesanía, he reformado el sótano. Arriba, en la planta baja, tenemos mis propios diseños textiles, la mayoría hechos a mano por mí con un poco de ayuda de algunas de las señoras del pueblo, a las que contraté cuando las ventas despegaron el verano pasado.

Tener mi propia tienda ha sido una de mis ambiciones a largo plazo, y de vez en cuando tengo que pellizcarme porque no solo he logrado cumplir mi sueño, sino que también estoy ganando bastante dinero.

En verano, cuando baja la marea, está permitido llevar perros a la inmensa playa del puerto que se crea por la extensión de arena que dejan las olas. Una vez que Barney y yo nos hemos abierto paso entre las numerosas barcas de pesca encalladas que la marea baja ha abandonado en ángulos extraños sobre la arena mojada, le suelto la correa y recorre la playa a grandes saltos hasta que encuentra el primer olor interesante; entonces, cuando se ha detenido a olisquearlo demasiado tiempo, le doy un silbido y me persigue. Cuando nos hemos alejado lo suficiente para ver las olas rompiendo contra la arena, Barney me mira esperanzado.

–¡Ni lo sueñes! ¡No vas a meterte a nadar ahora mismo! –le digo antes de que tenga tiempo de lanzarse al agua–. Esta tarde no tengo tiempo para lavar y secar a un perro mojado y lleno de arena. Si te portas bien, podrás nadar mañana.

Saco su pelota del bolsillo para distraerlo y la lanzo por la arena, lejos de la tentación del mar.

Cuando hemos pasado unos quince minutos juntos en la arena, yo lanzando y él persiguiendo la pelota, mientras esquivábamos a los desprevenidos veraneantes que deambulaban desventurados por la improvisada playa, llamo a Barney para que vuelva a mi lado y regresamos caminando hacia el puerto. La marea empieza a subir a nuestras espaldas, y sé muy bien lo rápido que las olas volverán a formar un mar profundo y peligroso.

Muchos visitantes desprevenidos han quedado atrapados en uno de los altos bancos de arena en medio del puerto mientras las olas los rodeaban. Es tradición en St. Felix tener que rescatar a alguien al menos una vez a la semana.

–Vamos, chico –digo, atándole de nuevo la correa a Barney–. Volvamos por el camino más largo y así visitamos a Noah de camino.

Barney, a quien no le importa en absoluto que tomemos el camino más largo para volver a la tienda, se pone alegremente en marcha delante de mí, y serpenteamos por las calles empedradas hasta que llegamos a Noah's Ark, una encantadora tienda de antigüedades que forma parte de St. Felix desde hace mucho más tiempo que nosotros.

Abro la puerta un poco para que la campana suene por encima de mí, y veo a Noah salir de repente de la trastienda.

—Ah, eres tú, Kate —dice Noah, entrando en la tienda—. Esperaba que vinieras.

—Llevo a Barney conmigo. Está un poco lleno de arena, así que no he querido meterlo.

—Tengo una tienda de antigüedades junto al mar, Kate. Creo que ya estoy acostumbrado a un poco de arena. —Me sonríe—. Deja que entre Barney. A Clarice le encantará verlo.

Clarice es su perrita. Un poco como yo con Anita, Noah la heredó cuando heredó la tienda de su tía.

Meto a Barney en la tienda y los dos perros se olisquean encantados a nuestros pies.

—Anita me ha dicho que querías verme para algo —digo con indecisión, sin saber todavía qué puede querer Noah.

Conozco bien a Ana, su compañera. Es famosa en todo el pueblo por su pequeña furgoneta roja, que alquila para eventos. Ana acude a todos, ya sea una boda o un baile de fin de curso, conduciendo a Daisy-Rose, como ella la llama, y les saca una sonrisa a todos los que las ven juntas.

—Sí, así es. El otro día recibí un lote procedente del vaciado de una casa —me explica Noah mientras me guía hacia la trastienda—. La anterior propietaria de la casa era una señora mayor, y debía de ser bastante artística, porque el desván lo tenía lleno de todo tipo de cosas: cuadros, equipo artístico, material para manualidades y esto —dice, señalando una vieja caja de madera.

—Parece una máquina de coser —le digo mientras abre dos pestillos de latón y levanta la tapa—. ¡Anda, es una máquina de coser! Y además muy antigua.

25

—Prefiero decir «*vintage*» —dice Noah, guiñándome un ojo—. Creo que esta es de principios del siglo xx, o puede que de antes.

—Quizá —digo mirándola—. Pero dudo que funcione.

—Yo también. ¡Diría que esta antigualla cosió su última enagua hace muchos años! Pero no pensaba que la quisieras para coser. Me pareció que podrías usarla en tu tienda para exponerla. La máquina realzaría tus diseños a la perfección.

—Supongo que podría quedar bastante bien en el escaparate si la limpiara un poco. ¿Cuánto quieres por ella?

Noah sacude la cabeza.

—Nada. Me harías un favor si me la quitaras de las manos, la verdad. Estas máquinas no dan mucho dinero, sobre todo en este estado, y ya le hiciste ese favor a Ana el año pasado con los interiores para Daisy-Rose. Te debemos una.

—¡Anda ya! Me encantó haceros esos cojines.

Vuelvo a mirar la máquina de coser.

—Imagino que sí que sería un objeto de exposición bonito… Pero tengo que darte algo a cambio, Noah.

—No, en serio, Kate, ya he ganado bastante dinero vendiendo todo el material artístico antiguo que venía con ella. Ayer vino un tipo a echar un vistazo y se lo llevó todo enseguida. Va a abrir una tienda de material artístico y me dijo que quedaría muy bien. Fue entonces cuando pensé en ti y en la máquina.

—¡Justo a tiempo! Y, bueno, ¿dónde va a abrir la tienda? ¿Por aquí cerca?

—Sí, justo al final de la calle, en la antigua carnicería.

—¿Qué? —exclamo—. ¿Aquí, en St. Felix? Pensaba que te referías a Penzance o Newlyn cuando has dicho «por aquí»…

—No, acaba de instalarse. Creo que espera abrir la semana que viene o la siguiente. Es simpático. Por lo visto, se acaba de mudar aquí.

—Pero ya vendemos material artístico nosotros —digo con la cara ensombrecida—. En el sótano de la tienda.

—Ah, claro… —dice Noah, dándose cuenta de repente de por qué estoy tan molesta—. No lo había pensado. Estoy seguro de que no supondrá una gran diferencia para ti, ¿no? Es decir, mira todas las tiendas de empanadas de Cornualles que hay, y parece que todas ganan dinero.

—Hay mucha más demanda de empanadas que de material artístico; es más especializado. Míralo de esta manera: si alguien abriera una tienda de alquiler de coches de época en St. Felix y vehículos para eventos, ¿os preocuparíais Ana y tú?

—Claro —dice Noah, asintiendo con pragmatismo—. Sé a lo que te refieres, Kate, pero en realidad no puedes hacer mucho al respecto si va a abrir la tienda pronto.

—Ah, ¿no? —digo, cruzándome de brazos—. Eso ya lo veremos…

Tres

Dejo a Noah tras darle las gracias de nuevo y prometerle que volveré a por la máquina. Luego paseo a Barney, con la mente todavía zumbándome, de vuelta a Harbour Street.

Noah tiene razón, por supuesto; no puedo impedir físicamente que alguien abra una tienda de arte aquí, pero no hay duda de que acabará haciendo mella en nuestros ingresos si la abren. Nuestro fuerte es la artesanía. Ni siquiera tratamos de vender tanto material de arte como una tienda especializada, ya que simplemente no tenemos espacio, pero somos el único lugar en St. Felix que vende algo, así que, cuando uno de los muchos artistas aficionados que acuden al pueblo cada año se queda sin azul marino, cerúleo o cualquier otro tono de pintura azul o verde, como ocurre a menudo, solo puede recurrir a nosotros.

—Voy a salir otra vez —le digo a Anita mientras dejo que Barney entre por la puerta; se dirige inmediatamente a su bebedero detrás del mostrador—. No tardaré mucho. Sebastian y tú estaréis bien, ¿verdad?

—Por supuesto, querida —responde Anita mientras dobla con esmero unos trozos de tela de acolchar en triángulos—. ¿Vas a algún sitio agradable?

—No exactamente —me apresuro a decir, sin ganas de dar más explicaciones en ese momento—. No tardaré. ¿Ha llegado ya Molly?

—Sí. La he hecho subir las escaleras para que empiece con los deberes, tal y como me dijiste.

–¡Eres un cielo, Anita!

–Puede que se haya llevado un trocito de tarta para aliviar la carga –dice Anita, y me ofrece una sonrisa serena mientras sigue doblando el tejido.

Salgo de la tienda y camino a toda prisa por Harbour Street. Saludo con la mano a los panaderos locales Ant y Dec de la Blue Canary al pasar. Su escaparate, como siempre, parece bastante vacío a estas alturas de la tarde y su tienda está mucho más tranquila de lo que lo estaría si hubiera pasado a primera hora del día, cuando las colas llegan hasta los adoquines mientras la gente espera pacientemente sus deliciosos pasteles, sándwiches y, por supuesto, sus empanadillas tradicionales.

La vieja carnicería que Noah ha mencionado no está en Harbour Street. Está justo arriba, en un pequeño cruce que tiene más tiendas típicas de una calle principal, como una farmacia, un banco y un estanco.

Me había dado cuenta de que estaban haciendo reformas cuando pasaba por allí en las últimas semanas, pero como las ventanas estaban cubiertas con persianas no había pensado en lo que iban a abrir.

Ahora no paro de darle vueltas.

–Hola –les digo a unos cuantos vecinos que pasan por la acera mientras miro fijamente el edificio que albergaba la antigua carnicería–. Qué bonito día, ¿verdad?

Una de las ventanas de arriba está abierta, así que puedo oír el sonido de una radio. No cabe duda de que hay alguien ahí dentro.

–¡Hola! –grito hacia la ventana abierta–. ¿Hay alguien en casa?

Obviamente, quienquiera que esté allí no puede oírme por encima de la música. Doy un paso, llamo a la puerta y retrocedo.

Nada.

Llamo aún más fuerte a la puerta, esta vez con más agresividad.

–¡Eh! –oigo que alguien grita desde la ventana–. ¿Puedo ayudarte en algo? Aún no hemos abierto.

–Sí, ya lo veo –replico mientras retrocedo de nuevo para ver con quién hablo–. Me preguntaba si podría hablar con el dueño, si está ahí.

–Ese soy yo. –Un hombre con gorra de béisbol mira desde la ventana. Sonríe–. ¿Qué puedo hacer por ti?

–Eh… ¿Podrías bajar y abrirme la puerta? –le pregunto–. Es un poco incómodo estar gritándote a través de una ventana abierta.

–No tan incómodo como me resultará a mí abrirte la puerta a ti.

–¿Por qué?

Desvía la mirada un momento y suspira.

–Confía en mí. ¿Qué quieres? –me pregunta, algo molesto–. Estoy un poco ocupado ahora mismo.

«Encantador», pienso.

–Quería hablarte de tu tienda.

–¿Por qué? ¿Buscas trabajo? Todavía no tengo pensado contratar a nadie.

–No, desde luego que no. De hecho, ya tengo mi propia tienda.

–¡Enhorabuena! –dice sonriendo–. Ya somos dos. Qué afortunados, ¿no?

No sé si está siendo sarcástico o no, pero sigue sonriéndome, y sus ojos castaños oscuros parpadean inocentemente mientras espera mi respuesta.

–Mira, no estoy preparada para tener esta conversación así, al aire libre –le digo–. Hay… cosas que me gustaría hablar contigo.

–¿De veras? –Veo cómo levanta las cejas bajo el ala de su gorra–. Suena intrigante. Voy a estar libre en… –Mira el reloj–. Quizá en una hora. ¿Quieres que nos veamos en el *pub* del puerto a eso de las seis? Podemos hablar de todo lo que quieras cuando tenga una cerveza en la mano.

–Supongo que te refieres al Merry Mermaid.

Asiente.

Suspiro.

–Bueno, si no estás dispuesto a bajar y hablar conmigo ahora…

Espero por si cambia de opinión.

–No lo estoy.

–En ese caso, sí, supongo que tendremos que vernos a las seis.

–Genial. –Su cabeza desaparece de la ventana–. Si eso es todo –añade cuando vuelve a aparecer al cabo de unos segundos–, algunos dueños de tiendas tenemos trabajo que hacer.

Vuelve a ocultar la cabeza y cierra la ventana.

Pongo los ojos en blanco y sacudo la cabeza con exasperación. Luego me doy la vuelta con elegancia y bajo la calle.

Uf, qué hombre tan irritante, pero si quiero saber más sobre su tienda voy a tener que hacer lo que me ha pedido y encontrarme con él en el *pub* más tarde.

No hay nada, aparte de Molly y Barney, que sea más importante para mí que mi tiendecita y mis empleados. Me he esforzado muchísimo para que la tienda sea lo que es a día de hoy, y estoy decidida a descubrir si este recién llegado a St. Felix está a punto de poner nuestro éxito en peligro.

Cuatro

—Entonces, ¿con quién es esa cita exactamente? —pregunta Molly mientras estoy sentada en el tocador de mi habitación, en nuestro apartamento de encima de la tienda, intentando pasarme un cepillo por la melena larga y espesa.

—¡Te repito que no es una cita! —insisto mientras consigo al fin desenredarme el obstinado nudo del que he estado tirando los últimos segundos.

Me miro en el espejo. Incluso con mi mirada crítica noto que tengo mejor aspecto ahora que hace media hora, cuando terminé en la tienda y me di una ducha. Me gusta verme con el pelo suelto. Normalmente lo llevo recogido en una coleta alta, en parte porque es más fácil en la tienda y en parte por la fuerte brisa marina que siempre parece soplar alrededor de St. Felix.

—He quedado con el dueño de la nueva tienda de arte de la que me habló Noah.

—Para darle pena, ¿verdad? Me lo dijo Sebastian.

—No —digo, preguntándome si debería maquillarme. Esta tarde me veo un poco pálida y con los ojos pesados—. Solo quiero saber qué tipo de material va a vender y si afectará de algún modo a nuestro negocio. No sé si su tienda solo venderá material de arte o si tendrá un inventario más amplio…

—¿Está bueno? —pregunta Molly.

—¿Quién?

—El hombre que has conocido. ¿Cómo se llama?

—No me lo ha dicho. —Cojo un poco de brillo de labios—. No llegamos a intercambiar nombres.

—¡Una cita a ciegas! —chilla Molly entusiasmada—. ¡Qué guay!

—Creo que sabrás que una cita a ciegas es aquella en la que sabes el nombre de la persona, pero no la has visto antes. Esto es al revés.

—Vale, entonces te lo preguntaré de nuevo. ¿Está bueno?

Me aparto del espejo hacia ella. Molly está tumbada boca abajo en mi cama, con un ojo en el teléfono que tiene en la mano y el otro en mí mientras me preparo.

—No creo que sea importante, pero no, no me lo parece. Solo lo he visto a través de una ventana del piso de arriba, y llevaba una gorra.

Molly se lo piensa.

—¿Qué tipo de gorra?

—Eh… una gorra de béisbol, creo. ¿Por qué?

—¿Tenía algún escudo?

—¡No lo sé! ¿Qué importa eso?

—Porque podríamos saber un poco más sobre él si supiéramos qué tipo de cosas le gustan.

Suspiro y me vuelvo hacia el espejo.

—Nada de esto importa, Molly. Como ya te he dicho, esto no es una cita.

—Pero te estás maquillando. Nunca te maquillas.

—A veces sí.

—No, a menos que quieras impresionar a alguien, nunca te maquillas.

—Esta noche quiero sentirme segura, eso es todo. Sabes lo mucho que significa para mí la tienda. Quiero asegurarme de que nada va a arruinar el éxito que tantísimo nos ha costado alcanzar desde que nos mudamos aquí.

—Sí, me sé todo el rollo —dice Molly, incorporándose y sentándose con las piernas cruzadas—. Que siempre soñaste con tener tu propia tienda y vender tus propios diseños.

Que tuviste que abandonar tu profesión cuando nací yo y que hasta ahora no has podido volver a estar donde siempre quisiste.

—Algo así. —Termino de ponerme una ligera capa de rímel—. Aunque lo dices como si tenerte me hubiera frenado.

—Bueno, es que fue así, ¿no?

—Quizá un poco, en aquel momento. —Miro su reflejo en el espejo—. Pero sabes que no lo cambiaría por nada del mundo. Puede que esperar hasta ahora haya hecho que sea mucho mejor de lo que habría sido entonces. Lo bueno se...

—... hace esperar. Sí, ya lo has dicho antes. Tú y tus citas inspiradoras, mamá. Deberías abrir una cuenta de Instagram.

—Ya tengo bastantes problemas con la que tenemos para la tienda, gracias.

—Ya te lo dije... Deja que yo me encargue.

—Tú tienes que concentrarte en tus deberes.

—Seguro que también podría gestionar las redes sociales de la tienda. Podrías pagarme...

Me giro de nuevo y le sonrío con pesar.

—¡Lo sabía!

—Estás estupenda, mamá —dice Molly, mirándome con la cabeza inclinada hacia un lado—. Muy guapa. Deberías arreglarte más a menudo.

—Gracias, supongo. —Me levanto y miro el despertador—. Vaya, ¿ya es la hora? Será mejor que me vaya. Ven a darle a tu madre un abrazo de buena suerte.

Molly se baja de la cama y nos abrazamos un momento.

—Mi madre se va a una cita —dice, apartándose para mirarme de nuevo—. ¿Qué será lo siguiente?

—Por última vez, ¡no es una cita!

El Merry Mermaid no está lejos de la tienda, y puedo oír las campanas de la iglesia dando las seis mientras camino hacia el puerto. Hace una tarde preciosa y el pueblo sigue lleno de veraneantes que disfrutan del sol de la tarde.

Veo al hombre de la tienda nueva sentado fuera del bar, en una mesa de madera, con una pinta de cerveza en la mano. Ya no lleva gorra, así que veo que tiene el pelo castaño, corto y ondulado. Lleva gafas de sol de aviador y una camisa blanca ceñida al pecho y los hombros anchos. Me saluda con la mano cuando me acerco.

–Hola de nuevo –me dice, sonriéndome pero sin levantarse–. ¿Quieres acompañarme?

–Gracias –digo, a punto de sentarme–. Bueno, en realidad debería pedirme algo primero. ¿Quieres otra?

–Ah, no, estoy bien, gracias.

En ese momento, por alguna razón que no puedo entender, parece un poco incómodo.

–Entonces voy a por la mía, ¿vale? Disculpa, vuelvo en un momento.

Dejo al hombre, cuyo nombre todavía no conozco, y me dirijo al bar. Rita, la dueña, no tarda en atenderme.

–¿Qué te pongo, cariño? –me pregunta–. No es habitual verte por aquí…, sobre todo tan temprano.

–Solo un zumo de naranja con hielo, por favor, Rita. Sí, he quedado con alguien.

–¡Ah! –exclama Rita mientras busca una botella bajo la barra–. ¡Qué interesante!

–No, nada de eso. Son negocios.

–Ah –dice, sin ocultar su decepción, mientras pone hielo en un vaso y vierte el zumo por encima–. Qué aburrido. Esperaba que fuera algo mucho más emocionante; tengo que admitir que me encanta el amor.

–¿Sabes algo de la tienda que van a abrir donde estaba la antigua carnicería? –le pregunto, esquivando a propósito su comentario mientras le paso un billete de cinco libras. Rita lo sabe todo y conoce a todos en St. Felix, así que lo más normal es que sepa algo de esto.

–Va a ser una tienda de arte, ¿no? –dice mientras busca el cambio en la caja–. El tipo que la va a abrir está fuera tomando una copa, si quieres habla con él. Ah… ¿la reunión de negocios es con él?

–Así es –digo mientras cojo las monedas que Rita me pone en la mano.

–Es majo. Aunque no me gustaría estar en su lugar.

–¿Qué quieres decir? –digo; de repente, un grupo numeroso entra en el *pub* y Rita se ve obligada a poner fin a nuestra charla en favor de sus propios intereses comerciales.

Cuando me dirijo a la mesa con la bebida, el sol está tan bajo en el cielo que tengo que protegerme los ojos de su resplandor. Vuelvo a sentarme frente al hombre.

Busco las gafas de sol en el bolso.

–Así está mejor –digo–. Antes no podía ver bien; la luz del sol es muy brillante aquí en el puerto por las tardes.

Mi acompañante sonríe.

–Va a ser una puesta de sol impresionante. Por favor, dime que el tiempo es así siempre.

–Ojalá. La única forma de describir el tiempo en St. Felix es utilizando el adjetivo «inestable»: tenemos nuestro propio microclima. A unos kilómetros de la costa puede estar lloviendo a cántaros, pero aquí hace sol, y al revés.

–Eso pensaba yo. Bueno, entonces tendremos que valorar aún más esta magnífica tarde. Hay que vivir el momento, ¿no?

–Sí, supongo que sí. Todavía no me he presentado como es debido. Soy Kate.

–Jack –dice el hombre, tendiéndome la mano–. Encantado de conocerte, Kate. Bueno, odio hablar de negocios, pero antes parecías bastante preocupada, cuando estabas fuera de mi tienda. ¿Qué puedo hacer por ti?

—Me preguntaba qué tipo de tienda vas a abrir —digo, y le doy un sorbo a mi zumo de naranja mientras intento ser informal—. He oído que va a ser una tienda de arte.

—Eso es, sí.

—¿Y solo vas a vender material artístico?

—En general, sí. Me di cuenta de que había un hueco en el mercado y, teniendo en cuenta la cantidad de gente que viene a pintar aquí cada año, me parece un desperdicio no llenar ese hueco, por así decirlo.

—En mi tienda vendemos material artístico —le digo manteniendo un tono suave—. Nos va bastante bien. Te sorprendería la cantidad de gente que se queda sin tonos de azul cuando está pintando sus paisajes marinos.

—¡A eso voy! —comenta Jack—. Este lugar está pidiendo un proveedor de arte decente a gritos. ¿Cuál decías que era tu tienda?

Me rechinan los dientes y aprieto la mandíbula. ¿No se ha dado cuenta de que está siendo grosero? ¡Una tienda de arte «decente»!

—Soy la dueña de Kate's Cornish Crafts en Harbour Street —respondo con determinación.

—Ah, sí, creo que la he visto. Vendes chismes caseros, ¿no es así? Cubreteteras, bolsas, ese tipo de cosas…

—Son un poco más que chismes. Yo misma diseño y confecciono todos los artículos; bueno, cuento con la ayuda de algunas señoras con mucho talento del pueblo, así que todo está hecho a mano y es único. Yo misma hago todos los bordados a máquina.

Jack me mira con expresión divertida.

—¡Tranquila! No te estaba atacando. Suena genial. ¿Y te va bien con eso?

—Muy bien, de hecho.

—Me alegro. Pero has dicho que también vendes material artístico, ¿no? ¿Dónde?

–Nuestra tienda tiene un sótano. Vendemos una amplia gama de materiales de arte y de artesanía.

–Ah, ya veo… un sótano. Entonces no me extraña que no me diera cuenta.

–Está muy bien señalizado si entras en la tienda, y tenemos carteles en el escaparate que habrías visto si te hubieras molestado en mirar.

–Oye –dice Jack, levantando la mano–. ¿Por qué eres tan agresiva? No he venido a criticar tu tienda. Ni mucho menos. Me da la sensación de que en este pueblo los dueños de las tiendas se apoyan unos a otros.

–Así es.

–Entonces, ¿cuál es el problema?

–Que estás invadiendo mi territorio.

Una expresión de perplejidad se dibuja en el rostro de Jack, que se quita las gafas de sol.

–Perdona… ¿qué?

–Estás invadiendo mi territorio –repito–. Vendiendo material de arte te llevarás parte de nuestras ventas.

–Ah, ya veo. –Jack asiente con complicidad–. ¿Me perdonarás si discrepo? En mi tienda venderé material profesional, no unas cuantas paletas de acuarela y libros de pintura para niños.

Me quedo con la boca abierta por la sorpresa.

–No vendemos libros de pintura para niños –le digo, recuperándome de su insulto.

–Pero vendes esas paletas de acuarela, ¿no? –insiste con una sonrisa–. Vamos, ¿te atreves a decirme que no?

Ahora aprieto los labios.

–Me lo imaginaba –añade, echándose hacia atrás en la silla.

Estoy tan enfadada que no me fijo en el respaldo contra el que se está apoyando.

—¿Cómo te atreves a sentarte aquí e insultarnos a mi tienda y a mí? —le digo con toda la calma que puedo—. ¿Te das cuenta de lo grosero que estás siendo?

—Ay, Kate, estoy de broma —dice Jack, avergonzado—. Lo siento si te he ofendido. Me educaron así. Estoy acostumbrado a las bromas y doy por hecho que los demás también. Tal vez debería controlarme un poco cuando conozco a gente nueva.

—Sí, creo que deberías —respondo, todavía agraviada, pero algo más tranquila.

—Mira, no quiero pisotear el negocio de nadie. Aunque tampoco estaría tan mal, la verdad —dice, poniendo los ojos en blanco. Lo miro preguntándome qué querrá decir—. Estoy seguro de que mi tienda no venderá nada que interfiera demasiado con tu negocio. Te lo prometo. ¡Ni una aguja de tejer a la vista! —Se lleva la mano a la cabeza en un elegante saludo—. Palabra de *scout*.

Me relajo un poco y le dedico una media sonrisa.

—Eso espero.

—Así está mejor —dice Jack—. Ahora podemos ser amigos de nuevo. ¿Qué tal otro trago?

—Tengo que irme pronto —digo, mirando el reloj—. Y todavía tengo bastante, gracias. —Levanto el vaso.

—Vaya, qué pena. ¿Te importa si me tomo otra?

—Por supuesto que no.

De repente, cuando se dispone a dejar la mesa, la veo por primera vez y me pregunto, mientras él empieza a avanzar con destreza hacia la puerta del *pub*, cómo he podido pasarla por alto.

Jack está en una silla de ruedas.

Cinco

Con la mirada clavada en la puerta que Jack acaba de atravesar, intento repasar a toda prisa algunas cosas mentalmente.

¿Cómo no me he dado cuenta de que va en silla de ruedas? Sí, esta tarde hay mucha luz y me he quedado ciega un momento al salir del bar, pero ¿cómo he estado tan absorta en mi propio drama como para no percatarme de que era una persona con discapacidad?

Pienso en la primera vez que nos vimos y en lo reacio que se había mostrado a bajar a abrir la puerta de su tienda. ¿Era porque le habría llevado mucho tiempo bajar?

Y justo ahora he pensado en lo poco caballeroso que estaba siendo al no levantarse a saludarme.

«¡Maldita sea, Kate! Tienes que abrir los ojos para ver las cosas en su conjunto —me regaño a mí misma—. Ahí estás tú preocupándote por unas cuantas ventas de pinceles mientras Jack intenta abrir una tienda en su estado».

—Ah, todavía estás aquí —dice Jack cuando sale por la puerta del *pub*. Veo cómo maniobra con pericia la silla a través del estrecho hueco hasta nuestra mesa—. Pensaba que te habías ido.

—No, sigo aquí —digo, sintiéndome muy incómoda.

«¿Debo abordar el hecho de que no me había dado cuenta de que estaba en una silla de ruedas o simplemente ignorarlo?».

—Te han servido rápido —digo en su lugar, para entablar conversación.

—Siempre —comenta Jack, poniendo sobre la mesa la pinta de cerveza que había estado manteniendo en equilibrio en el regazo con una gran destreza—. La gente tiende a echarse a un lado cuando te ven en esta cosa.

—Ajá… —respondo, sin saber cómo reaccionar.

Jack me mira con una expresión medio confundida, medio divertida.

—En fin, me alegro de que sigas aquí —dice mientras se sienta de nuevo a la mesa—. Aún no conozco a mucha gente aquí, en St. Felix. Me alegro de haberte conocido… aunque pienses que voy a arruinarte el negocio.

—No —le digo, haciéndole un gesto desdeñoso con la mano—. Eso ya está solucionado. No te preocupes.

Los ojos de Jack se entrecierran al ver mi repentino giro.

—No sabías que iba en silla de ruedas, ¿verdad? —pregunta de repente.

—¿Cómo? —pregunto inocentemente—. ¿Qué quieres decir?

Levanto la copa y me maldigo por haberme bebido todo el zumo mientras él no estaba. Vuelvo a dejar con torpeza el vaso vacío sobre la mesa de madera.

—Quiero decir que no te habías dado cuenta de que voy en silla de ruedas hasta que he ido a pedir una pinta.

Me encojo de hombros.

—Supongo que no.

—¿Y por eso de repente eres tan amable, porque te doy pena?

—No.

Jack me mira enarcando sus oscuras cejas.

—¿En serio?

Suspiro.

—Vale, no sabía que tenías una discapacidad cuando llamé antes a tu puerta y no, no me he dado cuenta de que estabas en silla de ruedas hasta ahora. Eso no es un delito, ¿verdad?

Jack niega con la cabeza.

–No. Tampoco lo es tratar a alguien de forma diferente porque no tiene la misma condición física que tú, pero eso no significa que me tenga que gustar.

Bebe un trago largo, lento y decidido de cerveza.

–Lo siento –me disculpo en voz baja–. No quería ofenderte.

–¿Sigues siendo amable?

–Mira, ¿qué quieres de mí? –suelto en voz alta. Miro apresuradamente a los otros parroquianos que nos rodean, pero están demasiado ocupados con sus propias conversaciones como para darse cuenta de mi arrebato–. He dicho que lo siento, y es cierto. ¿Qué otra cosa puedo hacer?

–Trátame como tratarías a cualquier otro chico torpe y odioso que conozcas –dice Jack, que ha empezado a sonreír–. Es lo único que pido. Admiraba tu genio hasta hace un momento, pero entonces has hecho justo lo que hace el noventa y nueve por ciento de la gente al conocerme: tratarme con condescendencia.

–¡No es verdad!

Jack se limita a encogerse de hombros.

–Bueno… tal vez un poco, pero es solo que me ha sorprendido… no haberme dado cuenta antes… de tu silla, quiero decir.

–Me lo tomo como un cumplido –dice Jack, mirándome tan directamente a los ojos que me inquieta un poco–. La gente siempre ve la silla antes que a mí. Siempre me tienen en segundo plano.

–Seguro que no es verdad.

–¿Has estado alguna vez en una de estas cosas?

–No.

–Entonces no puedes saberlo.

Se hace el silencio en la mesa y vuelvo a mirar mi vaso vacío con ganas de más.

—¿Quieres otro? —me pregunta Jack, asintiendo con la cabeza.

—No, no, quédate; ya voy yo. —Empiezo a levantarme, pero luego me lo pienso mejor y vuelvo a sentarme—. Sí, por favor —le digo, y deslizo el vaso por la mesa hacia él—. Pero que esta vez sea una Coca-Cola Light.

Jack mira el vaso y me hace un gesto de aprobación con la cabeza.

—¡Marchando una Coca-Cola Light!

—Bueno —le digo mientras volvemos a sentarnos juntos a la mesa, esta vez en el mismo lado para que ambos podamos contemplar la hermosa puesta de sol que empieza a formarse en el cielo crepuscular del puerto—, ¿qué te llevó a abrir una tienda aquí?

Desde que Jack ha vuelto con mi bebida, nos hemos sentado a charlar amigablemente durante los últimos diez minutos más o menos, sobre todo acerca de St. Felix y de cómo es tener un negocio aquí, y yo he descubierto que es la primera vez que Jack tiene una tienda.

—¿Por qué te has decidido a abrir una ahora? —le pregunto. Aunque lo que en realidad quería saber era «¿Por qué abres una tienda si estás en silla de ruedas?», y casi se me escapa, he sido lo suficientemente educada (o tal vez cobarde) como para no preguntárselo directamente.

—¿Quieres decir que por qué quiero abrir una tienda si estoy en silla de ruedas? —me pregunta Jack, y logra que me sonroje.

Asiento.

—Supongo que me gustan los retos.

—Tiene que haber algo más.

—Quizá lo haya.

Jack no me aclara el qué.

–¿Como por ejemplo…? –pregunto con una valentía repentina–. ¿El qué? –añado cuando Jack se vuelve para mirarme–. Querías que fuera directa, ¿no? Solo estoy siendo sincera contigo.

–Y te lo agradezco, Kate, de verdad. Solo que preferiría no hablar de ello ahora mismo, si te parece bien.

–Claro. Por supuesto.

Asiento con la cabeza. Me he pasado.

–No pongas esa cara de preocupación –dice Jack mientras posa su mano sobre la mía, encima de la mesa–. Me gusta que estés siendo directa conmigo. Ojalá más gente lo fuera.

Le miro la mano y veo el principio de un tatuaje que asoma bajo la manga remangada de su camisa blanca.

Jack se mira alarmado la mano, aún sobre la mía.

–¡Ay, madre, lo siento! –exclama, apartándola–. ¡Ahora soy yo el que se está pasando de la raya!

Estoy a punto de decirle que no sea tonto y que no importa cuando, de repente, deja el vaso de cerveza casi vacío sobre la mesa.

–Tengo que irme –dice mientras mira el lugar donde debería llevar el reloj en la muñeca y se da cuenta de que no está–. Tengo cosas que hacer, ya sabes.

Empieza a alejarse de la mesa sobre las dos ruedas.

Me levanto a toda prisa para dejarlo salir.

–Te enviaré una invitación para la inauguración de la tienda.

–Claro… –digo, aún de pie, mientras lo veo girar perfectamente y alejarse en dirección a nuestras dos tiendas–. Estaría bien…

–¿Y bien? ¿Cómo te ha ido? – me pregunta Molly entusiasmada en cuanto llego al apartamento.

–Bueno, bien, creo.

Intento sonar lo más indiferente que puedo.

–¿Crees? ¿No lo sabes?

–Parece un hombre bastante agradable. Al menos no quiere arruinarnos, eso ya lo he descubierto.

Molly suspira con impaciencia.

–¿Cómo es…? ¿Has averiguado al menos cómo se llama?

–Jack, se llama Jack, y es… desconcertante –digo, dándome cuenta de que así es como me siento en realidad después de haberme tomado algo con él en el *pub*.

Pasa de ser testarudo, torpe y un poco insensible a mostrarse divertido e incluso amable, me atrevería a decir.

Jack es definitivamente un misterio, y no quiero esperar a que abra la tienda para descubrir más cosas sobre él.

Seis

–¡Puf! –se queja Sebastian mientras deja la caja sobre el mostrador de la tienda–. La próxima vez que me pidas que vaya a recoger algo para ti, recuérdame que me lleve la carretilla elevadora.

–Lo siento –me disculpo–. Debería haberte avisado de que podía pesar un poco.

–¡Ay! ¿Qué tenéis ahí, queridos? –pregunta Anita, apareciendo desde el sótano.

–Esto –digo mientras saco la vieja máquina de coser de la caja de cartón. Abro los pestillos de la caja y revelo lo que hay dentro.

–Mi madre tenía una muy parecida cuando yo era pequeña –dice Anita, examinando la máquina–. ¿Todavía funciona?

–No lo creo. Me la ha dado Noah; pensó que me gustaría para exponerla en la tienda. Dudo que haya cosido nada en años –digo e intento girar la manivela vieja y oxidada, y la máquina cruje mientras intenta mover el volante y levantar una aguja imaginaria.

–Da pena. –Sebastian hace una mueca–. Suena como si necesitara un buen aceite.

–Creo que tal vez necesita un poco más que eso para empezar a coser de nuevo, pero Noah tiene razón: si la limpio un poco podemos montar un escaparate muy bonito con esto.

–Espero que no hayas pagado mucho por ella –dice Sebastian, sin dejar de mirar la máquina–. En ese estado decrépito no puede valer mucho.

–En realidad me ha salido gratis. Noah la ha conseguido en una casa que han vaciado porque su dueña ha fallecido. Estaba entre el material de arte de la señora. Al parecer, Jack, el tipo que va a abrir la tienda de arte en la calle principal, se lo llevó todo.

Sebastian le da un codazo a Anita.

–Se refiere a su cita de anoche...

–¿Ah, sí? –dice Anita, que abre los ojos azules claros de par en par–. No sabía que habías tenido una cita... Cuéntame más.

–No hay nada que contar, Anita. No era una cita, sino solo una reunión de negocios. –Me vuelvo hacia Sebastian–. ¿Y tú cómo te has enterado de eso?

–Me he encontrado a Molly de camino al instituto esta mañana...

«Por supuesto...».

–Dijo que piensas que Jack es «desconcertante». ¿Esa es tu manera de decir que es enigmático y misterioso? –me pregunta, moviendo las manos por encima de la cabeza.

–No. Es mi manera de decir que es desconcertante.

–¿En qué sentido, querida? –pregunta Anita.

–No lo sé. Es un poco raro, eso es todo. Me refiero a que quiere que seas abierto con él, y un segundo después, cuando le haces una pregunta que no le gusta, se cierra.

–La verdad es que los hombres heterosexuales son muy desconcertantes –dice Sebastian con naturalidad–. Tiene algo que ver con una sobrecarga de testosterona que les mezcla los circuitos emocionales. Es eso, o tiene que ver con las feromonas. Nunca me acuerdo.

–Sí, gracias, Sebastian. Jack es bastante agradable; es solo... –me cuesta encontrar una nueva palabra para describirlo– complicado. Ya tiene bastante con lo que tiene. ¿Sabíais que va en silla de ruedas?

Anita y Sebastian asienten con la cabeza.

–Sí, lo he visto por el pueblo –comenta Anita–. Lou el de Correos me dijo quién era.

–Amber, la de la floristería, me lo señaló –explica Sebastian–. Ya sabes lo que pasa en St. Felix: todo el que no sea un veraneante llama la atención inmediatamente.

–Genial, así que vosotros lo conocíais y yo no. Me podríais haber avisado.

–Entonces, ¿metiste la pata? –pregunta Sebastian–. ¿Con lo de su discapacidad?

–Un poco... pero no pasa nada. Aunque me pregunto cómo se las arreglará para llevar una tienda en silla de ruedas. Ya es bastante difícil si no tienes ninguna discapacidad.

–Ahora la gente hace de todo –añade Anita, que parece mucho más abierta de mente que yo–. Hoy en día, tener una discapacidad no es un obstáculo para hacer nada... no como cuando yo era joven. En aquella época, si ibas en silla de ruedas, era el fin del mundo: te quedabas atrapado en la silla hasta que alguien te empujaba y te trasladaba a otro sitio.

Una cliente entra en la tienda y pone fin a nuestra conversación.

–¡Buenos días! ¿En qué puedo ayudarla? –pregunto mientras la señora mira a su alrededor.

–Estoy buscando un color concreto de seda para bordar –dice, sonriéndome.

–Venga por aquí –le digo, tendiéndole la mano hacia la escalera–. Nuestras sedas están aquí abajo.

El resto del día es bastante normal, con un flujo constante de clientes. Luego, cuando Anita se va a casa después de comer, nos quedamos Sebastian y yo para atenderlos, y más tarde solo yo. Sebastian se va antes de tiempo porque tiene cita con el dentista.

Paso la última hora tranquila en el taller, limpiando la vieja máquina de coser, primero con agua y jabón y luego con un paño. Cuando termino, me retiro para admirar mi trabajo.

—No estás tan mal —le digo a la máquina, dándole un último lustre a la ornamentada inscripción dorada que se enrosca sobre la pintura negra brillante—. Teniendo en cuenta tu edad, has sobrevivido muy bien. Alguien debe de haberte cuidado muy bien.

Intento que la máquina funcione insertando primero una aguja adecuada de las que tenemos en el almacén del sótano, y luego utilizo un poco de aceite para lubricar las piezas con la esperanza de que puedan empezar a moverse de nuevo, pero mis esfuerzos son en vano: parece estar completamente agarrotada.

—Parece ser que te has quedado anclada en el pasado —le digo en un tono amable—. No importa; al menos sigues siendo bonita. Puede que ya no podamos dar muchas puntadas contigo, pero espero que disfrutes viviendo en nuestra tienda.

Hago la caja, dejo la máquina en el mostrador, a mi lado, y, antes de apagar las luces y cerrar con llave, la miro una vez más.

«Qué pena no haber podido hacer que funciones —pienso—. Me sabe mal dejarte ahí tirada sin usarte».

Sin embargo, sé que esta noche tengo lo que me parecen kilómetros de puntadas que hacer en mi propia máquina de coser, mucho más moderna, y antes de eso también tengo que hacer la cena para Molly y para mí. Lamentándolo mucho, me dirijo arriba.

A la mañana siguiente, después de asearme, vestirme y dar una caminata con Barney, desayuno con Molly y la acompaño al instituto. Después, bajo el cajón de la caja registradora con el cambio y lo coloco en la caja vacía. Luego enciendo las luces de la tienda y abro la puerta para empezar otro día de trabajo.

Harbour Street está siempre mucho más tranquila a esta hora del día. Ya hay algunos madrugadores deambulando por ahí, pero en este momento puedo ver los adoquines en el suelo de fuera y no solo un flujo constante de chanclas, botas de senderismo y zapatillas de deporte, como suele ocurrir en pleno verano.

Respiro hondo un par de veces para inhalar el aire del mar y vuelvo a entrar.

—Parece que va a hacer calor —le digo a Barney mientras se acomoda en la cesta especial que tenemos para él en la tienda—. Esperemos que hoy también sea un día ajetreado.

Estoy a punto de volver al mostrador con la intención de hacer algunos pedidos antes de que se llene la tienda cuando me detengo en seco y me quedo mirando la vieja máquina de coser, que sigue donde la dejé anoche.

¿Qué hay debajo del prensatelas? Parece algún tipo de tela...

Me acerco rápidamente al escritorio para examinar lo que hay en la base de la máquina, y me asombro al ver un trozo de tela de fieltro azul claro con un intrincado diseño bordado por todas partes.

—¿Cómo demonios has llegado hasta ahí? —pregunto mientras levanto con cuidado el pie de la máquina para poder ver mejor el diseño.

Tiro de la tela con suavidad, cortando los hilos que aún están sujetos a un carrete en la parte superior de la máquina y a una bobina de debajo.

El trozo de fieltro que tengo ahora en la mano es asombroso, ya que los detalles y el trabajo son sencillamente exquisitos. Las puntadas de la tela han formado una imagen que podría ser un puerto lleno de barcas de pesca. De hecho, al pasar el dedo por encima de la seda bordada, podría incluso ser

St. Felix lo que estoy viendo. Parece que hay parte de un faro, un muro del puerto y el mar, representado como grandes olas turquesas que salpican contra el lateral.

Cuando salí de la tienda anoche, era imposible mover el mecanismo de la máquina un solo milímetro, y mucho más coser algo tan asombroso como esto. ¿De dónde ha salido? Y, lo que es más importante, ¿quién lo ha cosido?

—¡Buenos días! —saluda Sebastian al entrar en la tienda más tarde—. Un día precioso. Demasiado bonito para estar encerrado aquí. ¿Y si cerramos y pasamos el día en la playa?

Me mira esperanzado, pero niego con la cabeza. Sebastian lo intenta al menos dos veces por semana cuando hace buen tiempo.

—¡Vale la pena intentarlo! ¿Café? —pregunta.

—Sí... —respondo, distraída.

—¿Irlandés? —me sugiere.

—Sí...

—Bueno, a ver, ¿qué te pasa? —me pregunta Sebastian mientras deja la mochila de cuero sobre la mesa.

—¿Qué quieres decir?

—¿Acabas de aceptar un café irlandés a las once de la mañana? Apenas bebes alcohol, ¡como para echarte *whisky* en el café de la mañana!

—¿En serio? Lo siento, estoy un poco distraída esta mañana, eso es todo.

—¿Puedo preguntar por qué?

—Es un poco raro. Mira, sube la mochila y te lo contaré todo.

—¡Cuánta intriga!

Sebastian nos prepara a los dos nuestros cafés habituales de la máquina que tengo en el piso y vuelve abajo, donde sigo de pie junto al mostrador de la tienda.

—Bueno, jefa, ¿qué pasa? –pregunta, y le da un sorbo a un capuchino espumoso.

—Esto –le digo antes de sacar el fieltro azul bordado de debajo del mostrador y acercárselo.

—¡Qué bonito! –dice Sebastian, levantándolo para mirarlo–. ¿Quién lo ha hecho?

Hago un gesto con la cabeza hacia la máquina, que ahora está en una estantería detrás de nosotros.

—No lo pillo. ¡Ah, al final has conseguido que la máquina funcione y has hecho esto con ella! ¡Qué maravilla!

—No, no lo he hecho yo.

—Pero ¡has dicho que lo ha hecho la máquina! ¿Quién la ha utilizado entonces?

—Esa es la cuestión: ¡no lo sé! Me preguntaba si habías sido tú, pero por tu cara está claro que no.

Sebastian frunce el ceño.

—Eh... no, ya te digo yo que no he sido. ¿Qué está pasando? Lo que dices no tiene ningún sentido.

—Anoche, antes de cerrar la tienda, me pasé un rato limpiando la máquina de coser. Intenté ponerla en marcha, pero no hubo manera; estaba totalmente atascada, así que la dejé en el mostrador pensando que hoy cambiaría el escaparate para incluirla, porque me había quedado muy bien.

—Ajá... –dice Sebastian, observándome con atención mientras sorbe el café.

—Cuando he bajado esta mañana a abrir, todo estaba completamente normal. La máquina de coser seguía en la mesa donde la había dejado, pero ¡tenía esto dentro! –Vuelvo a coger el fieltro–. Y seguía unido al hilo de color de la parte superior de la bobina.

—¡Qué raro! ¿Cómo ha llegado hasta ahí?

—Eso es justo lo que he estado intentando averiguar.

—A lo mejor alguien lo dejó ahí –sugiere Sebastian.

–Esa era mi idea inicial, pero, en primer lugar, ¿quién iba a querer hacer eso y por qué? Y, en segundo lugar, ¿cómo han entrado aquí para ponerlo ahí? La tienda ha estado cerrada toda la noche; solo estábamos Molly y yo arriba, y esta mañana no había indicios de robo. E incluso si los hubiera habido, ¿por qué entraría alguien solo para poner un bordado en una máquina de coser antigua?

–Mmm... –Sebastian se lleva el dedo a la barbilla, pensativo–. ¿Le has preguntado a Molly? ¿No te estará gastando una broma?

–Sí, le he enviado un mensaje a primera hora. No sabe nada. He intentado quitarle importancia; no quiero que piense que alguien ha estado aquí mientras dormíamos arriba.

–Comprensible. Entonces tiene que ser alguien que tenga llave.

–Las únicas personas que tenemos llaves de la tienda somos tú, Anita y yo. ¿Por qué iba a hacer Anita algo así? No tiene sentido.

–Supongamos por un momento que no es Anita.

–Dudo mucho que lo sea.

–Exacto. Así que, si no es ninguno de nosotros tres y no se te ha colado nadie, solo hay una persona más que podría ser.

–¿Quién?

–¿Quién es la única persona que conoces que entra en las casas sin forzar la puerta y sale sin que nadie la vea? Y, lo más importante, ¿quién deja siempre un regalo cuando se cuela en las casas?

Me lo pienso un momento.

–No tengo ni idea, Sebastian, ¿quién?

–¡Papá Noel! ¡Está clarísimo! –dice Sebastian con una gran sonrisa–. Con toda probabilidad, y sin ningún otro tipo de explicación razonable, parece que este año has recibido una visita anticipada de Papá Noel.

Siete

–¡Eh! –oigo que gritan a mi espalda mientras estoy sentada en un banco y veo a Barney corretear por la hierba delante de mí.

Es temprano, ha subido la marea y esta mañana no puedo quitarle a Barney un montón de arena mojada antes del desayuno, así que lo he subido a una de las colinas cubiertas de hierba que dan a la bahía de St. Felix. Es un lugar popular entre los paseantes matutinos de perros, y Barney está persiguiendo a un *cockapoo* marrón cuyo dueño está absorto en su teléfono móvil.

–¡Hola! Tierra llamando a Kate.

Me doy la vuelta y veo a Jack en su silla subiendo por el empinado camino asfaltado que asciende por el centro de la colina.

–¡Ey, hola! –le saludo–. ¿Estás bien? ¡Lo siento! –digo, tapándome la boca con la mano.

«He vuelto a decir algo que no debía, ¿verdad?».

–En realidad, no –dice Jack, sonando sin aliento–. No estoy bien. Esta colina es mortal… pero es buena para cambiar la rutina de cardio. –Se acerca a mi banco y se pone a mi lado, respirando todavía con dificultad–. Tengo que mantenerme en forma, así que me pongo manos a la obra de vez en cuando –dice sonriendo mientras me hace señas con las manos enguantadas.

–Ah, ya –digo, aliviada por no haber vuelto a meter la pata–. ¿Tienes una silla diferente hoy?

–Es mi modelo deportivo –señala Jack, levantando la pequeña rueda delantera del suelo como si estuviera haciendo un caballito–. La uso para hacer ejercicio. Va mucho más rápido que la de siempre, pero no es tan cómoda.

Miro la silla de ruedas. La otra silla de Jack, en la que estaba sentado el otro día en el *pub*, tenía dos ruedas grandes a los lados equilibradas por otras dos más pequeñas en la parte delantera. Esta silla tiene un diseño similar, pero parece mucho más ligera y puntiaguda, y las ruedas grandes están ligeramente inclinadas hacia dentro en la parte superior.

–He visto algunas como esta en los Juegos Paralímpicos.

–Sí, por desgracia no llegué a ese nivel.

–¿En serio? ¿Eras bueno entonces?

Me pregunto en qué deporte habrá participado Jack.

–Más o menos –responde Jack, encogiéndose de hombros–. Competí en los Juegos Invictus.

–¿En los que participó el príncipe Harry?

–Sí, esos.

–Es para exmilitares, ¿no?

–Sí, estuve en el ejército, antes de que preguntes. Hace tiempo que no compito, pero me gusta entrenarme.

Sonrío.

–Bien –dice Jack, y me devuelve la sonrisa–, esta vez has captado mi patético sentido del humor.

–¿Cuánto tiempo estuviste en el ejército?

–Bastante –dice Jack con brusquedad, desviando la mirada hacia el mar–. ¿Qué haces aquí arriba tan temprano? Te tenía por noctámbula, no por madrugadora.

Está claro que Jack no quiere hablar de su época en el ejército, pero me sorprende que haya estado pensando en mí.

–Tenía que sacarlo a pasear –digo, señalando con la cabeza a Barney, que ahora corretea en trío con el *cockapoo* y un pequeño *jack russell terrier* que se les ha unido–. El labrador con cara de loco es el mío.

–Qué bonito –dice Jack, mirando a Barney–. Los labradores siempre son buenos perros.

–Saben lo que quieren, eso seguro.

–¡Y olisquear el cubo de basura!

–Entonces, ¿has tenido uno?

–Hace mucho tiempo –responde Jack en voz baja, y parece nostálgico por un segundo.

A los dos amigos de Barney los llaman sus dueños, así que le silbo para que vuelva conmigo.

–Un silbido impresionante –comenta Jack con aprobación.

Barney se acerca dando saltitos. Inmediatamente mira con desconfianza a Jack antes de proceder a olisquear su silla de ruedas.

–¡Barney! –exclamo–. Deja de hacer eso.

–No pasa nada –dice Jack–. Solo me está echando un ojo. ¿Verdad, chico?

–En realidad, me preocupa más que pueda mearte encima –digo, mirando nerviosa a Barney.

Jack se ríe.

–Me han pasado cosas peores.

Barney se comporta de maravilla, sin embargo, y cuando ha terminado de olisquear la silla de Jack recuesta la cabeza en su regazo.

–Creo que le caigo bien –dice Jack, acariciándole la cabeza.

–Lo más seguro es que piense que llevas chucherías encima.

–Lo siento, Barney, me temo que no hay nada que hacer. Mis días de llevar chucherías de perro en el bolsillo pasaron a la historia hace mucho.

–¡Toma, Barney! –le digo, lanzándole una galletita para perro–. Y eso es todo lo que te voy a dar.

Barney coge hábilmente la galleta y la mastica con avidez.

—Cualquiera pensaría que no le doy de comer por la forma en que se comporta.

Jack observa a Barney con afecto.

—¿Cómo va la tienda? —le pregunto para entablar conversación.

—Genial, gracias —dice Jack—. Deberíamos estar listos para nuestra gran inauguración el viernes, si todo va bien.

—Qué bien. Has dicho «deberíamos»... ¿Eso es que te va a ayudar alguien?

—Porque no puedo arreglármelas con esto, ¿quieres decir? —Jack señala su silla.

—No, me refería al personal.

Cruzo los brazos a la defensiva a la altura del pecho. No me iba a pillar otra vez.

Jack me mira y me dedica una sonrisa burlona.

—Bueno, te lo dejaré pasar, entonces. Sí, tengo una empleada a tiempo parcial: Bronte.

—¿Bronte, la hija de Poppy? Poppy, la dueña de la floristería.

—Sí, creo que sí. Ha vuelto de la universidad para pasar el verano, así que será solo hasta octubre, pero supongo que entonces todo empezará a calmarse por aquí, ¿no?

Asiento con la cabeza.

—Sí, tenemos turistas todo el año, pero no es tan ajetreado como en verano. Parece que ya estás listo para abrir.

—Eso espero. Vendrás el viernes, ¿no? A la inauguración. No será gran cosa, pero creo que es importante celebrar la ocasión.

—Por supuesto que sí. ¿Crees que irá mucha gente? ¿Amigos, familia?

—Probablemente solo unos cuantos comerciantes y, con un poco de suerte, la prensa local. No hay mucho interés en que alguien abra una tienda de arte, ¿verdad?

—Puede que no.

«Entonces Jack no tiene familia, ni pareja...».

–Podría jugar la carta de la silla de ruedas, supongo, para llamar la atención de la prensa, pero no quiero. Como ya habrás deducido, esa no es mi forma de hacer las cosas.

–¿En serio? –le sonrío–. Nunca lo habría imaginado.

Jack me guiña un ojo.

–¿Cómo va tu negocio? Parecías muy pensativa hace un momento, antes de que te molestara. De hecho, parecía como si cargaras con todas las preocupaciones del mundo entero. Espero no haber elegido un mal momento para empezar un negocio en St. Felix. Eso sí que sería mala suerte.

–No, qué va, el negocio va bien. Estoy segura de que te irá muy bien con la tienda. Como sabes, vienen muchos artistas aficionados y profesionales a pintar, y la Lyle Gallery también atrae a mucha gente del arte.

–Entonces, ¿por qué esa cara tan larga?

–Tengo algunas cosas en las que pensar, eso es todo.

No quería compartir con Jack el hecho de que ayer una máquina de coser antigua me había dejado un bordado misterioso cuando bajé a abrir la tienda.

–Ya veo. Entonces, ¿te dejo sola para que pienses?

–No, no te preocupes. Llegaré al fondo del asunto. De todos modos, ya es hora de que vuelva con Barney.

–¿Te importa si te acompaño? –me pregunta Jack, para mi sorpresa–. Creo que ya he hecho suficiente por esta mañana. Ahora viene mi parte favorita: ¡cuesta abajo!

–Claro –respondo, y noto que la idea me alegra más de lo que esperaba.

Barney y yo caminamos junto a Jack de vuelta a la tienda.

Me impresiona lo hábil que es Jack con la silla. Maniobra con destreza por las estrechas curvas de St. Felix y las infames calles adoquinadas, como si caminara a nuestro lado. De hecho, mientras charlamos, pronto me olvido de que va en silla de ruedas, hasta que llegamos a unas escaleras estrechas que bajan serpenteando entre unas casas de campo hacia el puerto. Automáticamente me doy la vuelta para bajarlas, pero me detengo.

Me vuelvo hacia Jack. Estoy a punto de decir «lo siento» otra vez, pero me contengo y digo bromeando:

–Supongo que ni siquiera tú, con ese artilugio tan sofisticado, podrás bajar hasta ahí.

Jack niega con la cabeza.

–No, no es fácil. Supongo que aquí es donde nos separamos.

–No hace falta. Barney y yo podemos ir por otro camino.

–No quiero molestaros.

–No seas tonto. La verdad es que me había olvidado de que ibas en silla de ruedas, si no no habría intentado bajar por aquí.

–Me lo tomaré como un cumplido.

–Deberías.

Avanzamos juntos un trecho en silencio.

–Ah, ya sé lo que iba a preguntarte –digo, recordándolo de repente cuando pasamos por delante de la tienda de antigüedades–. Le compraste a Noah material de arte antiguo, ¿verdad?

–Sí, pero ¿cómo lo sabes?

–Me llevé la vieja máquina de coser que venía del vaciado de la misma casa.

–Ah... vale. –Siento que Jack duda–. ¿Qué tipo de máquina de coser es?

Me sorprende su pregunta.

–Es una vieja Singer, probablemente de principios del siglo pasado.

Jack asiente.

–¿Dónde la has puesto?

–En mi tienda. ¿Por qué?

–Por nada. Me lo preguntaba, eso es todo. ¿Funciona esa máquina de coser?

Ahora dudo yo. Técnicamente, no. Al menos, nunca la he visto funcionar con mis propios ojos.

–No, está toda atascada. Es solo para exposición.

–Vaya, qué pena.

De nuevo, hay una breve pausa en nuestra conversación, y me pregunto por qué Jack está tan interesado en mi máquina de coser.

–Bueno, ya hemos llegado –digo cuando llegamos a la puerta de mi tienda–. Barney y yo vivimos en el piso de arriba con mi hija Molly, que, con un poco de suerte –añado, mirando hacia la ventana del piso de arriba–, ya se habrá levantado y se estará vistiendo para ir a clase.

–¿Cuántos años tiene? –pregunta Jack.

–Tiene quince, aunque a veces se acerca a los cincuenta. Es mucho más sensata que yo.

Jack sonríe.

–Está bien saber que no siempre eres tan estirada.

Lo fulmino con la mirada.

–Ah, mierda, he metido la pata que no tengo otra vez, ¿no?

–No soy estirada.

–Lo siento, no quería decir estirada. Quería decir... tradicional.

Lo miro de nuevo.

–No, tampoco quería decir eso. Eh... ¿tensa? ¿Nerviosa? ¿Reservada? Sí, eso es lo que quiero decir: eres bastante reservada, ¿verdad?

–Y tú no, supongo.

–¿A qué te refieres?

–A que cuando te pregunté el otro día por qué ibas a abrir una tienda aquí, te quedaste callado, y está claro que antes no querías hablar de tu época en el ejército.

Jack se lo piensa y asiente con la cabeza.

—Sí, es posible que tengas razón... Y, con esto, me despido. Gracias por presentarme a tu perro. Nos vemos, Barney.

Le da a Barney una palmadita amistosa antes de irse por los adoquines a toda velocidad.

Me quedo fuera de la tienda, asombrada por un momento de que se haya ido de esa manera tan brusca, y luego sacudo la cabeza.

«¿Qué le pasa a este hombre? No lo entiendo en absoluto».

Y, de todas formas, ¿por qué me importa tanto su comportamiento y cómo me hace sentir?

Ocho

El viernes por la tarde, cuando me acerco a la tienda de arte, veo que está llena de gente y oigo una conversación constante que se cuela a través de la puerta abierta hacia la calle. Durante toda la semana ha habido un cartel en el escaparate en el que se invitaba a la gente a la inauguración, y parece que los vecinos de St. Felix se han volcado en gran número para apoyar este nuevo negocio local.

Arty-Farty dice el cartel que hay sobre la puerta, con una colorida paleta de pintura y un pincel debajo. Sonrío. El nombre es muy típico de Jack.

—Hola —le digo a un par de personas mientras me cuelo por la puerta de la tienda—. Hay mucha gente, ¿no?

Veo a Sebastian al fondo de la tienda con una copa de champán, así que me dirijo hacia él. Por suerte, hay un poco de espacio entre los muchos estantes de la tienda, que están llenos hasta el borde con tubos de pintura, blocs de dibujo, papel de acuarela y todo lo que se pueda desear para pintar el cuadro perfecto, así que me las arreglo para llegar hasta él sin demasiado alboroto.

—Al final has venido —me dice, mirándome de arriba abajo—. Has tardado en elegir ese conjunto, ¿verdad?

—No —miento—. Es lo primero que he encontrado al abrir el armario.

—¿De verdad? —dice Sebastian con complicidad, dándole un sorbo a su vaso.

—Sí, de verdad.

La verdad es que no sabía qué ponerme esta noche. Quería ir informal, porque en St. Felix todo el mundo se lo toma todo con calma, incluso a la hora de vestir, pero también quería que pareciera que me había esforzado un poco para la noche especial de Jack.

—¿*Prosecco*? —oigo detrás de mí y me giro para ver a Bronte, la hijastra de Poppy, que lleva una bandeja con varias copas—. ¿O prefiere zumo de naranja?

—Hola, Bronte —la saludo, cogiendo una copa de *prosecco*—. ¿Cómo estás?

Bronte me mira un momento, confundida.

—Soy Kate. Conozco a tu madre. Soy la dueña de la tienda de artesanía que hay más abajo.

—Ah, claro. Lo siento, Kate. Tengo el cerebro frito. ¿Cómo estás?

—Bien, gracias, ¿y tú?

—Sí, genial. He vuelto de la uni para las vacaciones, y he encontrado un trabajito aquí para el verano.

—Jack me dijo que te había contratado. Vas a disfrutar mucho trabajando aquí, entre todo el material de arte.

—Temo que me resulte demasiado tentador y acabe gastándome todo mi sueldo —dice Bronte con una mueca.

—¿Qué sueldo? —dice una voz familiar, y veo a Jack abriéndose paso entre la multitud hacia nosotros.

Claro. Por eso aquí hay espacio de sobra para moverse en comparación con algunas de las abarrotadas tiendas de St. Felix. Jack ha hecho su tienda completamente accesible, no solo para él, sino para cualquier visitante con discapacidad que quiera echar un vistazo. Por eso había una pequeña rampa fuera, al lado de los dos escalones necesarios para acceder a la puerta.

—No te pago lo suficiente para que gastes tu sueldo aquí, Bronte —se burla Jack—. Debes de haberme tomado por un jefe generoso y amable.

Bronte, obviamente ya acostumbrada a las bromas de Jack, le pone los ojos en blanco y se aleja con la bandeja de bebidas.

—Me alegro de que hayas podido venir —dice Jack, mirándome.

—¡Por supuesto! No me habría perdido tu inauguración —le respondo con una sonrisa.

—Solo ha venido a comprobar que no vendo material de artesanía —dice, y le guiña un ojo a Sebastian—. ¿No es verdad, Kate?

—¡Qué gracioso! —contesto, poniendo los ojos en blanco como Bronte—. ¿Conoces a Sebastian? —pregunto mientras le pongo la mano en el hombro al joven—. Me ayuda en la tienda.

—No, no tengo el placer. Encantado de conocerle, señor. —Jack le tiende la mano a Sebastian y se las estrechan—. Apuesto a que Kate dijo alguna que otra barbaridad sobre mí cuando se enteró de que iba a abrir esta tienda, ¿verdad?

—¡Ay, madre, y tanto! —dice Sebastian sin pensárselo—. Se paseaba por la tienda quejándose como una gata en celo.

—Ah, ¿en serio? —dice Jack, alzando las cejas.

—No creo que sea una comparación justa ni acertada —protesto mientras Jack sonríe y Sebastian asiente con entusiasmo—. Solo estaba preocupada por mi negocio.

—¿Y después de conocerme? —pregunta Jack inocentemente, mirando a Sebastian.

—La has dejado ronroneando como un gatito.

Sebastian me sonríe, y su sonrisa decae al instante cuando lo fulmino con la mirada.

—Ignora a mi compañero —digo, con las mejillas del color de la pintura roja cadmio que puedo ver por encima del hombro de Jack, en la estantería—. A veces tiende a dejarse llevar un poco.

—Me caen bien los hombres que dicen las cosas como son —dice Jack, alzando los nudillos para chocarlos con Sebastian, que acepta encantado–. Ahora tengo que socializar un poco. Me alegro de que hayas venido, Kate –dice, mirándome a los ojos–. Me alegro mucho.

Luego se da la vuelta con la silla y gira con destreza para charlar con el siguiente grupo de gente que quiere hablar con él.

–Bueno –dice Sebastian, enarcando las cejas–. No cabe duda de que le gustas.

–¡Calla! –le digo, dándole la espalda a Jack, como si así evitara que las palabras de Sebastian llegaran a sus oídos–. Qué va. Es su forma de ser; siempre está intentando provocarme.

–Pues a mí puede provocarme cuando quiera –dice Sebastian, mirándolo por encima de mi hombro–. No me habías dicho que estuviera tan bueno.

Sacudo la cabeza.

–Primero: aunque Jack fuera gay, que estoy segura de que no lo es, ¡es demasiado mayor para ti! –le susurro con severidad–. Y segundo: ni siquiera me había dado cuenta de que fuera... bueno, guapo –añado, utilizando un término más apropiado para mí.

Sebastian sonríe y levanta la copa hacia mí.

–Puede que te engañes a ti misma, Kate, pero a mí no me engañas ni por un momento.

La inauguración sigue muy concurrida y cada vez más gente se apretuja en la tiendecita. Es agradable ver a todos los habitantes de St. Felix apoyando un nuevo negocio, como hicieron en la Lyle Gallery.

Jack pronuncia un breve discurso hacia la mitad de la velada que recibe una buena acogida. Luego los invitados, después de haber fisgoneado un rato y haberse tomado unas bebidas y aperitivos gratis, comienzan a dispersarse un poco, lo que me permite ver más del interior de la tienda.

–Tiene buena pinta, ¿verdad? –me dice Dec, de la panadería Blue Canary, mientras echo un vistazo a mi alrededor.

–Sí, Jack parece haber metido un montón de cosas en un espacio bastante pequeño, y sin embargo no da la sensación de ser un lugar abarrotado.

–Ese es el problema con los edificios de aquí –dice Dec, mirando a su alrededor–. No se construyeron para ser tiendas que necesitan tener muchas existencias. Los edificios se construyeron para los pescadores y sus familias, y se han reencarnado una y otra vez a lo largo de los años para adaptarse a cualquier negocio que necesite habitarlos.

–Entonces, ¿no había sido siempre una carnicería antes de ser una tienda de arte? –pregunto.

Me encanta oír hablar de la historia de St. Felix y de cómo ha cambiado a lo largo de los años. Siempre hay alguien cerca que te habla de los «viejos tiempos» si quieres oírlo.

–La verdad es que no lo sé –dice Dec, encogiéndose de hombros–. Ha sido una carnicería desde que llegué aquí. Mi tío tenía la panadería antes que yo.

–Es verdad. Recuerdo que Ant me habló de ella un día que estaba en tu panadería y no había demasiada gente.

–Debía de ser en invierno –dice Dec con pesar–. En verano está siempre hasta arriba.

–No deberías hacer pasteles tan deliciosos –me burlo.

–Ah, no puedo llevarme todo el mérito; son recetas familiares que han pasado de generación en generación.

–Buenas tardes –dice Noah, acercándose a nosotros–. Al fin puedo acercarme a hablar con vosotros, ahora que ya se han ido algunas personas. Kate, quería decirte lo bien que queda la vieja máquina de coser en tu escaparate.

No hemos resuelto el misterio de la máquina de coser y de dónde ha salido el bordado, así que ayer puse la máquina en el escaparate con algunos de mis diseños, y, como Noah predijo, queda de maravilla junto a ellos.

—Gracias, sí, estoy muy contenta. —Miro a mi alrededor—. Había pensado que Jack haría algo parecido aquí con el material de arte que le diste.

—Quizá no tiene espacio ahora mismo —sugiere Noah—. Ha metido un montón de material aquí.

—¿Qué material es ese? —pregunta Dec.

—Noah vació una casa hace poco y en ella había una vieja máquina de coser que tengo yo ahora, y algo de material de arte antiguo que le vendió a Jack para la tienda.

—Ah, ¿de qué casa era? —pregunta Dec—. ¿Alguna de por aquí?

—Sí. Esa casa victoriana enorme que hay justo antes de llegar a la carretera de la costa. La de la puerta azul.

Dec y yo asentimos.

—En el desván había trastos que llevaban allí años, incluso décadas. No creo que la anciana propietaria tuviera ni idea de las cosas que había allí arriba escondidas. La familia parecía estar encantada de que estuviera dispuesto a llevarme tantas cosas.

—Entonces, ¿ahora está vacía?

—Sí, pero creo que quieren venderla pronto. Parecían ansiosos por vaciar la casa lo antes posible. Aunque, a decir verdad, no he tratado mucho con ellos. Por extraño que parezca, el agente inmobiliario fue mi punto de contacto.

—Qué pena cuando tu riqueza es más importante para tus seres queridos que tus recuerdos.

—Cierto, Kate, pero lo presencio cada dos por tres —señala Noah con tristeza.

—¿Por qué estáis tan tristes? —pregunta Jack, acercándose a nosotros—. Se supone que es una fiesta.

—Noah y yo estábamos hablando de la casa que vacié, y yo me preguntaba qué habías hecho con el material de arte que te vendió. Pensábamos que lo ibas a exponer esta noche.

La cara de Jack, que había estado llena de vida y exuberancia mientras rodaba hacia nosotros, había perdido de repente su color.

—Ahora mismo no me cabe —se apresura a decir—. Haré algo con él... en algún momento. No hay ninguna regla que diga que tengo que exponerlo, ¿no? Solo porque te lo compré...

Para mi sorpresa, le lanza una mirada acusadora a Noah.

—Eh... no —dice Noah con torpeza—. Ninguna. —Vacía la copa y la deja en un mostrador cercano—. Bueno, será mejor que me vaya. —Mira el reloj—. Es probable que ya haya vuelto Ana con Daisy-Rose. Una boda de noche —explica—, en Marazion.

Dec y yo asentimos.

—Tienes una tienda estupenda, Jack —dice Noah, tendiéndole la mano—. Espero que te vaya bien.

—Gracias, amigo —dice Jack, dándole la mano—. Perdona si te he hablado mal antes. Ha sido una noche muy larga.

Noah asiente.

—Nos vemos —nos dice a Dec y a mí.

—Adiós, Noah.

—¿Daisy-Rose es su... hija? —pregunta Jack, mirándonos a Dec y a mí.

—No. —Sonrío—. Daisy-Rose es una pequeña furgoneta roja. Ana, su pareja, la alquila para bodas y eventos.

—Ah, ya veo. Hay tanto que aprender sobre la gente de aquí.

—Poco a poco —dice Dec—. A todo el mundo le lleva un tiempo conocernos, pero luego ya no hay vuelta atrás. Una vez que entras en la pandilla de St. Felix, es difícil escapar, ¿verdad, Kate? —afirma, se vuelve hacia mí y alza la mano para chocarme los cinco, y acepto encantada.

–Tiene razón, pero es sobre todo porque no quieres irte –le digo, contenta–. Este lugar puede ser un poco cerrado y a menudo ocurren cosas raras que no siempre se pueden explicar.

–Vuelvo a pensar en mi máquina de coser–. Pero somos buena gente y St. Felix es un sitio encantador para vivir.

–Eso es –asiente Dec–. Algunos incluso dicen que está encantado. En el Merry Mermaid a menudo se cuentan historias sobre cosas que han ocurrido aquí en el pasado.

–¿Como qué? –pregunta Jack con interés.

–Demasiadas para contártelas ahora –dice Dec–. Pásate por allí algún día; siempre encontrarás a alguien dispuesto a hablarte de todo. Ahora me toca a mí marcharme. ¿Dónde está ese compañero mío que hace tanto bulto?

–Si te refieres a mí –dice Ant, apareciendo detrás de él–, venía a buscarte. Gran evento, Jack. ¡Una comida deliciosa!

–Normal, la habéis hecho vosotros –dice Jack, sonriéndoles.

–¡Claro! –dice Ant, radiante–. Entonces, ¡será por eso!

Ant y Dec se van y yo me quedo con Jack.

–Me pregunto dónde se habrá metido Sebastian –digo, mirando distraída a mi alrededor–. Estaba aquí hace un rato. Parece que todo el mundo se va de repente.

–Puede que sea por mí –dice Jack, que parece un poco incómodo–. Creo que ofendo a la gente.

–No seas tonto –le respondo, mirándolo–. Bueno, puedes ser un poco... brusco, digamos, a veces.

–No es mi intención. A veces digo cosas que me parecen graciosas, pero los demás no parecen tomárselo así.

–¿Es por tu pasado militar? –pregunto en un tono amable.

–Es posible. ¡A lo mejor solo soy un capullo que no sabe socializar!

–Pues a lo mejor –le digo, sonriéndole–. Pero has estado un poco raro con Noah cuando hemos mencionado el material de arte antiguo. ¿A qué ha venido eso?

–Mmm... –dice Jack, dándole vueltas a algo–. Esto va a sonar como una pregunta extraña, Kate, pero ¿ha ocurrido algo... inusual desde que tienes tu vieja máquina de coser?

–¿A qué te refieres? –pregunto tan despreocupada como puedo, cuando en realidad estoy a punto de estallar por la curiosidad.

¿Por qué lo pregunta? ¿Le habrá pasado algo a él también?

–Me refiero a que... –Jack parece increíblemente incómodo–. ¿Ha hecho algo... algo que no puedas explicar?

Miro fijamente a Jack. No será una de sus bromas, ¿no? Pero parece muy serio.

–En realidad... –empiezo a decir, pero Sebastian reaparece de repente escoltado por Bronte.

–Adivina qué, jefa –dice con una voz alegre y con el brazo enlazado con el de Bronte–. ¡Vamos a la misma Facultad de Bellas Artes en Londres!

–Estoy un curso por debajo de Sebastian –nos dice Bronte–. Nunca se me había ocurrido pensar que habría alguien más de St. Felix estudiando allí al mismo tiempo que yo. ¡Qué pequeño es el mundo!

–Por mucho que odie interrumpir esta reunión de alumnos –le dice Jack a Bronte–, te estoy pagando y tenemos mucho que limpiar antes de que podamos irnos a casa esta noche.

–¡Perdona, jefe! –responde Bronte, y le ofrece un saludo militar–. Me pondré a ello. ¡Nos vemos, Sebastian!

–Por supuesto, cari. ¿Tomamos un café algún día?

–Claro –dice Bronte–. Vale, Jack, ya voy, ya voy.

Bronte empieza a recoger algunos vasos y platos de papel desechables.

–¿Quieres que te ayude? –le pregunto a Jack–. ¿A recoger?

–Gracias, pero estaremos bien. Aunque tal vez podamos continuar nuestra conversación en otro momento.

Asiento con la cabeza.

—Sí, claro. Me pasaré por la tienda algún día, ¿te parece?

—Me encantará —dice Jack sonriendo.

—Por mucho que odie interrumpir esta preciosa conversación íntima —dice Sebastian, sonriéndonos a los dos—, ¿quieres que te acompañe a casa, Kate?

Sonrío ante su caballerosidad.

—Me encantaría, Sebastian. Gracias.

—No es nada. Será algo nuevo para mí acompañar a una mujer a casa. ¡Ya siento la testosterona inundando mi cuerpo!

Sebastian flexiona los bíceps.

Meneo la cabeza.

—Gracias por una velada encantadora, Jack.

—Ha sido un placer. Espero que sea la primera de las muchas que compartamos.

Veo que Sebastian abre la boca para hacer un comentario, así que me apresuro a cogerle del brazo por donde acaba de estar el de Bronte y lo guío con fuerza en dirección a la puerta.

Cuando estamos a punto de salir, me vuelvo y respondo en voz baja:

—Eso espero yo también.

Nueve

–¡Voy a dar un paseo con Barney! –le digo a Anita mientras cojo la correa de Barney y le silbo para que venga hasta mí–. No tardo.

–¿Vas a comprar material de arte? –pregunta Anita, apareciendo desde el fondo de la tienda.

–No... Bueno, puede que pase por la tienda de arte, supongo, pero ¿por qué iba a entrar ahí?

–¿Para ver a Jack, quizá? –pregunta Anita con cierto brillo en los ojos.

–¿Por casualidad ha estado Sebastian hablando contigo? –le respondo–. ¡Ese chico tarda menos en extender rumores que yo en extender el Marmite!

–No he visto a Sebastian esta mañana –dice Anita con su habitual aire recatado–. No llega hasta esta tarde.

–Entonces, ¿por qué dices eso?

–Puede que hayamos estado hablando por WhatsApp –dice Anita para mi sorpresa; ni siquiera pensaba que Anita supiera lo que es WhatsApp, y mucho menos cómo usarlo.

–¡Más bien, puede que hayáis estado cotilleando por WhatsApp!

–Sebastian solo me mantiene al tanto. A menudo hablamos de la tienda, de lo que me ha dejado por hacer y viceversa.

–¡Y de la dueña de la tienda también, por lo que parece!

Anita sonríe con recato.

–Solo queremos lo mejor para ti, querida. Además, podría venirte bien cortejar a un joven agradable.

Suspiro.

–En primer lugar, no tengo intención de «cortejar» a nadie, Anita. Y segundo, no llamaría a Jack precisamente «joven agradable». Tal vez lo llamaría «hombre de mediana edad complicado y a menudo borde».

Anita vuelve a sonreír.

–Si tú lo dices, querida. Si tú lo dices...

Paseo a Barney en dirección contraria a la tienda de Jack a propósito cuando salgo por la puerta de mi propia tienda, aunque tengo toda la intención de ir a verlo esta mañana.

No es la compañía de Jack lo que busco precisamente. Aunque sí que quiero hablar un poco más con él sobre lo que me preguntó la noche de su inauguración antes de que nos interrumpieran.

Porque ha vuelto a ocurrir.

Cuando abrí la tienda esta mañana, eché un breve vistazo al escaparate, como siempre hago, para comprobar que todo estuviera en orden y que nada se hubiera caído o resbalado del escaparate durante la noche.

No habían tocado nada, pero sí que había algo nuevo en el escaparate: otro bordado bajo el prensatelas de la máquina de coser, como si alguien acabara de coserlo. Esta vez representaba una enorme ola turquesa que chocaba contra unas rocas azul grisáceo. De nuevo, se trataba de una labor exquisita, pero ¿quién la había creado y cómo había llegado hasta mi escaparate?

No le dije nada a Anita cuando entró. La había interrogado a fondo cuando apareció el primer bordado, y estaba claro que ella, al igual que Sebastian, no sabía nada al respecto, pero ahora tenía la sensación de que Jack podría tener alguna idea.

Una vez que Barney ha correteado un buen rato, le ato la correa y vuelvo en dirección a la calle principal y a la tienda de arte.

Me alegra ver que ya hay bastante gente curioseando dentro mientras miro por el escaparate con la esperanza de ver a Jack. Lo veo hablando con alguien muy atentamente sobre unas ceras de colores pastel. Como si percibiera mi mirada, se vuelve hacia el escaparate y levanta la mano para invitarme a entrar.

Señalo a Barney.

Jack asiente y me hace un gesto para que le dé un minuto.

Mientras Barney y yo esperamos fuera, me dedico a uno de mis pasatiempos favoritos: observar a la gente.

Es media mañana y la mayoría de los veraneantes acaban de salir de sus apartamentos y de las pocas habitaciones de hotel que ofrece St. Felix.

Son una mezcla extraña: algunos llevan ropa apropiada para el tiempo de hoy –un tanto brumoso y húmedo, con la promesa de algunos chubascos ligeros más tarde–, así que unos cuantos pares de botas robustas de montaña se cruzan en nuestro camino con pantalones prácticos y mochilas; y otros o bien no han consultado ningún tipo de pronóstico o bien han decidido obstinadamente que están de vacaciones y van a llevar pantalones cortos, camiseta y chanclas, ¡y que pase lo que tenga que pasar!

Sonrío al verlos pasar. Cuando me mudé aquí, me resultaba extraño estar rodeada todos los días de gente de vacaciones; casi nunca tenían prisa por ir a ninguna parte y me irritaba que siempre estuvieran estorbando, caminando a un ritmo que yo consideraba lentísimo. Había pasado gran parte de mi vida en grandes ciudades, donde la gente siempre tiene prisa por llegar a todas partes, pero cuando llevaba unas semanas en St. Felix me di cuenta de que no tenía sentido luchar contra los veraneantes. Es como luchar contra la marea alta, no había forma de librarse, así que me dejé llevar por el ritmo de vida mucho más lento y pausado de la costa, y entonces me di cuenta de inmediato de que empezaba a sentirme mucho más tranquila y relajada también.

Un par de personas salen de la tienda de Jack, y Jack las sigue hasta la puerta.

—Hola, ¿qué tal? —me saluda—. ¿Quieres entrar?

—¿Qué pasa con Barney? —pregunto—. ¿Te importa?

—En absoluto. Está acostumbrado a tu tienda, ¿no? No se va a mear encima de mis caballetes, ¿verdad?

—Espero que no.

Jack se echa hacia atrás en la silla y lo seguimos al interior.

—Tengo aquí un cuenco para perros que iba a poner fuera de la tienda —dice Jack, agachándose detrás de la caja registradora—, pero he estado tan ocupado esta mañana que aún no he podido llenarlo. ¿Te importa? Así Barney podrá beber un poco.

Me conmueve que haya pensado no solo en Barney, sino en todos los demás perros que pasan por las calles de St. Felix, sedientos de largos paseos y de jugar en el agua salada del mar.

—Claro —digo, cogiendo el cuenco—. ¿Dónde...?

—Hay un pequeño lavabo junto al retrete, al fondo de la tienda, pero será mejor que lo llenes arriba, en el grifo de la cocina; allí el agua estará más limpia.

—Vale, ahora vuelvo. ¡Pórtate bien, Barney!

Barney ya está olfateando a Jack para ver si tiene alguna golosina para él.

Atravieso una puerta lateral que da a un pasillito y luego subo unas escaleras con una moqueta recién instalada. Mientras las subo, no puedo evitar preguntarme cómo se las apañará Jack para subir.

Cuando llego arriba me doy cuenta de que el piso de Jack no es muy distinto del de Molly y mío. A través de las puertas abiertas veo un salón limpio y ordenado, dos dormitorios, un cuarto de baño y una cocina ordenada y funcional con muebles nuevos. Mientras abro el grifo pienso: «¿Por qué ha elegido Jack vivir en un lugar en el que le resulta tan difícil moverse?».

Sí, está claro que el piso venía con la tienda, pero seguro que podría haberlo alquilado y vivir en un sitio más accesible. ¿Quizá solo podía permitirse hacerlo así? A Molly y a mí nos venía bien vivir encima de nuestra tienda, pero el caso de Jack es diferente. ¿Cómo demonios se las arreglará?

Mientras lleno el cuenco del perro me doy cuenta por primera vez de que todo está mucho más bajo de lo que estoy acostumbrada: el fregadero, los muebles, la hornilla. A Jack le han diseñado la cocina para que le resulte más fácil acceder a todo desde su silla.

Llevo el cuenco lleno de agua con cuidado hasta lo alto de la escalera y veo por primera vez una segunda silla de ruedas plegada junto a la barandilla de arriba.

¿Dejará Jack su otra silla en la parte de abajo y de algún modo sube hasta aquí y utiliza esta? Le doy vueltas mientras bajo despacio los escalones con cuidado de no derramar el agua.

—Aquí estoy —anuncio con alegría mientras le llevo el cuenco a Barney y atravieso la tienda, ahora vacía; lo coloco en el suelo a su lado y Barney, sediento, empieza a beber.

—Gracias —dice Jack, mirando a Barney—. Como te podrás imaginar, me cuesta mucho subir al piso de arriba.

—¿Cómo subes y bajas las escaleras? —Intento preguntarlo con toda la normalidad que puedo para no ofenderlo de nuevo—. Debe de ser... difícil.

—Con esto —dice Jack y levanta los brazos y flexiona los bíceps bien definidos.

Debo de haberme quedado pasmada, porque Jack continúa:

–Me siento sobre el trasero y tiro de mí para subir y bajar.

Me lo demuestra en la silla, agarrándose a los lados y subiendo y bajando todo el cuerpo varias veces.

–Tienes que estar muy fuerte.

–En la parte superior del cuerpo, sí. Pero el resto no tanto. –Se mira las piernas con pesar–. Hace años que no tengo el placer de usarlas ni de verlas.

Es la primera vez que me fijo en que las piernas que tiene Jack bajo los pantalones sueltos no son reales, sino prótesis.

–Vaya, ¿qué te pasó? –pregunto, dejando de lado la cortesía–. Lo siento... No hace falta que me lo cuentes. No quiero parecer una fisgona.

Jack me estudia un momento; sus ojos marrón chocolate parecen escrutar cada uno de mis defectos.

–Una mina terrestre –dice al final con naturalidad.

–¿Pisaste una? –pregunto, ingenua.

–No sabes mucho de minas terrestres, ¿verdad? –pregunta Jack, inclinando la cabeza hacia un lado–. Si hubiera pisado una, ahora no estaría aquí.

–Ya, claro... Perdona. Entonces, ¿qué pasó?

–Uno de mis compañeros tropezó con un cable trampa. Dos de ellos se llevaron la peor parte de la explosión. Volaron en pedazos. No quiero ser demasiado gráfico, pero después encontraron trozos de ellos por todas partes.

–Dios mío... –me estremezco.

Es terrible. Pobre Jack.

–En realidad, yo tuve suerte –continúa con calma–. Estaba lo bastante lejos como para que solo me arrancara las piernas. La mayor parte de esta –señala el lugar donde debería tener la pierna izquierda– y esta otra justo por debajo de la rodilla.

–Lo siento mucho, Jack. –No le miro las piernas, sino directamente a los ojos–. De verdad. Es que... –me cuesta encontrar la palabra adecuada, porque todas me parecen inútiles-- Es que es horrible –termino diciendo.

Jack se encoge de hombros:

–No hace falta que lo sientas. Ya estoy acostumbrado.

–¿No podrías ponerte una prótesis en las piernas para poder andar? Lo siento –vuelvo a decir–. No es asunto mío.

–Deja de disculparte, Kate. Ya pasamos por eso el otro día.

–Lo si... –empiezo, pero me detengo.

–Lo de las prótesis es una buena pregunta y me la hacen a menudo. Lo que ves aquí –señala una de sus piernas– son prótesis cosméticas. No funcionan como las funcionales, así que no puedo caminar con ellas; son solo para aparentar. Por la naturaleza de mis lesiones, no soy apto para llevar prótesis funcionales. En realidad, tampoco me encanta llevar estas, pero la gente reacciona mejor que cuando no llevo nada. Además, las prótesis funcionales pueden ser un incordio, o, mejor dicho, más incordio que esto. –Da un golpecito a su silla de ruedas–. Me costó un poco acostumbrarme a las ruedas, pero diría que ahora se me da bastante bien.

Sonrío.

–Desde luego.

Un cliente asoma la cabeza por la puerta de la tienda.

--Perdone que le moleste, pero ¿tiene azul de Prusia? Creía que había traído bastante, pero se me ha acabado.

–Por supuesto --dice Jack mientras se acerca con la silla–. ¿Óleo o acuarela?

–Óleo, por favor. Es para los maravillosos cielos y mares que hay aquí –me explica–. No puedo dejar de pintarlos.

El hombre le paga a Jack por el tubo de pintura.

–Me alegro de haberle encontrado –dice mientras se marcha–. No sé qué habría hecho si no me hubieran dicho que estaba su tienda aquí, en la calle principal.

—¡Pásese cuando quiera! —dice Jack en voz alta mientras se marcha el hombre.

—Lo haré. —Le devuelve el saludo—. Seguro que me quedo sin algo más si sigo siendo tan productivo mientras estoy aquí.

—Puede que hayas encontrado un hueco en el mercado —le digo a Jack mientras mete el dinero en la caja.

—Esa es la idea —dice Jack—. Sé que hoy en día la mayoría de la gente se compra el material artístico por Internet, pero yo estoy aquí para atender a los que se han quedado sin algo o lo han olvidado, o a los que se sienten inspirados para empezar a pintar mientras están de vacaciones aquí. He oído que este lugar saca el lado artístico de la gente, a veces cuando ni siquiera saben que lo tienen.

—Eso es cierto. St. Felix siempre ha atraído a los artistas por su increíble luz. Creo que fue en los cincuenta cuando empezaron a venir muchos. ¿Tú pintas?

—Hago mis pinitos. Empecé durante la rehabilitación y desde entonces no he parado. Me relaja mucho. Tú me dijiste que cosías gran parte de lo que vendes, ¿no?

—Sí, con ayuda.

—Es útil conocer bien lo que vendes, ¿eh?

—Y que lo digas. Hablando de eso —digo, recordando por qué estoy aquí—, ayer ibas a contarme algo sobre el material que le compraste a Noah.

—Ah, eso. —Jack parece tan incómodo como anoche cuando hablamos de ello—. Me preguntaba si habías notado algo raro en tu máquina de coser.

—¿Cómo que «raro»? —pregunto, tan cautelosa como Jack.

—No sé... —Jack baja la mirada al suelo—. ¿Ha hecho algo extraño?

—Define «extraño».

–¡Kate! –dice Jack, exasperado–. Es evidente que sí ha hecho algo raro. ¡Si no, no estarías respondiendo a mis preguntas con más preguntas!

–Bueno, tú también tienes algo que decirme. ¡Si no, no me estarías haciendo estas preguntas!

Nos miramos desafiantes.

–Las damas primero –dice Jack, extendiendo la mano en un gesto galante.

Suspiro.

–Vale... La primera noche que tuve la máquina la limpié muy bien. Le di un buen repaso, pero, por más que intenté hacerla funcionar, seguía sin coser.

Jack asiente.

–¿Y?

–Entonces la dejé toda la noche en la tienda, pero a la mañana siguiente...

Dudo de nuevo; iba a parecer una tontería y ya podía oír la respuesta burlona de Jack a lo que estaba a punto de contarle.

–Continúa, Kate.

–A la mañana siguiente bajé a la tienda, antes de abrir, y me encontré una tela bordada en la máquina, como si alguien hubiera estado cosiendo y la hubiera dejado allí para que la encontrara.

Lo miro, esperando escuchar un comentario inteligente o ver el regocijo brillándole en los ojos, pero se limita a mirarme, esperando a que continúe.

–¿Qué tipo de bordado? –me pregunta Jack para mi sorpresa.

–Un cuadro. Y muy bueno. El bordado es exquisito. Pero parece que forma parte de algo más grande.

–¿Qué quieres decir?

–Como si alguien hubiera cogido una pequeña muestra de un cuadro más grande y lo hubiera recreado con hilo de bordar.

Jack asiente.

–Pero ¿no sabes quién lo dejó allí?

–No. Les pregunté a todos los que podrían haber colocado algo allí de la noche a la mañana, ya que solo tenemos llave de la tienda tres personas, pero todos lo negaron, dijeron que no sabían nada al respecto. Sigue siendo un misterio cómo llegó allí.

–¿De qué era el cuadro? –pregunta Jack en voz baja.

–Eh... el primero era parte de un puerto. Se parecía mucho al puerto de St. Felix. Y el segundo...

–Espera, ¿ha habido un segundo bordado?

–Sí, anoche. Esta vez es una...

–¿Gran ola chocando contra unas rocas? –termina la frase Jack, para mi asombro.

–Sí, ¿cómo lo sabes?

–Echa un vistazo ahí atrás –dice Jack, señalando hacia la parte trasera de la tienda–. Hay un armario de almacenaje.

–¿Por qué?

–Por favor, Kate, echa un vistazo.

Desconcertada, voy a la parte de atrás de la tienda, como me pide, y abro el armario que está señalando. Dentro encuentro un montón de cajas de cartón, probablemente llenas de material para la tienda, pero delante de las cajas hay un viejo caballete de madera. Todavía tiene salpicaduras coloridas de pintura del propietario anterior, pero el caballete no es lo que me sorprende, sino el cuadro que hay sobre él y el que está debajo, apoyado sobre sus patas.

Una es una pintura al óleo de un puerto con un pequeño faro blanco al final, y la otra es de unas grandes rocas de color gris azulado con enormes olas turquesas que salpican por encima de ellas.

Diez

—¿Esto lo has hecho tú? —pregunto tras sacar los cuadros del armario y cruzar la tienda para llevárselos a Jack—. ¿Esto es una broma para ti?

—Ojalá —dice Jack, mirándolos fijamente—. Ojalá fuera tan buen pintor como este artista, y ojalá los hubiera creado yo, porque así sabría de dónde demonios han salido.

—¿Qué quieres decir? —pregunto sin entenderlo—. ¿Cómo es posible que no sepas de dónde han salido...? —digo al caer en la cuenta—. ¡¿A ti también te ha pasado lo mismo?!

Jack asiente.

—Al igual que tú, coloqué el viejo caballete en el escaparate para exhibirlo la víspera de la inauguración, pero, cuando bajé a la mañana siguiente, ¡había aparecido allí el cuadro del puerto! Juraría que había dejado un lienzo en blanco. En esta tienda hay menos gente con llave que en la tuya, Kate. Ahora Bronte tiene llave, pero el otro día no. Solo yo.

—¿Y el segundo cuadro? —pregunto, mirando el óleo de las olas que ahora está apoyado inocentemente en una estantería llena de cuadernos de dibujo.

—Ha aparecido esta mañana, esta vez allí detrás. Le pedí a Bronte que se llevara el cuadro y el caballete y los guardara en el armario hasta que pudiera averiguar qué estaba pasando. Pensé que podría tratarse de una especie de rito iniciático de St. Felix entre los propietarios de las tiendas; ya sabes, gastar una broma al chico nuevo del pueblo. Pero cuando hice algunas preguntas la noche de mi inauguración me di cuenta de que nadie sabía nada al respecto. Luego, antes de abrir esta mañana, el segundo cuadro ha aparecido en el caballete, igual que el primero... ¿Qué demonios está pasando, Kate?

—No tengo ni idea —digo, negando con la cabeza—. Es muy raro. Seguro que no son los dueños de las otras tiendas. Es decir, ¿por qué me estaría pasando a mí también? Yo ya llevo aquí mucho tiempo.

—Exacto. Entonces, ¿tiene algo que ver con el material que nos vendió Noah?

—¿A qué te refieres? —pregunto—. ¿Crees que está poseído? —digo bromeando—. ¡Una máquina de coser que cose sola y un caballete que pinta cuadros por sí solo! ¿Estarán poseídos por sus antiguos dueños?

Le sonrío, pero Jack me observa con una mirada atormentada.

—¡No! —dice Jack, sacudiendo la cabeza—. No creo en esas tonterías. He estado en el ejército más de quince años. ¿Te imaginas las burlas que recibiría si dijera que creo en fantasmas?

—Entonces, ¿qué debemos pensar?

Jack se encoge de hombros.

—La verdad es que no tengo ni idea. Es un misterio absoluto.

—¿Deberíamos esperar y ver si aparecen más cuadros?

—¿Qué otra opción tenemos?

—Es curioso que tanto los tuyos como los míos tengan los mismos temas, ¿no?

—¿Quizá deberíamos compararlos? —sugiere Jack—. Estudiar sus similitudes; a lo mejor nos daría alguna pista de por qué está sucediendo esto.

—¿Qué te parece si vengo con el bordado esta noche? Es un poco más fácil de transportar que tus cuadros. —Miro el reloj—. Debería volver a la tienda. Anita se estará preguntando dónde estoy.

–Me parece un buen plan –dice Jack, sonriéndome–. ¿A qué hora te viene bien?

–Eh... –me siento de repente incómoda, como si estuviéramos organizando una cita o algo así– ¿sobre las ocho? –sugiero.

–A mí me va bien a las ocho.

Jack me mira a los ojos durante un instante y yo soy la primera en apartar la vista.

–Pues a las ocho –digo, muy animada–. ¡Vamos, Barney! –lo llamo para despertar al perro, que se ha quedado dormido–. Es hora de irnos.

Barney bosteza y se levanta despacio. Jack le sonríe.

–Me recuerda mucho al perro rastreador que teníamos en la última unidad en la que estuve –dice con nostalgia–. Era un *springer spaniel*, pero tenía un temperamento similar al de tu Barney. Un perro encantador y muy listo. Nos sacó de muchas situaciones peligrosas. Son animales increíbles, los perros militares. Se supone que no debemos encariñarnos con ellos, pero no puedes evitarlo cuando te destinan tan lejos de casa.

Estoy a punto de preguntarle algo más cuando una pareja de ancianos entra en la tienda.

–¿Nos vemos luego? –susurra Jack.

Asiento con la cabeza y él se acerca a recibir a sus clientes mientras Barney y yo nos apresuramos a salir de la tienda.

Mientras estoy fuera, inhalando profundamente el aire fresco del mar, me pregunto si la necesidad de calmarme se debe a que he descubierto que están ocurriendo cosas extrañas no solo en mi tienda, sino también en la de Jack, o a que me siento un poco mareada ante la idea de pasar más tiempo con él.

Once

–¿Vas a verlo otra vez? –me pregunta Molly más tarde, cuando recojo apresuradamente las cosas de la cena de la mesita que compartimos en el piso.

–Más o menos –digo desde la cocina mientras pongo los platos en el fregadero.

Hay muchas muchas cosas que me encantan de nuestra vida aquí en St. Felix, pero la falta de espacio en nuestro piso para un lavavajillas no es una de ellas.

–¿Qué significa eso de «más o menos»? –pregunta Molly, siguiéndome con los condimentos desde la mesa–. ¿Vas a su piso o no?

–No es una cita, antes de que empieces con eso otra vez. Es solo que tenemos algunas cosas de las que hablar.

–¿Qué tipo de cosas? –responde Molly, enarcando las cejas mientras cierra la puerta de la nevera–. Déjalos –dice mientras echa un chorro de lavavajillas en los platos–. Ya lo hago yo mientras tú te arreglas.

–No necesito arreglarme –le digo, volviéndome hacia Molly–. Como te he dicho, no es una cita. Sin embargo –añado, quitándome los guantes de fregar y entregándoselos–, aun así, aceptaré tu amable oferta.

Molly me coge los guantes.

–En serio, mamá –me dice, pestañeando con entusiasmo con esos ojos verdes claros–, te vendrá bien volver a estar con un hombre. Han pasado siglos desde Joel.

Joel, mi último novio, fue una de las principales razones

por las que al final di el paso de dejar mi trabajo bien pagado y seguro en una compañía de servicios financieros para mudarnos a Cornualles y comenzar una nueva vida lo más lejos posible de él.

No había hecho nada demasiado malo, al menos al principio. Fue su comportamiento hacia el final de nuestra relación lo que había causado problemas. Trabajábamos juntos en el mismo edificio, que fue como nos conocimos y la razón por la que tuve que irme, para alejarme de él, porque simplemente no aceptaba que nuestra relación había terminado.

Una de mis amigas pensaba que su comportamiento era demasiado controlador cuando estábamos juntos, y otra lo calificó de acoso cuando rompimos y me dijo que llamara a la policía. Al principio, sin embargo, no quise armar demasiado jaleo por Molly. Joel no era violento ni con Molly ni conmigo, así que lo de la policía me pareció un poco duro, pero al final fue necesario porque no me dejaba en paz. Resultó que nos hizo un favor al obligarnos a mudarnos, porque tanto Molly como yo somos más felices ahora de lo que lo hemos sido en mucho tiempo. Por eso me ha sorprendido oírla mencionar el nombre de Joel, pero estuvieron muy unidos durante el tiempo que estuvimos juntos, así que quizá no sea tan extraño.

—Tienes razón –le digo–, ha pasado mucho tiempo, pero eso no significa que vaya a embarcarme en una nueva relación solo porque he quedado con un hombre un par de veces para charlar.

—No, ya lo sé, pero creo que te vendría bien, eso es todo. Trabajas demasiado, mamá. Necesitas divertirte un poco más.

Me acerco para abrazar a Molly, y luego me detengo y la retengo un poco entre mis brazos.

—Espera, no estás hablando solo de mí, ¿verdad? –pregunto con suspicacia–. ¿A dónde quieres ir, cuándo y con quién?

Molly sonríe.

—¡Eres demasiado perspicaz, mamá! En realidad, este fin de semana se celebra una pequeña fiesta. El hermano de una de mis amigas del instituto cumple dieciocho años y le ha dicho que puede invitar también a algunas de sus amigas.

—¿Dieciocho años, Molly? ¡Acabas de cumplir quince!

—Porfa, mamá. No beberé ni nada parecido a la última vez...

Miro la cara expectante de Molly. La última vez que la dejé ir a una fiesta fue a regañadientes, cuando una de sus antiguas compañeras de clase organizó una fiesta de Halloween. En mi época, Halloween significaba ir a pedir caramelos, y tal vez jugar un poco a morder la manzana. Desde luego, no implicaba manzanas flotando en un ponche en el que habían mezclado diferentes variedades de alcohol. El resultado final fue que pasé la mayor parte de la noche junto a la cama de Molly mientras vomitaba en un cubo, y luego fregué la alfombra del recibidor porque no le había dado tiempo a ir al baño.

—He aprendido la lección —añade Molly mientras yo lo sopeso todo—. Tendré mucho cuidado, lo prometo.

—¿Quién da la fiesta? ¿Conozco a sus padres?

—Es el hermano de mi amiga Emily, Sam.

Me lo pienso un momento.

—El hijo de Jenny, ¿el alto y pelirrojo? ¿El que trabaja a veces en la heladería?

Molly asiente.

Jenny y su marido son muy sensatos. No permitirían que pasara nada malo en su casa. Estoy segura.

—Bueno, de acuerdo, puedes ir, pero hablaré con Jenny antes para enterarme un poco de la situación.

—¡Sí! —exclama Molly, bombeando el aire—. Quiero decir, gracias, mamá, ¡eres la mejor! —Me abraza—. Voy a mandarle un mensaje a Emily, luego vuelvo y lavo todo esto en un momento. Por cierto, la fiesta es en el centro comunitario –añade despreocupadamente mientras sale de la habitación.

Suspiro. Debería haber sabido que no sería en la casa recién reformada de Jenny y Steve, pero ya he dicho que sí y no puedo tener a Molly entre algodones para siempre, por mucho que quiera. Está creciendo rápido, demasiado rápido, y tengo que dejarla.

–Lo de antes iba en serio –dice Molly, asomando la cabeza por la puerta–. Tú también te mereces divertirte, mamá. Ahora que Joel ya no pinta nada, ¿tal vez este Jack podría ser el indicado?

Regreso a la tienda de Jack un poco antes de las ocho, con los bordados guardados en el bolso.

Llamo al timbre del piso que hay junto a la tienda y espero.

–Hola, Kate, sube –oigo a los pocos segundos por el interfono.

La puerta que tengo delante se abre como por arte de magia y, al entrar, me encuentro en el mismo pasillo en el que había estado antes, que corre paralelo al lateral de la tienda.

Subo las escaleras, siguiendo el sonido de la voz de Jack.

–¡Estoy en el salón! –grita, así que atravieso el rellano en dirección a la habitación que he visto de pasada antes.

–Siento no haber podido bajar a recibirte como es debido –se disculpa Jack–, pero ya sabes por qué.

–No seas tonto, no pasa nada –respondo, preguntándome dónde debería sentarme.

Jack está en lo que ahora reconozco como su segunda silla de ruedas, un poco más pequeña, junto a la ventana abierta. Al momento me doy cuenta de que no lleva las piernas ortopédicas; en cambio, lleva los pantalones estilo cargo recogidos a la altura en que terminan sus propias piernas.

–No te importa, ¿verdad? –pregunta Jack al notar que las

miro–. Solo llevo las piernas cuando es necesario; no son demasiado cómodas.

–Claro que no –digo, deseando no haber mirado–. ¿Por qué iba a importarme?

–Bueno, ya sabes... la gente a veces es rara con las discapacidades.

–Yo no.

–Bien, siéntate –dice Jack, señalando el sofá brillante y cómodo–. Te he visto venir por la carretera. Hay una vista perfecta desde aquí arriba de todas las idas y venidas por la calle principal.

–Apuesto a que sí –digo mientras me siento.

–Preferiría tener unas vistas preciosas al mar, eso sí, pero esas ventanas cuestan bastante más que mis vistas.

–Nosotros tenemos mucha suerte porque nuestra tienda da al puerto y el piso tiene unas vistas maravillosas al mar.

–Ah, pues sí que tenéis suerte. Pero no te das cuenta cuando estás en Harbour Street. Todas las tiendas parecen pequeñas y oscuras por allí.

–Prefiero decir que son pintorescas y acogedoras –respondo con firmeza.

–Sí, probablemente sea la mejor manera de describirlas. No son tan grandes como las nuestras aquí arriba, en la calle principal, pero seguro que recibís mucho más turismo donde estáis, así que supongo que estamos empatados.

Miro a Jack. ¿Sabe siquiera que está rozando la grosería otra vez?

–¿Quieres beber algo? –pregunta Jack alegremente cuando no respondo–. Tengo varios zumos, agua con gas... ¿O prefieres vino?

–Un zumo de naranja estará bien, gracias –digo, todavía molesta por su desaire, involuntario o no, hacia mi tienda.

Jack pone las manos sobre las ruedas.

–¿Quieres que...? –arranco a decir, a punto de levantarme–. No, claro que no. Adelante –le digo, extendiendo la mano mientras me acomodo en el sofá.

–Al menos esta vez no me has pedido perdón –me contesta Jack, sonriéndome mientras atraviesa la pequeña puerta con habilidad.

Regresa unos instantes después con dos vasos de zumo en una bandejita sobre su regazo sin perder el equilibrio.

–¿Puedo coger la bandeja? –pregunto, intentando no sonar sarcástica; todavía me estoy acostumbrando a Jack y a sus costumbres, y es difícil encontrar el equilibrio entre ser demasiado servicial y maleducada.

–Sí que puedes –dice Jack.

Subo la bandeja a la mesita, cojo un vaso de zumo para mí y le paso el otro a él.

–Entonces, esos cuadros... –empieza diciendo Jack, apoyando el vaso sobre la mesa–. Supongo que habrás traído lo tuyo, ¿no?

–Así es.

Rebusco en el bolso, saco el bordado y se lo paso a Jack.

–Vaya, son exactamente iguales a partes de mis cuadros –dice, examinando las dos piezas–. Es decir, muy parecidos.

–Lo sé. Pero me gustaría saber por qué. He pensado mucho en ello esta tarde, entre cliente y cliente, y todavía no se me ocurre ninguna explicación razonable.

–A mí tampoco –añade Jack, devolviéndome el bordado.

–¿Tus cuadros siguen abajo? ¿Te los traigo para que los veamos juntos?

–Todavía están en el armario, en la parte trasera de la tienda. La llave está colgada en un gancho al final de la escalera. Ah, y tendrás que restablecer la alarma cuando entres; está justo dentro de la puerta interior de abajo. El código es: cinco, cinco, dos, cuatro.

—Cinco, cinco, dos, cuatro. Entendido. Vuelvo enseguida.

Bajo de nuevo las escaleras hasta la puerta que conduce desde el pasillo a la entrada lateral de la tienda de Jack. Giro la llave, abro la puerta y silencio rápidamente la alarma introduciendo los dígitos. Hago dos viajes; primero subo los cuadros por las escaleras y luego el caballete.

—Bien —digo por fin mientras coloco el caballete en el salón de Jack—. Primero, los cuadros del puerto.

Coloco el óleo del puerto en el caballete y al lado sostengo mi cuadro bordado a juego.

—Demasiado parecidos para ser una coincidencia —dice Jack, estudiando las dos obras.

—Lo sé —respondo, mirándolas—. Pero ¿qué significa? ¿Quién haría esto y por qué? No tiene sentido.

—¿Crees que tiene algo que ver con el hecho de que los dos objetos que parecen estar, y dudo en utilizar este término, creando estos cuadros proceden de la misma casa?

—¿Qué quieres decir?

—En realidad no lo sé —responde Jack, encogiéndose de hombros—. Estoy dando palos de ciego, pero el caballete y la máquina de coser vienen de la misma casa, ¿no? ¿Crees que eran de la misma persona?

—Supongo que sí. Quizá nos ayudaría saber más sobre la anciana que vivía allí. Es esa gran casa victoriana antigua con la puerta azul en la carretera de la costa. Me lo dijo Noah.

—¿Sabes si alguien nuevo se ha mudado allí desde que vaciaron la casa?

—No lo sé. Pero probablemente podríamos averiguarlo con bastante facilidad. Siempre hay alguien que sabe lo que está pasando aquí; solo tienes que hablar con unas pocas personas antes de dar con la información que deseas.

–Genial, por ahí deberíamos empezar entonces. –Jack se acerca hacia el caballete para mirar los dos cuadros–. Déjame tu bordado otra vez –dice, tendiéndome la mano.

Le paso la tela.

–La escala es casi exactamente la misma –añade, sosteniendo la tela junto al cuadro–. Mira, cuando sostengo el bordado es como si hubieran recortado una parte del cuadro.

–Ah, sí –contesto, poniéndome detrás de él–. Casi se vuelve tridimensional cuando lo sostienes así sobre el cuadro. El faro cobra vida. Podríamos haber creado un género artístico completamente nuevo.

Estoy de broma, pero Jack no se ríe. En cambio, se queda mirando la tela.

–¿Qué? ¿Qué pasa? –pregunto, pero Jack no responde–. Te has puesto un poco pálido, Jack –le digo, mirándolo fijamente–. ¿Qué te pasa?

–Eh... –Jack se apoya el bordado en el regazo y se frota los ojos–, no estoy muy seguro. Quizá deberías echar un vistazo, por si estoy viendo cosas.

–¿Qué quieres decir? –le pregunto, y le cojo la tela mientras él rueda hacia atrás para que pueda colocarme delante del caballete. ¿Me está gastando una broma?

–Sujeta la tela sobre el lienzo –me indica–, en el lugar exacto para que los dos cuadros coincidan.

–Vale... –digo vacilante, preguntándome qué se supone que tengo que ver.

–Míralo –dice Jack–. Me refiero a que lo mires de verdad y me digas qué ves.

Hago lo que me dice: primero comparo los dos cuadros y luego los miro con atención.

–No veo nada raro –digo.

–Agáchate –me indica Jack–, para que estés a su altura, como yo.

—Vale... —repito, agachándome un poco para que mi línea de visión esté a la altura del pequeño faro del puerto representado en el bordado.

—¿Qué ves ahora? —pregunta Jack—. ¿Kate? —vuelve a preguntar cuando no respondo—. ¿Estás viendo lo que he visto yo?

—Eso depende —respondo en voz baja— de si has visto una imagen en movimiento.

—Sí —dice Jack con la misma tranquilidad—. Por eso me frotaba los ojos. ¿Cómo es que ambos vemos una imagen en movimiento en algo tan estático como un cuadro?

—No lo sé —digo, sin dejar de observar lo que ocurre—, pero no voy a dejar de mirar ahora, ¿y tú?

Hago sitio para que Jack se acerque a mí y miramos con atención las imágenes. Ambos dejamos que todos nuestros pensamientos racionales se disipen mientras nos dejamos absorber por las imágenes en movimiento frente a nosotros.

St. Felix, mayo de 1957

—Por favor, mamá, ¡¿podemos acercarnos un poco más?! —suplica una niña en una silla de ruedas sencilla pero funcional.

—Está bien, solo un ratito —cede su madre, y empuja la silla de ruedas un poco más cerca del extremo del muro del puerto.

—¿Puedo bajarme? —pregunta la niña—. Solo un rato.

—No, Maggie, aún no tienes fuerzas. Recuerda lo que dijo el doctor Jenkins: tienes que descansar y recuperarte.

—Estoy harta de recuperarme —dice Maggie malhumorada—. Es muy aburrido.

—Lo sé, cariño, pero tu convalecencia es muy importante, de lo contrario puede que nunca te recuperes del todo.

Maggie suspira.

–Pero ¿por qué he tenido que contagiarme de polio? No la ha tenido ninguno de mis amigos. ¿Por qué yo?

Su madre suspira.

–Sí, has tenido muy mala suerte en ese aspecto, pero mucha suerte en otros, cuando ves lo que han sufrido los otros niños que se contagiaron. Al menos podrás volver a andar y hablar como es debido. He leído historias terribles en el periódico sobre niños paralizados que solo pueden respirar con uno de esos horribles pulmones de acero. Al menos tú no tuviste que usar uno de esos cuando estabas en el hospital.

–Los vi en otra sala –dice Maggie, con cara triste–. Parecían horribles.

–En fin –dice su madre alegremente–, no nos quedemos en el pasado. Ahora que estamos aquí, en St. Felix, nos espera un futuro maravilloso. Si respiras todo el aire curativo del mar que puedas, volverás a ser la de antes en poco tiempo.

Maggie no parece tan segura.

–Disculpe –dice un hombre que se acerca a las dos. En contraste con la vestimenta pulcra y elegante de la mujer, una rebeca rosa pálido, falda de tweed, perlas y una blusa crema, el hombre lleva un atuendo mucho más informal: un blusón a rayas, pantalones sueltos y un pañuelo rojo atado al cuello, mientras que en los pies calza sandalias de cuero marrón–. Espero que no le importe, pero he hecho un boceto rápido de las dos mientras estaban al final del puerto y me preguntaba si lo querrían.

La mujer mira con recelo al hombre, pero Maggie, con ilusión, responde:

–¡Ay, sí, por favor!

El hombre le sonríe y le pasa una página de su cuaderno de bocetos.

–Mira, mamá, ¡somos nosotras! –grita Maggie, entusiasmada.

La mujer mira el dibujo por encima del hombro de Maggie.

–*Así es.* –*Se vuelve hacia el hombre*–. *No puedo permitirme comprárselo, si eso es lo que espera* –*le dice con firmeza.*

–*En absoluto* –*responde el hombre con una sonrisa*–. *Es un regalo. He oído lo que hablaban usted y su hija: una enfermedad terrible* –*lo dice en voz baja, de modo que Maggie, que sigue examinando alegremente el dibujo, no puede oírlo*–. *Yo también tengo amigos afectados. Espero que la epidemia desaparezca ahora que han encontrado una vacuna.*

–*Sí, yo también lo espero* –*asiente la mujer*–. *Es muy amable que nos ofrezca su dibujo. Muchas gracias.*

–*Es un placer* –*dice el hombre*–. *¿Son nuevas en St. Felix?*

–*Llevamos aquí unas semanas, pero bastante nuevas, sí.*

–*Arthur* –*dice el hombre, tendiendo la mano*–, *pero mis amigos me llaman Arty.*

–*Clara* –*responde la mujer, estrechándosela*–. *Encantada de conocerle, Arthur.*

Arty sonríe.

–*Qué formal. St. Felix no tardará en borrarle un poco eso.*

Clara parece incómoda.

–*Espero que no. Bueno, gracias de nuevo por el dibujo. Parece que a mi hija le gusta mucho.*

–*¡Nos vemos, Maggie!* –*dice Arty, saludando mientras Clara empieza a empujarla.*

–*¡Eso espero, Arty!* –*le contesta Maggie, pero Clara permanece en silencio, con la cabeza gacha, mientras empuja apresuradamente la silla de ruedas de su hija por los adoquines del puerto.*

–Bueno –dice Jack cuando las imágenes en movimiento que tenemos delante empiezan a arremolinarse y a desvanecerse poco a poco–. Eso... no nos lo esperábamos.

–La verdad es que no –respondo sin dejar de mirar las imágenes que tengo delante. Todo ha vuelto a la normalidad y frente a nosotros, sobre el caballete, solo hay un óleo y un trozo de fieltro bordado–. ¿Nos hemos imaginado lo que acaba de pasar?

–¿Cómo vamos a haberlo imaginado? Los dos hemos visto exactamente lo mismo, ¿no? Una mujer y una niña en silla de ruedas hablando con un hombre que les había hecho un dibujo.

–Clara, Maggie y Arthur –digo en voz baja, como si me lo aclarara a mí misma.

–Arty –añade Jack, sonriendo–. Prefería que lo llamaran Arty.

–Así es... –Miro a Jack; su expresión de desconcierto refleja mis propios pensamientos–. ¿Cuándo crees que debía ser? –pregunto–. Llevaban ropa antigua, ¿tal vez de los años cincuenta?

–Sí, yo también he pensado eso –asiente Jack–. Además, creo que la poliomielitis existía en los años cincuenta. ¿No hubo una gran epidemia en el Reino Unido por aquel entonces?

Asiento con la cabeza.

–Sí, creo que tienes razón; fue por entonces.

–Me ha dado pena la chica en silla de ruedas. Ya es bastante jodido estar en una cuando tienes mi edad, y al menos puedo empujarme solo. Parece que ella tenía que depender de su madre para que la empujara a todas partes.

–Esperemos que no fuera durante mucho tiempo. Por lo que decían, parece que se estaba recuperando. Enviaban a la gente a la costa para recuperarse, ¿no? Pensaban que el aire del mar era curativo.

–Creo que todavía lo es –dice Jack–. Desde luego yo me siento mejor desde que estoy aquí... pero nos estamos desviando un poco del tema. Volvamos a estos... a estas imágenes –dice, a falta de una mejor descripción de lo que acabamos de ver.

–¿Por qué acabamos de ver una escena de los años cincuenta delante de nosotros? –le pregunto–. Es obvio que tiene algo que ver con nuestras dos obras de arte. –Vuelvo a mirarlas–. Pero ¿qué?

Jack y yo nos quedamos observando el caballete.

Luego nos volvemos el uno hacia el otro justo al mismo tiempo y decimos:

–¡La pintura de las rocas! ¡El bordado de las olas!

Me apresuro a quitar el cuadro del puerto del caballete y lo sustituyo por el de la roca y las olas. Justo como hemos hecho antes, Jack sostiene mi bordado sobre el punto correcto del cuadro para que los dos coincidan con precisión, e inmediatamente, de la misma forma mágica, las imágenes empiezan a moverse y a arremolinarse juntas delante de nosotros.

–¿Estás lista? –me pregunta Jack, mirándome fijamente.

–Sí. ¡Vamos!

De repente, suena un timbre que nos sobresalta a los dos.

–Es la alarma de la tienda –dice Jack, mirándome–. ¿La has restablecido bien?

–Sí –respondo con cara de desconcierto–. Estoy segura. Espera aquí. Voy a comprobarlo.

Cojo la llave y bajo las escaleras. Abro la puerta e inmediatamente intento silenciar la alarma poniendo los mismos dígitos: cinco, cinco, dos, cuatro. Pero no se detiene, así que tengo que volver a intentarlo.

–¡No funciona! –grito por las escaleras–. Estoy poniendo el código, pero sigue sonando.

–¡Inténtalo de nuevo! –grita Jack desde arriba–. Cinco, cinco, dos, cuatro, ¿verdad?

–Sí, eso es lo que estoy haciendo.

Me apresuro a volver a la tienda y sigo probando el código, pero el ruido estridente y molesto sigue sonando.

Salgo corriendo al pasillo a punto de volver a llamar a Jack, pero para mi sorpresa ya está bajando las escaleras.

Observo con admiración y asombro cómo se impulsa con pericia escaleras abajo, con unos brazos fuertes y musculosos y balanceando el cuerpo de escalón en escalón.

Cuando llega abajo, me doy cuenta de que se está estirando hacia su silla de ruedas, así que me apresuro a empujarla hacia él.

—¡Puedo solo! —dice mientras se levanta y se sube a la silla.

Me hago a un lado mientras rueda hacia la tienda y atraviesa la puerta. En unos segundos, la alarma se detiene.

—Lo has conseguido —le digo contenta mientras me quedo en la puerta, mirándolo.

—Sí —dice con amargura—. Lo he conseguido.

—¿Qué has hecho? —le pregunto, sin entender por qué está un poco raro conmigo.

—Lo que te he pedido: pulsar cuatro números.

—Eso he hecho. He pulsado los números. Cinco, cinco, dos, cuatro, ¿correcto?

—Parece bastante sencillo, pero, por lo visto, para ti no.

Entrecierro los ojos y se me erizan los pelos de la nuca.

—Pero ¿qué te pasa, Jack? ¿Por qué te metes conmigo? ¿Qué he hecho yo?

Jack sacude la cabeza y se da la vuelta.

—No tiene importancia. Será mejor que te vayas. Creo que ya he tenido suficiente de tus... rarezas esta noche.

—¿Mis rarezas? Yo no soy la que tiene un caballete que da vida a los cuadros, ¿recuerdas? O una alarma que solo se reinicia cuando quiere.

Jack mira la alarma, pero no a mí.

—Por favor, vete, Kate.

—Bien. ¿Te importa si primero recojo mis cosas?

Jack me mira y niega con la cabeza, así que subo las escaleras a pisotones, cojo el bolso y las telas y vuelvo a bajar.

No me despido. Simplemente paso junto a él, salgo por la puerta y la cierro tras de mí con un portazo.

«¡Qué hombre! –pienso mientras vuelvo a la calle–. Cambia de humor más a menudo que las mareas del puerto. ¿Qué demonios le pasa? Y, sobre todo, ¿por qué me importa tanto?».

Doce

A la mañana siguiente, me despierto temprano y me quedo tumbada en la cama rumiando todavía lo que pasó anoche en el piso de Jack.

Estoy enfadada, exasperada y triste al mismo tiempo, pero el sonido de las olas tras la ventana de mi habitación me ayuda a calmar los pensamientos y empiezo a intentar reconstruir los acontecimientos de una forma más tranquila y reflexiva.

¿Por qué cambió Jack de repente? Si iba a estresarse, no hay duda de que debería haber sido cuando vimos las imágenes en movimiento de los cuadros, no cuando no pude silenciar la alarma de la tienda.

Repaso cada momento mentalmente por si hubiera dicho o hecho algo que pudiera haberlo molestado.

No encuentro nada. Todo iba bien hasta que saltó la maldita alarma y Jack tuvo que bajar las escaleras y arreglarlo.

Pienso en él bajando las escaleras, en sus brazos fuertes elevándose de peldaño en peldaño; me recuerda a un gimnasta olímpico balanceándose con pericia sobre una de esas cosas sobre las que teníamos que saltar en Educación Física en el colegio. ¿Cómo se llamaban? Ah, sí: caballo con arcos.

Jack mostró tanta gracia y fuerza muscular como cualquiera de esos atletas. Me sorprendió bastante, pero ¿por qué se puso así conmigo poco después?

Suspiro. La verdad es que no lo entiendo.

Decido que lo mejor, una vez llegada la hora de levantarse, es seguir como siempre. Aunque me muero de ganas por saber qué puede pasar si unimos nuestras otras dos imágenes, de ninguna manera voy a volver allí después de cómo se comportó anoche. Tendré que esperar y seguir preguntándomelo.

En los días siguientes todo vuelve a la normalidad. La cantidad de clientes que entran por la puerta de mi tienda, como siempre, empieza a aumentar a medida que nos acercamos al final de la semana y llegan los veraneantes para los puentes y las reservas de los viernes.

No veo a Jack, ni oigo nada de él. Aunque evito aposta pasar por delante de su tienda, me pregunto por qué no se ha pasado por la mía, aunque solo sea para disculparse por su extraño arrebato.

Acabo de atender a una señora que está comprando unas agujas de ganchillo nuevas cuando aparece por la puerta un gran ramo de flores de aspecto caro que esconde tras de sí una cara conocida.

—¡Entrega para Kate, la dueña de la tienda de artesanía! —dice en voz alta Poppy, asomándose por el lado del enorme ramo.

—¿Qué? —pregunto, mirando las flores—. Debes de haberte equivocado, Poppy.

—No, no me equivoco. Lo pone aquí en la tarjeta.

Las deja en la mesa delante de mí y señala un pequeño sobre blanco en el que pone mi nombre.

—Pero ¿quién iba a enviarme flores? No es mi cumpleaños.

—¿Por qué no lo abres y lo ves?

Cojo el pequeño sobre blanco del ramo de flores y lo abro. En tinta negra escrita a máquina, dice:

Siento no haber dado señales de vida.
Espero que hablemos pronto.
Besos,
J.

—¿Quién lo envía? —le pregunto a Poppy.

Poppy se encoge de hombros.

—Creo que lo han pedido por Internet. Tendría que preguntarle a Amber; ella hace todos los ramos.

—Vale.

—¿Cuánta gente conoces cuyo nombre empiece por «J» que pueda enviarte flores? —señala—. No puede haber tanta.

Pienso en eso. ¿Podría ser Jack disculpándose por lo de la otra noche? No parece su estilo, pero, a decir verdad, tampoco lo conozco tan bien. Cada encuentro que tenemos parece acabar de forma incómoda.

—No, no la hay —respondo, intentando expresamente evitar responder a su pregunta—. Es un misterio.

—¡Vaya, parece que alguien es muy popular! —grita Sebastian, que ha aparecido en lo alto de las escaleras—. ¿Quién te manda flores, Kate? ¿Un admirador secreto, quizá?

—No lo creo —me apresuro a responder, guardándome la tarjeta en el bolsillo de los vaqueros.

—Es de alguien cuyo nombre empieza por «J» —suelta Poppy antes de que pueda detenerla—. Pero Kate no sabe de quién se trata.

—¿En serio? —dice Sebastian, enarcando una ceja—. A ver, ¿a quién conocemos que tenga un nombre que empiece por «J»? Mmm... —Finge pensar—. ¿Podría ser el dueño de la tienda de arte local, tal vez?

—¿Jack? —pregunta Poppy, con los ojos muy abiertos—. No sabía que erais novios.

—No lo somos —replico a toda prisa—. No son de Jack.

—¿Cómo lo sabes? —pregunta Sebastian, mirando a Poppy—. Tiene que haber una tarjeta.

Poppy me mira, pero yo niego con la cabeza con el más mínimo de los movimientos mientras le lanzo una mirada feroz.

—Es un encargo anónimo –dice rápidamente–. A veces los recibimos.

—Qué curioso –dice Sebastian, mirándonos a cada una–, acabas de decir que son de alguien con la inicial «J».

Suspiro.

—Vale, hay una tarjeta –digo, sacándola del bolsillo–. Toma.

Sebastian la examina.

—Anita dijo que Jack y tú discutisteis la otra noche. ¿Por qué no pueden ser de él?

Empiezo a arrepentirme de haberle contado nada a nadie sobre Jack. Parecen pasar todo su tiempo libre cotilleando sobre mí.

—¿Que discutisteis sobre qué? –pregunta Poppy.

—No es nada –le contesto–. De verdad –insisto cuando los dos abren la boca para hacer más preguntas–. Estas flores no son de Jack. Tendré que esperar a ver si mi admirador secreto se pone en contacto de otra manera –digo para apaciguarlos–. Bueno, Sebastian, tenemos clientes que atender. Gracias por traérmelas, Poppy.

—¡Cómo no! –dice Poppy, que ha captado la indirecta–. De todos modos, tengo que volver a mi tienda. Amber va a probarse el vestido esta tarde. No me puedo creer que ella y Woody vayan a casarse por fin, ¡qué emoción! En fin, ¡avisadme si descubrís el misterio!

Poppy se marcha y Sebastian y yo pasamos el resto de la tarde atendiendo a los clientes, pero en el fondo de mi mente no deja de rondarme la pregunta: «¿Quién me ha enviado las flores que ahora florecen en un jarrón sobre el mostrador de la tienda?». Si es Jack, ¿debería darle las gracias? ¿O debería esperar a que él se me acerque primero?

Y, si no es Jack, ¿quién es? ¿Y por qué se disculpa conmigo?

Trece

–¡**B**arney! –grito conforme lo veo desaparecer alrededor de unas rocas que sobresalen de la arena mientras la marea está baja–. ¡Vuelve aquí enseguida!

Pero Barney, que suele ser muy obediente, sigue adelante. Acelero el paso y me apresuro a seguirlo, trotando alrededor de las rocas.

–¡Ah! –grito, sorprendida por lo que encuentro–. Eres tú.

–Sí, soy yo –dice Jack, mirándome mientras acaricia a Barney.

–¿Cómo... estás? –pregunto con la lengua trabada de repente.

–La verdad es que bien. Estoy probando unas nuevas ruedas. –Señala la silla–. Son especiales para la arena. Las llevo esperando desde que llegué aquí. Ahora puedo recorrer la playa con la marea baja como todo el mundo. He bajado por la pasarela –añade–, antes de que me preguntes cómo he pasado por la arena blanda.

Miro hacia la pasarela, que con la marea alta está totalmente cubierta de agua, pero que ahora, con la marea baja, es la rampa perfecta para que una silla de ruedas baje hasta la arena dura y compacta.

–Es un poco como correr por la arena –explica Jack–. Es más difícil que en superficies sólidas, por lo que se trabaja más y se mejora la forma física.

–Ah... ya veo –respondo, sin saber muy bien qué decir. Me siento un poco incómoda, la verdad, porque la última vez que hablamos no fue precisamente de forma amistosa–. ¿Así que ahora tienes cuatro sillas de ruedas?

Si hubiera podido retener las palabras antes de que flotaran hacia Jack, lo habría hecho. Estoy segura de que no necesitaba que se lo recordaran.

Pero a Jack no parece molestarle lo más mínimo mi comentario.

–Supongo que sí. Aunque todas tienen su propio propósito.

–Suenas como yo con los bolsos –digo, intentando recuperarme–. Nunca se tienen demasiados. A algunas mujeres les pasa con los zapatos. Pero a mí, con los bolsos.

–Cierto –dice Jack, asintiendo.

–A ver, no estoy diciendo que los bolsos sean como las sillas de ruedas; obviamente son mucho más importantes. Las sillas de ruedas, quiero decir, no los bolsos.

«Dios mío, sería mejor que me cavara un hoyo en la arena». Jack sonríe y, a diferencia de mí, no parece sentirse incómodo.

–Creo que Barney me ha visto en la arena hace un momento –dice–. Lo siento si ha salido corriendo.

–No pasa nada. Me preguntaba por qué se había ido así de repente. Normalmente se porta muy bien durante los paseos.

–Sí... –dice Jack, mirando a Barney correr por la arena.

Hay una pequeña pausa en la conversación mientras miramos a Barney y estoy a punto de llenar el silencio, pero Jack se me adelanta:

–Lo siento –dice de repente–. Por lo de la otra noche.

Me giro para mirarlo.

–No debería haberte hablado tan mal.

Me encojo de hombros.

–No pasa nada.

–Pero yo creo que sí –insiste Jack–. Pensaba que volverías a la tienda otra vez si pasabas por allí, pero no ha sido así.

–Podrías haber venido a verme –le digo–. No es que no sepas dónde estoy.

–Lo sé –dice Jack, bajando la cabeza hacia el pecho–. No se me dan bien las palabras. Se me dan mucho mejor las acciones. Dicen que valen más que las palabras, ¿no? –afirma; levanta de nuevo la cabeza y se disculpa.

«¿Se está refiriendo a las flores? Eso parece...».

–Gracias por las flores –digo sin pensar–. Me encantan y son muy bonitas. Las tengo en el mostrador de la tienda.

–¿Flores? –pregunta Jack, desconcertado.

«Ay, no, no ha sido él. Soy una bocazas».

–¿Piensas que te he enviado flores?

–No sabía si habías sido tú –me apresuro a responder, intentando salir del enorme hoyo que me he cavado. La vergüenza que me invade es tan profunda que siento como si estuviera sobre arenas movedizas –. La tarjeta estaba firmada con una «J».

–¡Lo siento! –dice Jack, levantando las manos–. No he sido yo. Debes de tener otro admirador.

¿Acaba de decir «otro admirador»?

–Está claro que sí –respondo con ligereza–. Qué afortunada, ¿eh?

Nos miramos fijamente durante un segundo.

–Bueno, eh... no llegamos a comparar la segunda imagen, ¿verdad? –dice Jack rápidamente, cambiando de tema–. Si quieres pasarte algún día, podríamos probar y ver si vuelve a pasar lo mismo.

–¿Me prometes que esta vez no gritarás? –le contesto burlona mientras siento que el ambiente entre nosotros se va relajando por momentos.

–Lo prometo –dice Jack, y me dedica un saludo militar–. No estaba enfadado contigo. Desahogué mi ira contigo, eso es todo, y, de nuevo, lo siento de veras.

—¿Con quién estabas enfadado entonces?

—Conmigo mismo —responde Jack en voz tan baja que apenas puedo oírlo por encima del ruido de las gaviotas y la brisa del mar.

—No lo entiendo.

—Mira, ven a mi casa más tarde y te lo explicaré bien —dice Jack—. Si estás libre, claro; es viernes por la noche.

—Hace mucho tiempo que no hago planes los viernes por la noche. Ahora se los dejo a mi hija. Más tarde va a una fiesta a celebrar los dieciocho años de un amigo.

—Qué bien.

—Ya. Me alegra que la inviten, pero tiene quince años y me preocupo por ella, probablemente demasiado.

—Siempre te preocuparás; así es ser madre. Y padre —añade.

—¿Tienes hijos?

—Solo uno: Ben. Aunque ahora vive con su madre. Nos separamos hace unos años.

—Ah. —Asiento con la cabeza, comprensiva—. Pero ¿lo ves con regularidad?

—En verano, algún fin de semana, cosas así. Es más fácil ahora que es un poco mayor, porque puede venir a verme; hace poco cumplió dieciocho años.

—Entonces tenemos algo más en común: ¡las alegrías de criar adolescentes!

Jack pone los ojos en blanco.

—Sí. ¡Y qué divertido es!

Barney ya está inquieto; ha olfateado todos los aromas interesantes de los alrededores, ha jugado con los perros más amistosos de la playa y viene de nuevo a vernos.

—Bien, será mejor que nos vayamos. Me pasaré más tarde, ¿vale?

—Me encantará —dice Jack—. ¿A la misma hora que la otra vez?

–Claro.

Le sonrío y le hago una especie de saludo incómodo mientras Barney y yo partimos juntos por la arena.

–Barney, no te diré a menudo que has hecho lo correcto huyendo –le susurro mientras le acaricio el pelaje húmedo–, pero hoy has sido un campeón.

–¿A qué hora termina la fiesta? –le pregunto a Molly mientras se mira en mi largo espejo por la que parece la vigésima vez en los últimos diez minutos.

–Te lo he dicho ya: tenemos que estar fuera del centro comunitario a las once, así que no terminará tarde.

–Tendrás cuidado, ¿verdad? –le pregunto por tercera vez.

–Sí, mamá –responde Molly, volviéndose hacia mí–. No beberé alcohol. –Cuenta con los dedos–. No tomaré drogas. Y no mantendré relaciones sexuales sin protección.

Abro mucho los ojos.

–¡Estoy de broma! –dice con una sonrisa–. Tranquilízate, mamá.

Respiro aliviada.

–Tienes que prometerme que harás lo mismo mientras estés en casa de Jack –me dice con los ojos brillantes y traviesos.

–Te doy mi palabra –respondo, siguiéndole el juego–. Ahora dale un abrazo a tu madre.

Nos damos un breve abrazo y luego suena el timbre de la puerta de abajo.

–¡Debe de ser Emily! –dice Molly, emocionada–. Me tengo que ir.

Se mira en el espejo una vez más.

–Estás guapísima –le digo–. Deja de preocuparte.

–Buenas noches, mamá. Pásalo bien con Jack. No hagas nada que yo no haría.

Sacudo la cabeza mientras baja las escaleras. ¿Cuándo me han cambiado a mi niña por esta versión adulta? Puede que esté ansiosa por cortar las ataduras y adentrarse en el mundo de los adultos, pero pasará mucho tiempo antes de que yo esté preparada para dejarla marchar.

—Pásalo bien —le digo justo antes de oír el portazo—. Y pórtate bien —susurro mientras la puerta se cierra tras ella.

—¿Estás lista? —me pregunta Jack un poco más tarde, cuando hemos colocado el caballete en su piso, listos para unir los cuadros.

—Si no queda más remedio.

Sostengo mi fieltro bordado sobre el óleo de Jack del mar y las rocas, exactamente como la primera vez, para que coincida con el lienzo a la perfección. Casi al instante las imágenes se arremolinan y se mezclan hasta transportarnos una vez más de vuelta a un St. Felix de época.

St. Felix, junio de 1957

Clara empuja a Maggie en su silla por una cuesta empinada. Es difícil empujarla por esta parte del sendero costero, pero les permite a las dos alejarse más del pueblo, que se está llenando de visitantes ahora que el verano está en pleno apogeo.

Hordas de veraneantes emocionados llegan en sus autobuses y en tren de vapor a la costa, algunos solo para pasar el día y otros para alojarse en los numerosos bed and breakfast *que se están abriendo por todas partes.*

El pueblo bulle con el sonido de conversaciones animadas mientras familias de todo el país disfrutan, a menudo por primera vez, de unas vacaciones tradicionales junto al mar de Cornualles.

—Mamá, ¡qué aire tan fresco hace aquí arriba! —dice Maggie mientras Clara la empuja colina arriba—. Gracias por traerme; es precioso.

Clara recuerda cuando vino aquí con sus tíos en 1945. Al principio había sido un paseo fácil, pero con el paso de los meses se había vuelto cada vez más difícil. Sin embargo, no había sido ni mucho menos tan duro como empujar hoy una silla de ruedas por este camino. Aun así, haría cualquier cosa por su única hija y, si eso significaba que tenía que estar un poco incómoda, que así fuera.

–¡Anda, mira, mamá! –dice Maggie–. Es el pintor otra vez.

–¿Dónde? –pregunta Clara, mirando a su alrededor.

–¡Arty! –lo llama Maggie antes de que Clara pueda detenerla–. ¡Arty, aquí!

Clara ve a Arty sentado un poco más abajo, delante de unas rocas, en un pequeño taburete. Tiene un caballete delante y está pintando. Se vuelve al oír su nombre y las saluda con la mano.

Maggie le devuelve el saludo.

–Llévame hasta allí, mamá –insiste.

–Por favor –le recuerda Clara–. Y no creo que pueda: es demasiado escarpado para tu silla.

–Entonces ya voy yo sola –dice Maggie, *que ya se está levantando, pero sus piernas débiles empiezan a fallar cuando solo ha dado unos pasos y cae al césped.*

–¡Maggie! –grita Clara, *intentando aparcar la silla de ruedas para que no salga rodando colina abajo tras ella.*

Arty ya está en camino, así que, antes de que Clara pueda acercarse a Maggie, sus piernas largas lo han llevado ladera arriba hacia ella. La coge en sus brazos fuertes antes de que Clara pueda alcanzarlos.

–¿Estás bien? –pregunta Clara, *corriendo descalza hacia ellos con los zapatos en las manos.*

–Sí, mamá, estoy bien –dice Maggie, *mirando tímidamente a Arty.*

–Creo que esta joven te pertenece –dice Arty, *sonriéndole a Clara.*

—Sí, gracias por venir a rescatarla. Su calzado es mucho más práctico que el mío para subir y bajar cuestas.

Arty mira los elegantes zapatos negros sin cordones de Clara.

—Pero ni de lejos tan bonito —dice, sonriéndole.

Clara se ruboriza.

—¿Puede llevarme a ver su cuadro? —pregunta Maggie, mirando colina abajo hacia el caballete de Arty—. Mamá dice que mi silla no baja ahí abajo.

—¡Por supuesto! —dice Arty—. Si a tu madre le parece bien.

Clara parece inquieta.

—Bueno... si no tiene nada que objetar, señor... Lo siento, no sé si entendí su nombre completo la última vez que nos vimos.

—Repetiré lo que dije. Por favor, llámame Arty, y tú eres Clara, si no recuerdo mal.

—Sí —dice Clara, un poco nerviosa por su informalidad.

—Bien, llevaré primero a la pequeña y luego subiré a por su silla. ¿Podrás bajar bien, Clara, o tengo que llevarte a ti también?

—Me las apañaré, gracias —dice Clara, que prefiere ignorar el brillo de los ojos azules de Arthur—. Pero ten cuidado con Maggie, por favor. Aún está convaleciente y está bastante delicada.

Arty, con gran destreza, no solo lleva a Maggie y su silla colina abajo hacia su caballete, sino que también guía a Clara cogiéndola de la mano para que pueda avanzar con seguridad por la hierba hacia el borde del acantilado.

Ahora están todos sentados juntos mirando en dirección a las rocas que abrazan esta parte de la costa de St. Felix y hacia el mar que hoy lame delicadamente los bordes del granito pero que en una tarde menos tranquila trataría de golpearlo hasta someterlo.

—Me gusta tu cuadro —dice Maggie, mirando con atención el caballete de Arty.

–Gracias. Probablemente no sea uno de los mejores, pero es una obra en proceso, como nos gusta decir a los artistas cuando las cosas no van demasiado bien.

–¿Este es tu trabajo a tiempo completo? –pregunta Clara, en un tono que sugiere que no puede ser.

–Así es.

–¿Y vendes mucho?

Arty sonríe.

–Quizá te sorprenda saber que sí. Bueno, me mantengo a flote. También enseño un poco –añade.

–¿Me enseñarías, Arty? –suelta Maggie de sopetón–. Siempre he querido aprender a pintar.

–¡Maggie! –le advierte Clara–. No seas tan descarada. Estoy segura de que Arthur está demasiado ocupado para tenerte como alumna.

–Todo lo contrario –dice Arty mientras le lanza una mirada profunda a Clara –. Sería un placer enseñarte a pintar, joven Maggie.

De repente, las imágenes se vuelven borrosas y los colores, tan nítidos y vivos hace tan solo un momento, giran en una vorágine, un poco como el caleidoscopio de un niño antes de que el dibujo tome forma. Nuestro breve viaje al St. Felix de la década de 1950 ha terminado una vez más.

—Es como leer un solo capítulo de un libro cada día –digo, sin dejar de mirar con nostalgia el cuadro y el bordado–, salvo que no se te permite leer más, aunque lo desees desesperadamente.

—O ver Netflix y que solo te dejen ver un episodio cuando lo único que quieres es ver toda la serie del tirón –dice Jack, mirándome.

Me vuelvo hacia él.

—Creo que mi analogía es un poco más... poética, y un poco más apropiada para la situación y el momento, ¿no te parece?

Jack se encoge de hombros.

–Es posible. Pero sigue siendo lo mismo: quiero saber qué pasa después.

–Yo también. Me pregunto si se crearán más obras de arte por arte de magia ahora que hemos visto estas dos primeras; tengo la sensación de que nos queda mucho por saber de esta historia.

–Sí, está claro que Clara pone cachondo a Arty.

Arrugo la cara con desagrado.

–¿Que lo pone cachondo? Esto no es una película lasciva para televisión, ¿sabes? Me da la sensación de que se va a desarrollar una delicada historia de amor entre estos dos amantes desafortunados.

–Uno –dice Jack, enarcando las cejas–: ¿cómo sabes que van a ser desafortunados? Podrían enrollarse en el próximo cuadro. –Sonríe ante mi expresión de horror–. Y dos: ¿qué demonios significa «lascivo»?

Meneo la cabeza.

–«Lascivo» significa salaz, indecente o vulgar, incluso. Y no creo que se enrollen, como tú dices. Es evidente que Clara es una señora muy bien educada, tanto por su ropa como por sus modales.

–Esas son siempre las peores. –Jack guiña un ojo–. ¡Vale, vale! –dice, levantando las manos en señal de rendición–. Ya paro. Todos parecen buena gente, por lo que hemos visto hasta ahora. Clara me recuerda mucho a ti.

–¿En serio?

No sé si alegrarme o no por la comparación. Hasta ahora, la opinión de Jack sobre Clara parece estar lo más alejada posible de mí.

–Sí, es una señora con clase que se mantiene reservada y, sin embargo, sospecho que tiene un lado mucho más complejo.

–¿No sigues? –pregunto, intrigada.

–No hay duda de que es muy protectora con su hija, como lo eres tú con Molly, y aún no lo sabemos con seguridad, pero sospecho que también podría ser madre soltera.

–¿Por qué piensas eso? –Yo también me lo he preguntado. No hemos visto ni oído ninguna mención del padre de Maggie hasta el momento–. Sería muy inusual en esa época, a menos que enviudara en la guerra, por supuesto.

Jack me sonríe, esta vez de forma amable, en lugar de burlona.

–Por supuesto que ibas a pensar en una respuesta honorable... ¿Y si se quedó embarazada por accidente y el padre la abandonó?

Entonces se parecería más a mí de lo que Jack creía.

–Es posible –digo bruscamente–. ¿Quién sabe? Desde luego, nosotros no lo sabremos a menos que consigamos otra serie de imágenes, claro. –Quito mi bordado del caballete–. Será mejor que me vaya. –Miro el reloj. Solo son las nueve y media, así que Molly no estará lista hasta dentro de hora y media–. La fiesta a la que ha ido Molly acabará pronto.

–¿Qué fiesta de cumpleaños de un chico de dieciocho termina antes de las diez? –pregunta Jack–. Al menos, las decentes no.

–Tengo cosas que hacer antes –miento.

La verdad es que lo único que haré será volver a casa y quedarme allí sentada, preocupada por lo que pueda estar tramando mi hija. Esta noche con Jack ha sido una distracción agradable.

–Quédate –dice Jack solemnemente, mirándome–. No sé qué piensas tú, pero estos pisos, tan ruidosos durante el día, me parecen muy solitarios por la noche, cuando las calles están desiertas. Me harías un favor haciéndome compañía, y me atrevería a decir que yo te estaría haciendo otro a ti, distrayéndote para que no pienses en lo que está haciendo Molly.

Me sorprende la expresividad de la primera parte de la petición de Jack. Insegura, vacilo un momento.

–Vale –digo–. Pero nada de hablar de que a Arty le pone cachondo alguien ni de enrollarse, ¿de acuerdo?

Me sonrojo al darme cuenta de lo que he dicho.

Jack sonríe.

–Haré lo que pueda por usted, *lady* Kate, pero no le prometo nada...

Catorce

–¿Te acompaño dando una vuelta hasta el centro comunitario a recoger a Molly de la fiesta? –me pregunta Jack cuando mi reloj marca las once menos cuarto y hago ademán de marcharme de su piso.

Hemos pasado una velada estupenda juntos, sobre todo la última hora, en la que nos hemos relajado en el cómodo salón de Jack y no hemos hecho más que charlar de todo: de St. Felix, de tener hijos adolescentes, de nuestras tiendas... De hecho, hemos tratado muchos temas desde nuestra última visita al St. Felix *vintage*; hemos hablado de todo menos de nosotros mismos.

–Eh...

Dudo por dos razones: en primer lugar, no quiero molestar a Jack obligándolo a bajar esas escaleras otra vez únicamente por mí y, en segundo lugar, no estoy muy segura de por qué se ofrece.

–Cuando digo «dando una vuelta» –añade Jack, sonriendo–, ¡obviamente me refiero a las vueltas de mis ruedas!

–Bueno, sí –respondo, aún dudosa.

–¿Qué pasa, Kate? ¿Te da vergüenza que te vean conmigo? –Jack sigue sonriendo, pero noto que su fanfarronería se desvanece un poco–. ¡Además, me pondré las piernas!

–No seas tonto; no es eso.

–¿Qué pasa entonces?

–Es solo que no quiero incomodarte. O sea, tienes que bajar las escaleras y cambiar de silla de ruedas. Me parece un lío tremendo –dice ya sin sonreír.

Jack se mira el regazo un momento y luego levanta la vista a mí. Su rostro vuelve a ser solemne y su mirada intensa.

–Toda mi vida es un gran lío, como tú dices, Kate. Todo lo que hago es complicado, desde que me levanto por la mañana hasta que me acuesto. Ya casi nunca hago nada de improviso. Y es que no puedo. Todo tiene que estar planeado para que pueda acomodar este trasto. –Señala su silla de ruedas–. Bajar las escaleras para acompañarte al centro comunitario, cadas las circunstancias, no es gran cosa. Puede que para ti no signifique mucho que te acompañe, pero a lo mejor podrías ser tan amable de permitirme ese momento de normalidad... Permíteme al menos fingir que estoy siendo caballeroso.

Lo miro fijamente.

Me siento fatal; no lo he pensado así en absoluto: lo que a mí me ha parecido una enorme molestia, para él es normalidad. Simplemente me está pidiendo que le permita ser normal.

Estoy a punto de decir mi habitual «lo siento», pero me detengo al recordar cómo suele reaccionar Jack cuando me disculpo. En lugar de eso, le sonrío y le digo:

–No hace falta que me llores. Si quieres venir a ver a un montón de adolescentes que han bebido demasiado desbordando nuestro centro comunitario local, esta es tu noche.

Jack y yo nos dirigimos juntos a la fiesta. Ha insistido en ponerse las piernas antes de irnos, aunque yo le había dicho que no era necesario y que a nadie le importaría.

«A mí me importa, Kate» había sido su respuesta, y con eso había bastado.

–Gracias –dice Jack mientras rueda a mi lado– por lo que dijiste antes en el piso. Exageré, como siempre. Suelo hacerlo.

–En absoluto. No había pensado las cosas de esa manera. Lo que dijiste me ayudó a entender tu situación, y quizá también un poco a ti.

–No soy difícil de entender –dice Jack, recuperando su tono alegre habitual–. La mayor parte del tiempo soy tan blanco y negro como un tablero de ajedrez.

–Puede que pienses eso, pero ya he experimentado muchos matices de gris desde que te conocí... Y, antes de que digas nada, no, no es una referencia a *Cincuenta sombras de Grey*.

Jack sonríe.

–Ya me conoces muy bien. Pero me sigue ofendiendo el término «gris». Sugiere que soy un poco soso, y me esfuerzo mucho por no serlo.

–No, no me refería a gris en el sentido de indeciso, sino a que no siempre eres tan blanco o negro como crees. A veces das mensajes contradictorios.

–¿Como qué?

–Como la otra noche, cuando prácticamente me echaste de tu casa por no apagar la alarma de tu tienda.

–Ah, eso.

–Dijiste esta mañana en la playa que me lo ibas a explicar.

–Es verdad.

–¿Y?

–¿Ese es el centro comunitario? –pregunta Jack, cambiando hábilmente de tema mientras nos acercamos a un edificio de aspecto alargado y deslucido que en estos momentos parece temblar por la música a todo volumen y las voces emocionadas.

–Sí.

–Parece que esta noche no eres la única madre en servicio de recogida.

Reconozco a algunas de las personas que esperan a sus hijos apoyadas en la pared del centro. Quiero ignorarlas y seguir hablando, ya que tengo la sensación de que él está encantado de tener una razón para no continuar nuestra conversación anterior, pero uno de los padres me saluda con la mano y me siento obligada a acercarme con Jack y charlar con él.

Finalmente, algunas personas empiezan a salir del centro comunitario: varios grupos de chicas risueñas y pandillas de chicos bulliciosos –todos mucho mayores que Molly– pasan junto a nosotros, y luego unos cuantos jóvenes a los que reconozco miran con aprensión en busca de sus padres mientras abandonan la estruendosa sala y salen a la brumosa calle iluminada por farolas.

Mientras espero ansiosa, necesito toda mi determinación para no irrumpir en la sala, coger a mi preciosa hija y envolverla hasta llevarla a la seguridad de nuestra casa.

¿Dónde está? ¿Por qué no sale todavía?

–Saldrá en un minuto –dice Jack, mirándome mientras me muevo inquieta a su lado–. Deja de estar tan preocupada.

Pero no puedo evitarlo. Hace solo unos minutos estaba esperando a que saliera de su primer día de clase. Ahora ha pasado la tarde con todos estos... bueno, me parecen adultos mientras salen del centro. ¿Son realmente unos pocos años mayores que mi Molly?

Por fin aparece en la puerta, parpadeando en la noche.

–¡Aquí, Molly! –la llamo con la mano.

Me mira y, para mi consternación, vuelve a mirar hacia el pasillo.

–¡Molly! –vuelvo a llamarla y me acerco a ella–. Estoy aquí.

–Sí, mamá –me espeta en voz baja–. Ya te veo. Salgo en un momento. ¿Vale?

–Sí, claro... –murmuro, retrocediendo un poco mientras ella desaparece–. De acuerdo.

–¿Mamá dando vergüenza? –pregunta Jack bromeando mientras rueda a mi lado.

–Eso parece –respondo, con la cara acalorada–. ¿Tan mal he estado?

–No, para nada. A esa edad solo tienes que respirar y ya eres una humillación. Ben era igual. Aunque, ahora que tiene dieciocho años, empieza a menguar un poco. Me han asegurado que a los veintiuno vuelves a ser un ser humano normal para ellos.

—¿Veintiuno? —exclamo, mirándolo fijamente—. ¿Me esperan seis años así?

—¡Así son las cosas! —dice Jack, guiñando un ojo—. Ahí viene otra vez, y va acompañada.

Me giro esperando ver a Emily, la mejor amiga de Molly, pero en su lugar veo a un chico larguirucho. Lleva unos vaqueros azules anchos con un cinturón bajo, una camiseta roja con el símbolo de un grupo de música, zapatillas de deporte y demasiado potingue en el pelo, peinado con esmero para que parezca despeinado.

Molly le susurra algo cuando salen del vestíbulo y él me mira. Luego la besa rápidamente en la mejilla y le susurra algo al oído que la hace reír.

Después levanta la mano en nuestra dirección, vuelve a hablar a toda prisa con Molly y se acerca a un grupo de chicos con los que se acaba alejando.

Molly los mira con nostalgia antes de acercarse despacio a nosotros.

—¿Todo bien? —pregunta, mirándome—. Tú debes de ser Jack —dice mientras le tiende la mano—. Mamá me ha hablado mucho de ti.

—¡Culpable! —dice Jack, que le estrecha la mano—. Y tú eres Molly. Tu madre también me ha hablado mucho de ti.

Los miro a los dos. ¿Nadie va a decir nada sobre lo que acaba de pasar?

—¿Qué pasa, mamá? —pregunta Molly—. Tienes cara de haber recibido varias bofetadas con una caballa mojada de uno de los barcos pesqueros del puerto.

—¿Ha ido bien la noche? —pregunto con toda la indiferencia que puedo.

—Sí, ¡ha sido la mejor, de hecho!

—Bien... ¿Y con quién estabas hace un momento? —Miro hacia donde estaban Molly y el chico hace unos segundos—. El chico con el que saliste del pasillo.

—Ah... Es Chesney —dice, entusiasmada, con los ojos iluminados—. Lo he conocido esta noche.

—Chesney —repito sin tanto entusiasmo—. ¿Y cuántos años tiene ese Chesney?

—Eh... Diecisiete, creo.

—Diecisiete...

—¿Por qué repites todo lo que digo? —pregunta Molly—. Normalmente no es así, Jack. Por favor, que no te eche para atrás.

—¡Molly! —la regaño tras haber recuperado por fin el sentido—. Deja de molestar a Jack. —Jack sonríe—. No esperaba que aparecieras por el pasillo con un chico, eso es todo, y menos con uno que te besa en la mejilla.

Molly sonríe.

—¡Menos mal que no nos has visto antes!

—Basta —digo, levantando la mano—. ¿Qué es lo que siempre me dices tú a mí...? EDI. Sí, eso es. «Exceso de información», Molly; no lo soporto.

—¿Volvemos ya? —sugiere Jack—. Parece que se va todo el mundo.

—¡Voy a despedirme de Emily! —dice Molly, espiando a su amiga, que está hablando con un hombre que reconozco, su padre—. ¡Vuelvo en cero coma!

—Lo siento —me disculpo con Jack mientras la veo saltar por la grava—. Antes dejé a una niña en esta fiesta y ahora, de repente, me devuelven a una joven... ¿Qué demonios ha pasado?

Jack me dedica una sonrisa amable.

—Dímelo a mí. Aunque debe de ser aún peor con una chica; más todavía de lo que preocuparse.

Asiento con la cabeza.

—No hace mucho salía tímidamente de una fiesta con una bolsa de regalos y un trozo de tarta envuelto en una servilleta. Ahora sale con un chico del brazo.

Molly se despide y vuelve con nosotros.

—Bien, vámonos —dice, contenta—. Ahora que ya sabéis cómo me ha ido, quiero que me lo contéis todo sobre cómo os ha ido a vosotros mientras volvemos. ¿Qué habéis hecho juntos? ¿Algo interesante?

Echo un vistazo a Jack y él me sonríe con remordimiento.

—Conque ha ido bien, ¿eh? —dice Molly, encantada.

—Digamos que nuestra noche ha sido... reveladora. —Jack me sonríe con complicidad—. ¿No te parece, Kate?

—Informativa y es posible que hasta esclarecedora —le contesto radiante mientras recuerdo las imágenes mágicas uniéndose.

Molly nos mira.

—¡Qué raritos sois los dos! —dice con buen humor—. Pero os sienta bien a los dos y, si os hace felices, ¡cuanto más raros, mejor!

Quince

−¿Tienes otro cuadro? −le susurro al móvil mientras estoy en el sótano ordenando las nuevas existencias.

Anita está arriba cuidando la tienda, y he aprovechado este momento para llamar a Jack, porque de la noche a la mañana ha aparecido un nuevo bordado como por arte de magia en mi máquina de coser, y espero que él también tenga un nuevo cuadro que compartir conmigo.

−Sí −responde Jack−. ¿El tuyo es de una playa?

−¡Sí! ¿Crees que podría ser una de las playas de aquí?

−Bueno, la mía se parece mucho a la bahía de St. Felix. ¿Y la tuya?

−No sabría decirte... La mía está llena de arena y conchas. Imagino que tu cuadro es, como siempre, a una escala mucho mayor.

−¿Cuándo los comparamos? ¿Esta noche?

−Ah, esta noche no puedo. Tengo una reunión de padres en el instituto de Molly.

−¿Cómo le va a Molly? −pregunta Jack−. ¿Sigue con Chesney?

Han pasado poco más de dos semanas desde la fiesta, y desde la última vez que Jack y yo hicimos un viaje en el tiempo al St. Felix de antaño. Nos hemos visto un par de veces de pasada durante ese tiempo y nos hemos saludado o cruzado unas palabras por la calle, pero nada más que eso. Ahora que tenemos la excusa de unas nuevas imágenes mágicas, me apetece volver a verlo.

–Sí, Chesney sigue por aquí –respondo suspirando–. No puedo decir que me alegre demasiado, pero supongo que podría ser mucho peor. Es bastante educado conmigo en las ocasiones contadas en que Molly me deja un momento para hablar con él.

–Eso es bueno –dice Jack en tono alentador–, ¿no?

–Sí, pero me preocupa que los deberes de Molly se resientan; parece que pasa cada minuto libre con él.

–¡Ay, amor de juventud! –dice Jack–. Todos hemos pasado por ahí.

–Sí, ¡por eso estoy preocupada! En fin, volviendo a las imágenes; debería terminar a las ocho, a más tardar. ¿Me acerco entonces?

–¡Sería estupendo! –dice Jack, que parece contento–. Tendré el caballete preparado.

La reunión de padres termina antes de lo esperado; Molly ha recibido grandes elogios de todos sus profesores y la promesa de unos resultados sorprendentes en los exámenes si continúa «aplicándose diligentemente» en sus estudios. Parece que el «efecto Chesney» no ha afectado demasiado a sus estudios, al menos por el momento.

Así que me dirijo a la tienda de Jack un poco antes de lo acordado y, caminando por Harbour Street hacia la calle principal, me topo con una amiga de Anita que pasea a su perra, Rosie.

–¡Hola, Lou! ¡Hola, Rosie! –le digo mientras Lou se detiene para que Rosie olisquee el suelo–. ¿Cómo estáis?

Lou suele traer a su perra a la tienda cuando va a ver a Anita. Rosie es una perra de aspecto un poco extraño, un cruce entre un *basset hound* y un *springer spaniel*. Lou me explicó una vez cómo había surgido: el *basset hound* de su amiga, Basil, se había hecho demasiado amigo de su propia perra,

Suzy, y el resultado había sido una camada de cachorros de aspecto un poco raro pero muy monos. Lou se quedó con uno de ellos y mi amiga Poppy le dio un hogar a otro. Mi perro Barney le tiene tanto cariño a Rosie como Lou a Anita, por lo que siempre reciben una calurosa bienvenida cuando vienen a visitarme.

—Ey, hola, Kate —dice Lou, pasando su mirada de Rosie a mí—. Estamos bien, gracias. ¿Cómo estás tú?

—Muy bien también.

—¿No está Barney contigo esta noche?

—No, vengo de la reunión de padres de Molly.

—¿Todo bien?

—Por suerte, sí, muy bien. Ha sacado sobresalientes en todas sus asignaturas.

—Una chica brillante. Debes estar muy orgullosa.

—Sí, sí que lo estoy.

Estoy a punto de despedirme y seguir calle arriba cuando se me ocurre algo.

—Lou, tú has vivido en St. Felix la mayor parte de tu vida, ¿verdad?

—Sí, eso es.

—¿Recuerdas muy bien los años cincuenta?

Lou parece sorprendida.

—¿Los años cincuenta? Un poco, sí. Pero era muy joven. ¡No soy tan vieja!

—Lo siento. No, no pensaba que lo fueras, pero me preguntaba si recordarías a una niña llamada Maggie y a su madre, que se llamaba Clara. Maggie iba en silla de ruedas por aquel entonces, por si te ayuda a refrescar la memoria.

Las arrugas en la frente de Lou se hacen más profundas mientras intenta recordar.

—Sí, creo que las recuerdo. ¿No llegaron a St. Felix a finales de los años cincuenta? ¿Quizá en 1957 o 1958?

—No estoy segura —respondo, asombrada de que las personas que hemos visto en las imágenes puedan ser reales.

—La razón por la que lo digo es que recuerdo que su madre tenía una tienda por aquel entonces; era modista, y empezó a vender toda la moda del momento desde allí, ya sabes: faldas con volumen, telas brillantes... Le insistí a mi madre para que me comprara una falda así, porque todas las chicas mayores las llevaban ese año. Estuve todo el verano dándole la tabarra hasta que al final le pidió a Clara que me hiciera una; fue lo mejor que he tenido. Me acuerdo de mí y de mi mejor amiga, Rose, por quien mi perra se llama Rosie, sentadas en el muelle del puerto balanceando las piernas y escuchando a Lonnie Donegan, Little Richard y Elvis Presley en su radio portátil de transistores. —Sonríe con nostalgia—. Qué buenos tiempos aquellos.

—¿Clara tenía una tienda? —pregunto intrigada—. ¿Dónde?

—Eh... —Lou mira hacia la calle, intentando localizarla— ¿Pues sabes qué? Creo que pudo estar donde ahora está tu tienda. Sí, de hecho estoy segura. Unas puertas más abajo de la panadería, en el lado opuesto. En aquel entonces la panadería era propiedad del tío de Dec, creo. Mr. Bumbles se llamaba entonces.

—¿Clara tenía un taller de confección en la misma tienda que la mía? —repito despacio, intentando comprender esta extraordinaria coincidencia.

—Sí, eso fue hasta... Mmm, ¿tal vez hasta mediados o finales de los sesenta? Me cuesta recordarlo, porque por aquel entonces me mudé unos años por motivos de trabajo de mi marido. Estaba recién casada —dice con nostalgia, recordando—. De todos modos, cuando volvimos a vivir aquí, ya era una tienda de lanas, y así siguió hasta que tú abriste tu tienda de manualidades. ¿Por qué tantas preguntas, querida?

—Lou, ¿te importa si un día voy a tu casa y te pregunto algo más sobre esto?

—No, querida, en absoluto. Me gusta viajar al mundo de los recuerdos. Pero no sé si puedo ayudarte mucho más.

—Ay, te sorprenderías, Lou. Tus pildoritas de información ya me han ayudado mucho. Una pregunta más y te dejo: ¿recuerdas a un artista llamado Arty?

Lou piensa.

—No me suena de nada, pero hay que tener en cuenta que, si hablamos de finales de los cincuenta, yo solo tenía trece o catorce años. Han pasado muchas cosas en mi vida desde entonces. Además, como ahora, había muchos artistas pintando aquí por aquel entonces. Eso es algo que no cambia.

—Ay, hablando de pintura, mejor me voy.

—¿Vas a ver al dueño de nuestra tienda de arte local? —pregunta Lou, con los ojos brillantes.

—¿Cómo sabías...? —empiezo a preguntar, y luego simplemente digo: No me lo digas. ¡Anita!

—Me he encontrado con Lou de camino aquí —le digo a Jack mientras me preparo para que nuestras dos obras de arte se unan.

—¿Lou? —pregunta Jack—. ¿Quién es?

—Lou lleva años viviendo a temporadas en St. Felix. Es tía de Jake, el dueño del vivero de la colina, así que supongo que eso la convierte en tía política de Poppy, la de la floristería, y tía abuela de Bronte.

—¡Vaya! —dice Jack, levantando las cejas—. ¿Están todos emparentados?

—A veces lo parece. Algunos de los residentes más mayores de St. Felix han vivido aquí toda su vida. Si hablas con alguno de ellos el tiempo suficiente, te contarán sus historias.

—Seguro. Y, bueno, ¿qué te ha contado Lou?

—No te lo vas a creer, pero cree que Clara tenía un taller de confección en la misma tienda que yo tengo ahora.

–¿En serio? Es increíble.

–Sí, recuerda a Clara y a Maggie, pero no a Arty. Al parecer, ya había muchos artistas aquí en los cincuenta, como los hay ahora.

–Eso debe significar algo –dice Jack, con los ojos entrecerrados–, pero ¿el qué?

–Vamos a poner las imágenes juntas y a ver qué pasa hoy –digo, entusiasmada, sentándome a su lado en la silla frente al caballete–. Puede que eso nos diga algo más...

St. Felix, junio de 1957

–*Desde aquí tienes una vista increíble –dice Clara, de pie junto a la ventana del estudio de Arty, en la planta baja, que da a las arenas de la bahía de St. Felix–. Me sorprende que no te sientes a pintar este paisaje a todas horas.*

–*Es tentador –dice Arty, observándola desde el otro lado del estudio–, pero creo que mis clientes se aburrirían un poco con la misma escena todo el tiempo. Lo verdaderamente increíble aquí es la luz, que inunda la habitación y hace que todo lo que pinto parezca mejor.*

Clara se vuelve hacia Maggie, que intenta frenéticamente terminar su obra del día. Es la primera vez que Clara ha entrado en el estudio de Arty. Antes siempre recogía a su hija en la puerta, aunque Arty siempre la invitaba a entrar.

–*Maggie, ¿has terminado ya? Tenemos que irnos. Ya has sobrepasado la hora que te ha asignado Arthur.*

Arty sonríe ante la insistencia de Clara en llamarlo por su nombre completo, pero en cierto modo la admira por mantener su formalidad. Es una de las muchas cosas que le gustan de la madre de Maggie, y la lista parece aumentar cada vez que se encuentran.

—No pasa nada —dice Arty con una voz amable—. No se le puede meter prisa al arte, ¿verdad, joven Maggie?

Maggie le sonríe feliz desde el caballete.

—Pero, aun así —dice Clara—, no queremos quedarnos más tiempo de lo debido

—Nunca podríais hacer eso —dice Arty en voz baja—, ninguna de los dos.

Clara, fingiendo que no ha oído, corre hacia el caballete de Maggie.

—¡No, mamá! —dice Maggie, saltando mientras intenta ocultar su trabajo—. Aún no está terminado.

—Maggie —dice Clara, deteniéndose en seco—. Estás de pie, tú sola.

—Lo sé —dice Maggie con orgullo—. Hemos estado practicando, ¿verdad, Arty? Mira, ya incluso puedo dar unos pasos sola sin caerme.

Clara observa asombrada cómo se aleja Maggie de su caballete despacio pero con seguridad. Da cada paso con precisión y cuidado, pero la expresión de placer que se le dibuja en el rostro al realizar este acto tan sencillo es una alegría para la vista.

—¿Ves? —grita eufórica al llegar a los brazos de su madre—. Te dije que podía hacerlo si me dejabas intentarlo.

Clara abraza a su hija.

—Es increíble, cariño —dice—. ¿Cuánto tiempo llevas haciéndolo?

—Desde que Arty me dijo que debería caminar más a menudo. —Maggie lo mira feliz por encima del hombro—. Dijo que, si no lo intentaba de vez en cuando, quizá nunca volviera a andar bien.

—¿De verdad dijo eso? —pregunta Clara, mirando a Arthur con expresión seria—. ¿Ahora eres médico, además de artista?

—No..., pero pensé que estaba preparada. Si se sienta en ese trasto demasiado tiempo, los músculos de las piernas se le atrofiarán y estará débil para siempre. «Atrofiarse» significa...

–Sí, sé lo que significa, muchas gracias –dice Clara con sequedad–. Cuando se ha vivido con esto tanto tiempo como nosotras, conoces toda la terminología y, si me perdonas la franqueza, creo que entenderás que también sé lo que es mejor para mi hija. –Clara mira a su alrededor en busca de la silla de ruedas de Maggie–. Vamos, Maggie, es hora de irnos –dice, cogiendo la silla y llevándosela–. No creo que estés preparada para volver a casa andando. –Fulmina a Arty con la mirada–. Tal vez pienses lo contrario.

Arty niega con la cabeza y las observa en silencio mientras se preparan para irse.

–¿A la misma hora la semana que viene, Maggie? –dice antes de que lleguen a la puerta.

–Ya no estoy segura de que sea una buena idea –dice Clara con frialdad, volviéndose un momento.

–¡No, mamá! Yo quiero volver y ver a Arty –grita Maggie desde su silla.

–Clara –dice Arty, acercándose rápidamente a ellas. Se coloca delante de la puerta y agarra el picaporte–. Lo siento si lo he hecho mal con Maggie. Creo que es una gran chica y una artista prometedora. –Le sonríe–. Por favor, no dejes que tu enfado conmigo le impida a tu hija hacer algo que le gusta.

Clara ablanda un poco el rostro, pero mantiene los labios fruncidos con firmeza mientras mira con frialdad a Arty.

–Lo pensaré –es lo único que dice–. Ahora, por favor, abre la puerta para que podamos marcharnos.

Arty cede y se aparta, manteniéndoles la puerta abierta. Saluda desolado a Maggie, que le devuelve el saludo con la misma tristeza.

Clara sale del estudio empujando con decisión la silla, baja a la calle y se aleja de Arty todo lo que puede.

–Vaya… –digo, abatida, volviéndome hacia Jack mientras las imágenes animadas se arremolinan ante nosotros–. Esta noche no ha sido muy divertida.

–No. Pobre Maggie y pobre Arty.

–Clara solo intenta hacer lo mejor para su hija –añado, sintiendo la necesidad de defenderla–. Probablemente pensó que Arty se estaba pasando de la raya.

–Tenía razón –dice Jack–. Sobre la atrofia. Si no usa las piernas, los músculos se debilitarán y se deteriorarán. Créeme, lo sé todo sobre este tipo de cosas.

–Estoy segura de que es verdad, pero sé lo que es ser madre soltera. Te pones muy a la defensiva cuando la gente intenta decirte qué es lo mejor para tu hija.

Jack me mira.

–Sí, me lo imagino. No veo a Ben muy a menudo, pero al menos comparto su educación con mi ex. No nos llevamos muy bien que digamos, pero ella siempre me llama si hay algo importante que necesito saber sobre él, o algo que tenemos que hablar. Supongo que cuando estás sola todo depende de ti. Entonces, ¿Molly no ve a su padre?

Siento que me tenso, como siempre que la gente empieza a indagar en mi pasado.

–No –respondo con brusquedad–. No lo ve.

–Es una pena –continúa Jack–. Estaría hecho polvo si no viera para nada a Ben.

–Sí, bueno, las cosas no siempre son tan sencillas.

Jack me mira, dando por hecho que voy a seguir hablando.

–Me pregunto qué será lo siguiente que pasará –digo, cambiando deliberadamente de tema–. Con Clara y Arty. Sabemos que ella empieza su negocio de modista, pero me pregunto qué pasará con ellos dos y con Maggie.

–Esperemos que recibamos pronto una nueva serie de imágenes para poder averiguarlo –dice Jack, que ha captado la indirecta–. Preparo el caballete todas las noches por si acaso. Al principio me preguntaba si debía dejar un lienzo nuevo, pero ahora lo dejo vacío y aparece un cuadro nuevo como por arte de magia. ¿Dejas los materiales fuera para tu hada de la costura?

–No. La tela y el bordado aparecen como por arte de magia bajo la placa de la máquina por la mañana, lo que lo hace aún más extraño. ¿Todavía te preguntas quién lo hace?

Jack se encoge de hombros.

–Para serte sincero, ya no pienso en eso. Todo esto es tan increíble que he dejado mi escepticismo natural en suspenso. La historia de Clara y Arty se ha apoderado de cualquier pensamiento que pudiera tener sobre cómo está sucediendo esto; simplemente estoy disfrutando del hecho de que sea así.

Le sonrío:

–Eso es exactamente lo que siento. Es extraño, ¿verdad? Si hace un par de meses me hubieras dicho que estaría aquí sentada con un completo desconocido esperando a que las imágenes cobren vida, me habría reído en tu cara.

–Pero ahora ya no soy un desconocido, ¿no? –pregunta Jack en voz baja–. Yo diría que nos estamos conociendo bastante bien con el paso de los días. Disfruto mucho de nuestras pequeñas reuniones.

Me sorprende oírle decir eso; no es que no disfrute con nuestras revelaciones pictóricas, yo también me lo estoy pasando bien, pero es raro que sea tan franco. Su charla habitual es tan frívola que siempre resulta chocante cuando dice algo con auténtica sinceridad.

–Sí, yo también –le digo con timidez–. Ha sido muy agradable tener un nuevo amigo con el que hablar.

–No hay nadie más con quien podamos hablar de esto –añade Jack, señalando las imágenes–, ¿verdad?

Niego con la cabeza.

–Me pregunto por qué nosotros.

–¿Qué quieres decir?

–O sea, me pregunto por qué estamos viendo nosotros estas... –dudo, intentando encontrar la palabra adecuada– estas imágenes. ¿Crees que esto habría ocurrido si Noah les hubiera pasado la máquina de coser y el caballete a otros clientes?

Jack se encoge de hombros.

–¿Habrían aparecido las obras de arte para ellos? ¿Quién sabe? ¿Y las habrían unido para que cobraran vida como lo hemos hecho nosotros? Lo dudo mucho.

–¿Por qué?

–La máquina de coser y el caballete podrían haber ido a cualquier parte, ¿no? Aquí tenemos visitantes de todo el mundo.

–Sí, pero es poco probable que compren objetos tan voluminosos; les costaría transportarlos a casa.

–Cierto, así que, si los hubiera comprado alguien de aquí y empezaran a producir imágenes..., digamos, inusuales, ¿qué posibilidades habría de que fuera lo bastante valiente como para contárselo a alguien, o que la persona a la que se lo contara fuera exactamente la misma persona que también lo estaba experimentando?

–¿Sabes? Tienes razón; es tan increíble que hayamos juntado las dos imágenes como que hayan aparecido.

–¿Quizá es el destino? –dice Jack en voz baja.

–Pensaba que no creías en esas cosas –respondo con una sonrisa, pero por dentro no estoy tan tranquila.

Jack está siendo muy... agradable esta noche. De sus labios salen cosas que no esperaba oírle decir y eso me desconcierta.

–No suelo creer en ellas, pero es este lugar, St. Felix. Hay tantas historias sobre sucesos extraños que ocurren aquí, sucesos inexplicables... que estoy empezando a creer que estamos viviendo uno de ellos.

–¿Con quién has estado hablando? --pregunto, intentando mantener un tono ligero–. ¿Con alguien del *pub*?

–Sí. Noah me dijo que preguntara allí si me interesaba, así que fui una noche que estaba tranquilo y no había demasiada gente, y me sorprendieron algunas de las historias que contaban los lugareños.

–Yo también he oído algunas. Incluso mi amiga Poppy tiene una historia sorprendente sobre cómo triunfó su floristería y cómo conoció a su marido, Jake.

–Sí, yo también la he oído.

–Quizá ahora nos toque a nosotros –digo sin dejar de sonreír–. Me refiero a experimentar un poco de la magia de St. Felix.

–Tal vez sí... –dice Jack, observándome atentamente–. Y yo diría que la magia está funcionando muy bien hasta ahora, ¿no crees?

Dieciséis

–¿Para quién son esta vez? –pregunto vacilante mientras entro en la tienda con Barney después de nuestro paseo vespertino.

–En la tarjeta pone «Kate». –Anita mira el enorme ramo de flores que ocupa casi todo el mostrador de la tienda–. ¿Un admirador secreto?

–¡Para nada! ¿Cuándo han llegado?

Saco la tarjeta de las flores y abro el sobre.

–Amber las ha traído hace unos diez minutos. Me ha preguntado por su invitación de boda mientras estaba aquí. ¿Le has contestado ya?

–¡Ay, madre, no, aún no! Tendré que enviarle una tarjeta para decirle que Molly y yo sí asistiremos. ¿Vas a ir, Anita?

–Sí, parece que va a ser un evento encantador. Sebastian también va... ¿Qué pasa, querida? No pareces muy contenta.

Miro la tarjeta que he sacado del sobre.

Espero que te haya gustado mi última ofrenda para pedirte disculpas. Esta vez te envío el ramo como muestra de mi amistad. Estaré en St. Felix muy pronto y me gustaría mucho disfrutar del placer de tu compañía una vez más.

Besos,

J.

–Sí, estoy bien, Anita, solo que no estoy segura de quién me envía estas flores. La última también estaba firmada por «J.» –digo y le paso la tarjeta.

–¿Conoces a alguien con esa inicial? –pregunta Anita–. Me refiero a alguien que pueda enviarte flores. Es evidente que te conoce.

Pienso un momento.

–Solo a Jack, y dejó muy claro que el último ramo no era suyo. Y, de todos modos, este no es su estilo en absoluto. Jack es mucho más directo. Nunca haría nada... –busco la palabra adecuada– nada tan clandestino como esto.

–Buena palabra –dice Anita con aprobación–. Bueno, dice que quiere volver a disfrutar de tu compañía, así que seguro que le conoces.

Sacudo la cabeza.

–No se me ocurre nadie, Anita.

–Hola, mamá –dice Molly, entrando en la tienda–. Ay, ¿de quién son? No serán de tu admirador secreto otra vez, ¿verdad?

Miro el reloj.

–¿Qué haces aquí? Aún no ha terminado el instituto.

–Repaso. Te dije que a partir de ahora lo hacíamos de esta manera.

–Ah, sí, me lo comentaste.

–¿Y entonces estas flores? –dice Molly, oliéndolas–. ¿Había otra tarjeta?

Anita le pasa la tarjeta a Molly.

–A tu madre no se le ocurre nadie con la inicial «J» que le pueda haber enviado flores.

–Está claro que Jack no –dice Molly con seguridad–. No es su estilo.

–Exacto –concuerdo–. Pero ¿por qué todo el mundo parece pensar que Jack me enviaría flores? No tiene motivos.

Molly y Anita intercambian miradas cómplices.

–¡Y podéis dejar de miraros así!

—Entonces, ¿quién es? —pregunta Molly—. Espera un momento. ¿Crees que...?

—¿Creo que qué?

—No puede ser Joel, ¿verdad?

Me quedo mirando a Molly un momento.

«¿Por qué no había pensado en Joel?».

—No —digo, negando con la cabeza—. ¿Por qué iba Joel a enviarme flores ahora? Hace casi dos años que no lo veo ni sé nada de él.

—Tal vez va a pasar por aquí y quiere venir a verte —sugiere Molly, y suena como si tuviera cierta esperanza—. ¿Y si lo que quiere es pedirte perdón?

Aunque nos había afectado a las dos, nunca le había contado a Molly toda la historia de Joel. Naturalmente, quería protegerla, así que la había mantenido al margen en la medida de lo posible, y por eso tampoco había mencionado el curioso comportamiento de la máquina de coser. No quería que Molly pasara el tiempo preocupándose por mí; quería que se concentrara en sí misma y, lo que es más importante ahora, en sus estudios.

—Nadie pasa por St. Felix —le digo con indiferencia—. Aquí tienes que venir a propósito. De lo contrario, a nadie le pilla de camino.

—Entonces quizá está de vacaciones cerca.

—No es Joel —insisto.

—¿Cómo lo sabes? —me pregunta Molly. Siempre le había caído bien Joel, y creo que en secreto esperaba que se convirtiera en la figura paterna que siempre le ha faltado y por la que yo siempre me he sentido culpable de no darle—. Es evidente que esta persona te conoce y quiere volver a verte, mamá.

—Pero ¿por qué me enviaría flores? —digo, intentando desesperadamente que lo entienda sin decirle la verdad—. ¿Por qué no se pone en contacto por teléfono y ya está?

Tuve que cambiar de número después de que Joel y yo nos separáramos y, cuando nos mudamos a St. Felix, solo les di mi nuevo número a unas pocas personas, así que la posibilidad de que se pusiera en contacto con nosotras por ese medio era, en realidad, bastante remota.

Molly se encoge de hombros.

—Tal vez intenta ser romántico.

—¿Después de todo este tiempo? Espero que no.

La expresión entusiasta de Molly decae.

—Siento interrumpir, queridas —dice Anita en voz baja—, pero ¿quién es ese Joel del que habláis?

—Mi ex —le explico—. Estuvimos juntos antes de mudarnos aquí. No funcionó.

Le dirijo a Anita una mirada cómplice y veo en sus ojos que lo entiende de inmediato.

—Son cosas que pasan —dice con complicidad—. Bien, Molly, querida, ya que has vuelto pronto de clase para estudiar, quizá te apetezca uno de mis bollos de fruta fresca. En la nevera de tu madre debería haber mermelada y nata para acompañarlos.

—¡Eso suena fatal, Anita!

Anita parece perpleja ante su comentario.

—«Fatal» significa bueno en su idioma —le explico.

—Ah... —dice Anita, aliviada—. Cuando yo era joven significaba otra cosa.

Molly sube hambrienta al piso.

—Tengo la sensación de que hay algo más en tu historia con Joel —indaga Anita en voz baja, cuando oímos a Molly moverse por la cocina—. No es asunto mío, por supuesto, si prefieres no hablar de ello.

—No te preocupes, Anita. No me importa contarte nada. Me gusta pensar que ahora somos amigas, ¿no? No solo compañeras de trabajo.

–Por supuesto, querida –dice Anita con cariño–. Siento exactamente lo mismo por ti.

Le devuelvo la sonrisa con el mismo afecto.

–Intentaré hacerlo lo más sencillo posible –digo en voz baja–. Joel es mi ex. Estuvimos juntos más de un año, pero se volvió... exigente.

–¿En qué sentido? –pregunta Anita.

–Empezó con cosas pequeñas... Ni siquiera vivíamos juntos, pero siempre quería saber dónde estaba y qué hacía. Al principio no le di importancia, me parecía que se interesaba por mi vida, pero luego, si no estaba en casa cuando él venía o me llamaba por teléfono, o si una noche salía hasta tarde con amigos, se ponía... raro.

–¿Raro? –repite Anita.

–Molesto. De muy mal humor y difícil. Cuando empezó a llamar a mis amigos para saber dónde estaba y a intentar controlar mi agenda en el trabajo, todo se volvió demasiado. La gota que colmó el vaso fue cuando empezó a seguirme a todas partes... «Acoso», decían mis amigos. Así que tuve que cortar con él. Fue entonces cuando empezaron los verdaderos problemas.

Recuerdo aquellos tiempos de hace un par de años. Por primera vez en mi vida entendí cómo se siente un famoso cuando uno de sus fans se acerca demasiado a él como para estar cómodo. No era agradable; de hecho era francamente aterrador. Sin embargo, mientras que el acosador de un famoso suele ser alguien a quien el famoso no conoce, en mi caso había sido mi exnovio, que llamaba a mis amigos a todas horas del día y de la noche, se ponía constantemente en contacto conmigo a través de las redes sociales y se plantaba delante de mi casa todas las noches.

–No aceptaba que nos hubiéramos separado –le cuento a Anita, preocupada–. Molestó a todos los que me conocían y merodeaba por mi casa. La gota que colmó el vaso fue cuando un día intentó quedar con Molly a la salida de clase. Esperó en la puerta del centro, ¡por el amor de Dios! Entonces me vi obligada a involucrar a la policía.

—¿Orden de alejamiento? —pregunta Anita, como si hubiera visto demasiadas series estadounidenses de policías.

—No, no llegó tan lejos. Se limitaron a advertirle que se fuera, y él pareció hacer caso, pero seguía viviendo cerca de nosotras, al igual que su familia y sus amigos. Había demasiados recordatorios y siempre tenía la sensación de que nos íbamos a encontrar, así que tomé la decisión de irme con Molly. En aquel momento no sabía que sería tan lejos como aquí, pero, cuando me surgió la oportunidad de la tienda, la aproveché. Como sabes, siempre había soñado con tener una tienda donde vender mis propios diseños.

—Entonces, ¿crees que está intentando ponerse en contacto de nuevo? —pregunta Anita, señalando las flores.

—No lo sé. Espero que no, ahora no. Esperaba que esa parte de mi vida hubiera terminado. No quiero volver y tener que lidiar con él otra vez.

Estoy a punto de llorar, así que Anita me tranquiliza rodeándome el hombro con un brazo.

—Estoy segura de que no, querida, y, si aparece por aquí, Sebastian y yo lo despacharemos por ti. A veces Sebastian puede ser bastante duro si quiere.

—Lo sé —digo, parpadeando y conteniendo las lágrimas—. Y apuesto a que tú también puedes serlo si te presionan.

—¡Anita! —dice Molly, volviendo a la tienda con un plato medio vacío—. Tus dulces están demasiado buenos. Podrías competir fácilmente con la Blue Canary si quisieras abrir tu propia panadería.

—Es muy amable de tu parte, querida —dice Anita, soltándome los hombros—, pero prefiero que mis dulces sean pequeños y personales, para que solo puedan disfrutarlos mis amigos y mi familia.

—Entonces me alegro de que formemos parte de tu familia —dice Molly, abrazándola.

—Yo también —le sonrío a Anita por encima del hombro de Molly—. Me alegro mucho.

Diecisiete

–¿Otra más? –pregunto sin aliento por teléfono mientras permanezco de pie en un rincón del sótano de la tienda intentando ser lo más silenciosa posible.

–¡Sí! –responde Jack–. ¿La tuya se parece a Harbour Street?

–La mía parece una tienda, pero supongo que podría estar en Harbour Street.

–¿Cuándo las comparamos?

–Tengo que ir a ver a Lou esta tarde, pero podría pasarme después. ¿Trabajas hoy?

–Trabajo todos los días. No tengo tantos empleados como tú.

–Tengo uno más que tú, nada más. Tendrás que contratar a alguien más.

–Mi hijo Ben viene pronto –dice Jack, y puedo oír la alegría en su voz cuando me lo dice–. Tal vez pueda tomarme un día libre. Va a trabajar en la tienda durante las vacaciones de verano, antes de volver a la universidad en octubre.

–Es una noticia estupenda –le digo–. Os vendrá bien pasar algo de tiempo juntos.

–Eso espero. Será la temporada más larga que se habrá quedado conmigo. Supongo que la atracción de un verano junto al mar lo ha convencido un poco. En fin, volviendo a las imágenes, ¿a qué hora vas a ver a Lou?

–A las cuatro y media. Tal vez podría estar contigo sobre las cinco y media, dependiendo de cómo vaya.

–A las cinco y media me va bien. Si llegas antes, Bronte puede cerrar la tienda. Así me tendrás para ti sola.

–Genial... –digo; de repente me siento avergonzada por las palabras de Jack.

–¿Podrías parecer menos emocionada? –dice Jack con tono despreocupado, y sé que tal vez he herido su orgullo.

–Lo siento, no hablaba contigo –finjo–. Hablaba con Sebastian. Ha asomado la cabeza por la puerta para preguntarme algo sobre un producto. Sí, Sebastian, ese está bien –digo, apartándome un poco el teléfono de la boca como si estuviera hablando con alguien al otro lado de la habitación–. Ya estoy, Jack. ¿Qué estabas diciendo?

–No importa –dice Jack rápidamente–. No hay duda de que estás ocupada. Entonces, ¿te veo luego?

–Sí, hasta luego.

–¿Tengo un fantasma? –dice Sebastian, y hace que dé un respingo cuando aparece en la entrada del sótano–. Juraría que te he escuchado diciéndome algo cuando bajaba las escaleras.

–¿Qué haces aquí abajo? –pregunto con brusquedad–. ¿Quién está arriba ocupándose de la tienda?

–Calma, solo estoy cogiendo una cosa para un cliente. –Saca un paquete de agujas de tejer de la pared–. Son ancianos y no pueden bajar las escaleras, así que no he abandonado tu imperio por mucho tiempo. De todos modos, tenemos cámaras, ¿no?

Se apresura a subir de nuevo las escaleras mientras me quedo pasmada mirándolo.

¡Claro, las cámaras de seguridad! ¿Por qué no se me había ocurrido antes? De hecho, ¿por qué no se nos había ocurrido a ninguno de los dos cuando aparecieron los primeros bordados? A decir verdad, las cámaras eran bastante pequeñas. Solo pude permitirme un sistema barato cuando abrimos la tienda, y no graban durante mucho tiempo. A menudo me olvido de cambiar la tarjeta de memoria cuando se llena, porque pensamos muy poco en ellas. Siempre he pensado que las cámaras funcionan más como elemento disuasorio que como otra cosa, así que ninguno de nosotros les presta demasiada atención, pero ahora no me las puedo sacar de la cabeza. Tenemos una aquí abajo para poder vigilar cuando los clientes vienen por su cuenta, y tenemos otra arriba en la tienda que no solo graba todo lo que ocurre durante el día, sino también lo que pasa por la noche...

Mientras Sebastian está en su descanso del almuerzo, yo recojo la tarjeta de memoria en la que están almacenadas las imágenes de nuestras cámaras de seguridad, deseando haber invertido más dinero en un sistema mejor que grabara durante más de veinticuatro horas seguidas. Al menos debería tener las imágenes de anoche, que deben mostrar algo de los extraños sucesos ocurridos en mi tienda durante la noche.

Cuando Sebastian vuelve de comer, subo a tomarme un descanso.

--Puede que tarde un poco más de lo habitual --le digo antes de irme--. Quiero hacer algo... de papeleo mientras estoy arriba.

--De acuerdo, jefa --dice Sebastian, sin parecer molesto--. Hasta luego.

--Avísame si hay mucho trabajo.

--Lo haré.

Subo a toda prisa y busco mi portátil, inserto la tarjeta de memoria y espero a que se cargue.

--Bien, mi misterioso visitante --le digo al ordenador mientras le doy al *play*--, veamos quién eres en realidad.

Tras uno o dos minutos observando una tienda vacía, empiezo a avanzar despacio por las imágenes. Pasan las seis, las siete, las ocho, las nueve y más allá de medianoche. No tengo una visión de toda la tienda; solo del mostrador donde está la caja, pero el acceso al interior de nuestro pequeño escaparate está justo al lado, así que, si pasa alguien e introduce tela bordada en mi escaparate, lo voy a ver.

Sin embargo, a medida que avanza la madrugada, no he visto ni un ratón escabullirse por el suelo, y mucho menos una persona, y empiezo a preguntarme si veré algo.

—Esto es imposible —murmuro mientras veo que el reloj da las cinco de la mañana—. ¿Por qué no he visto nada?

Las seis, las siete, las ocho, y el primer movimiento es un poco antes de las nueve horas, cuando me veo llevando el cajón de la caja registradora por la tienda y metiéndolo en la caja. Luego voy a abrir la puerta y veo cómo me sobresalto al darme cuenta de que hay algo nuevo en el escaparate.

—Es imposible —digo en voz alta—. ¿Cómo se me ha podido pasar?

No solo he estado mirando la pantalla mientras avanzaba por la grabación, sino también el reloj. He visto a bastantes detectives de televisión resolver crímenes descubriendo que había un salto en la grabación de las cámaras de seguridad en las que el autor del crimen o su cómplice habían borrado unos segundos. Sin embargo, cada segundo de la grabación de anoche ha estado ahí en la pantalla; estoy segura de ello.

—Debería haber sabido que algo tan moderno como las cámaras de seguridad no iba a poder resolver este misterio —me digo mientras extraigo la tarjeta de memoria y cierro el ordenador—. Tengo la sensación de que vamos a tener que hacer unos cuantos viajes más en el tiempo a St. Felix si queremos llegar al fondo de este asunto.

Esa misma tarde llamo a la puerta del Snowdrop Cottage y espero a Lou, pero para mi sorpresa es Poppy la que contesta.

—Hola, Kate —dice tras abrir la puerta—. Pasa. Lou me ha dicho que te ibas a pasar por aquí.

Sigo a Poppy por el vestíbulo de Lou hasta el salón de su casa. Lou está sentada en un sillón con un niño pequeño en el regazo, y a su lado, en el sofá, sorbiendo una taza de té, está Jake, su sobrino, que es el marido de Poppy.

—Hola, Kate —dice Jake—. No te preocupes, nos vamos enseguida. Hemos venido con Daisy a ver a Lou. Siéntate —dice, moviéndose a un lado del asiento.

—Por favor, no os vayáis por mí —digo, sentándome en el borde del sofá.

—Daisy tiene que echarse una siesta —dice Poppy mientras recoge los juguetes de su hija—. Y lo más probable es que Jake también.

—Oye, ¡no es fácil tener a un niño pequeño correteando cuando tienes mi edad! —dice Jake, que deja el té y se pone de pie para estirarse.

—Espera a tener dos correteando por ahí —añade Lou, pasándole a Daisy a Poppy.

—Dímelo a mí —dice Jake—. Ya he pasado por eso antes, ¿recuerdas?

—Entonces no deberías haberte casado con una mujer tan joven —dice Poppy, guiñándome un ojo.

—No lo pude evitar. —Jake le da un beso en la mejilla—. Bueno, tía Lou —continúa, y besa ahora a su tía en la mejilla—. Nos vemos el jueves para la merienda de cumpleaños de Daisy.

—Así es. Adiós, Daisy —dice, saludando a su sobrina nieta.

Daisy le devuelve el saludo desde los brazos de Poppy.

—No hace falta que nos acompañes a la puerta —dice Poppy—. Tú ocúpate de tu próxima invitada. Hasta pronto, Kate.

Salen al vestíbulo y oímos que la puerta se cierra tras ellos, y que Rosie, la perrita de Lou, entra arrastrándose.

–Rosie evita a Daisy –dice Lou, agachándose para acariciarla–. Ahora mismo es demasiado pequeña e inquieta para ella. ¿Quieres una taza de té, Kate? –Señala una gran tetera de porcelana sobre una bandeja en la mesa–. Si quieres, todavía hay un poco.

–No, gracias. Me tomé una taza antes de salir.

–¿Quieres hablarme de los años cincuenta? –pregunta Lou, recostándose en el sillón.

–Así es.

–¿Por alguna razón en particular?

Pensaba que Lou me lo preguntaría, así que ya tengo una respuesta preparada.

–Encontré unos diarios viejos en el desván de la tienda. Nada muy interesante, pero me hizo preguntarme por la historia de St. Felix en aquella época.

Lou asiente, pero no sé si me cree del todo.

–¿Qué quieres saber? Como te dije el otro día, no me acuerdo de mucho, porque fue hace mucho tiempo.

–Me preguntaba si recuerdas algo más sobre la tienda de Clara –empiezo diciendo–. Dijiste que estaba donde ahora está la mía.

–Sí, así es. Lo he pensado un poco más después de verte. Recuerdo muy bien la tienda; tenía mucho éxito. Como puedes imaginarte, en los años cincuenta esto estaba un poco aislado. El ferrocarril abrió mucho las puertas; trajo turistas y demás, pero a los adolescentes nos resultaba difícil acceder a la última moda, revistas y discos. Podíamos pedir cosas por catálogo, pero tardaban mucho en llegar, no como hoy, que puedes pedir algo por Internet un día y te lo entregan al día siguiente. Tener de pronto una tienda que hacía y vendía ropa de moda era algo único y muy popular entre nosotras.

–Me lo imagino. ¿Y dices que Clara lo hacía todo ella misma?

–Creo que al principio sí, pero a medida que crecía la demanda creo que contrató a algunas señoras de la zona para que cosieran para ella.

«Un poco como yo», pienso para mis adentros, pero en lugar de eso digo:

–Vaya, pues debía de irle bien.

–Creo que sí. También he estado pensando un poco más en su hija. Tendría más o menos mi edad por aquel entonces.

–¿En serio? Entonces la conociste.

–Bueno, en realidad no. Cuando se mudó aquí porque había estado enferma, de poliomielitis creo que fue, la retrasaron un año en el colegio, así que cuando se recuperó lo suficiente para empezar en nuestro instituto local estaba un año por debajo de mí.

–¿Se recuperó de la poliomielitis? –intento preguntar de la forma más natural posible–. ¿Volvió a caminar?

–Creo que estuvo mucho tiempo con muletas. Creo recordar que iba con ellas por el instituto; eran unos trastos grandes de madera, pero entonces no iba en silla de ruedas, como has dicho tú.

–Está bien saberlo –digo, pensando en Maggie. Tal vez, después de todo, Arty la ayudó a caminar–. ¿Recuerdas algo más? ¿Qué hay del artista que mencioné, Arty o Arthur, como quizá lo conozcas?

Lou niega con la cabeza.

–No, pero, como te dije, por aquel entonces venían muchos artistas a St. Felix. Fue entonces cuando empezó todo, en los años cincuenta. No teníamos las grandes galerías de arte de ahora ni todas las pequeñas galerías repartidas por las calles, así que la gente solía exponer sus cuadros en las ventanas de sus casas y la gente los compraba directamente.

—Suena precioso —comento, totalmente capaz de imaginármelo.

—Recuerdo a un anciano, un tipo encantador. Tranquilo, sin pretensiones. Solía pintar sobre todo tipo de materiales, normalmente trozos de madera vieja, ya sabes, restos de cuando habían desguazado uno de los barcos de pesca. No creo que pudiera permitirse lienzos adecuados y me sorprende que incluso pudiera permitirse la pintura. Pero era muy amable con nosotros, los niños. Si se lo pedías con amabilidad, te dejaba probar sus pinturas. —Lou frunce la frente tratando de recordar algo—. ¿Cómo se llamaba...? Lo tengo en la punta de la lengua.

—Ya no importa —le digo amablemente—. Entonces, ¿no recuerdas a Arty?

Lou niega con la cabeza.

—No, el único pintor que recuerdo era otro Lou, por extraño que parezca, pero ese era un hombre. Solía viajar en una furgoneta roja; creo que la misma que utiliza Ana ahora. Eso sí que es una larga historia... Poppy me la contó entera, por si quieres oírla.

—Es muy amable por tu parte, Lou —le digo con una sonrisa—, pero en realidad lo que me interesa ahora es finales de los años cincuenta, solo porque los diarios que he encontrado datan de entonces.

—Es una pena que Stan no siga por aquí —dice Lou—. Habría podido contarte más cosas. A Stan se le daba genial contar las viejas historias sobre St. Felix. Entonces tendría unos veinte años. Por desgracia, falleció hace un par de años.

—Oh, es una pena.

—Sí. Poppy, Jake y yo estábamos muy unidos a él.

—Bueno, gracias por tu tiempo, Lou —digo, poniéndome de pie—. Has sido de gran ayuda. Me alegro de ir encajando todas las piezas. Los diarios son un poco vagos.

Lou asiente.

–Si quieres saber algo más, solo tienes que pedírmelo –dice –. Haré todo lo posible por ayudarte.

–Solo una cosa más –digo cuando recuerdo otra duda–. ¿Sabes de quién era la casa que hay en la colina al entrar en St. Felix? La de la puerta azul. He escuchado que está a la venta. Noah, el de la tienda de antigüedades, les vació la casa.

–Creo que puede haber tenido unos cuantos propietarios a lo largo de los años. No estoy segura de quiénes fueron los últimos, lo siento. Deberías preguntarle a Anita; esa tienda de lanas fue el hogar de todos los chismes locales en algún momento. Apuesto a que ella lo sabe.

–Genial, eso haré. Gracias de nuevo, Lou. Has sido de gran ayuda.

–Cuando quieras, querida, cuando quieras.

Salgo de casa de Lou y me dirijo impaciente al centro, hacia la tienda de Jack. Es hora de volver al St. Felix de los cincuenta.

Dieciocho

C *lara se muestra orgullosa frente al edificio de Harbour Street. Todavía no se cree que sea su propia tienda.*

Todo ha sucedido muy deprisa. En un momento estaba cosiendo vestidos para sí misma y para otras señoras del pueblo que habían acudido a ella con telas y le habían pedido que les hiciera los patrones y al siguiente el anciano que regentaba una sastrería anticuada en aquel edificio había muerto inesperadamente y Clara se había enterado, a través de algunos cotilleos locales, de que el propietario quería que alguien ocupara el local lo antes posible. Cuando Clara fue a verlo y le propuso hacerse cargo del alquiler, al principio se rio de ella, pero, como se lo esperaba, le presentó un plan muy detallado de cómo iba a llevar la tienda y, lo que era más importante para él, cómo iba a obtener beneficios que le permitieran pagar el alquiler todas las semanas.

Después de mucho persuadirlo, y de pagar un mes de alquiler por adelantado, cosa que ha agotado todos sus ahorros, accedió al fin, y Clara ha abierto su propio taller de confección, que después de un comienzo lento está empezando a atraer más trabajo del que puede asumir y está considerando la posibilidad de contratar a más personal.

—Bonito vestido —dice Arty cuando aparece en el reflejo junto a Clara mientras esta contempla su nuevo diseño del escaparate.

Ha vestido a uno de los viejos maniquíes de sastre con su último diseño: un vestido de cuadros rojos y blancos con pequeñas prímulas amarillas esparcidas por el corpiño y una falda de vuelo con una enorme enagua debajo. Para rematar el conjunto, ha añadido un pequeño ramo de flores amarillas que ha comprado en la floristería de la calle, cuyo jarrón de agua disimula con un gran sombrero de paja.

–Gracias –dice Clara, sintiendo que se pone rígida.

Aunque ya ha pasado más de un mes desde que se marchó del estudio de Arty empujando a Maggie con rabia en su silla, todavía no lo ha perdonado del todo.

–¿Cómo va todo? –le pregunta Arty, deseoso de que la conversación fluya: ha echado de menos ver a Clara y Maggie desde que las clases de pintura de Maggie se interrumpieron de repente.

–Muy bien, gracias –responde Clara con brusquedad.

–Bien, bien. Has causado un gran impacto aquí en St. Felix. Ya he visto a muchas señoras con tus modelos.

–¿En serio? –dice Clara, preguntándose cómo ha sabido que son diseños suyos.

¿Habría estado echando un ojo a sus escaparates? Cada vez que mostraba un nuevo diseño, al menos cinco mujeres, y ahora también chicas jóvenes, lo pedían en su talla. Apenas podía satisfacer la demanda.

–Sí, y son muy bonitos. ¿El que llevas hoy es uno de los tuyos?

–Por supuesto.

–Muy bonito –dice Arty con aprobación, mirándola de arriba abajo–. Me gusta la combinación de colores.

El vestido que lleva hoy Clara es blanco con un estampado marino azul y verde brillante esparcido por encima. Se parece un poco al cuadro que vio pintar a Arty en los acantilados el día que llevó a Maggie hasta su caballete. Es algo nuevo para ella. Ha experimentado bordando sobre partes del estampado *para darle al vestido una textura única y está muy satisfecha con el resultado final, pero, mientras lo creaba en su pequeña máquina de coser Singer, se había esforzado por no pensar en Arty, aunque la tela conseguía justo lo contrario.*

—Se parece un poco a uno de tus cuadros —dice Clara.

—Se parece un poco a uno de mis cuadros —dice Arty exactamente al mismo tiempo.

Arty sonríe.

—¿Cómo está Maggie? —pregunta, intuyendo que tal vez Clara podría haberse ablandado un poco.

—Está bien. Le va muy bien.

—Me alegro, me alegro. ¿Sigue pintando?

Clara se aparta de él y vuelve a mirar el vestido del escaparate.

—Sí —dice en voz baja—. Parece que le has pegado el gusanillo.

—Me alegro —dice Arty. Mira a través del cristal de la tienda—. ¿Está por aquí? Me encantaría ver cómo le va.

—No, ahora no está. Desde que trabajo aquí, pago a una de las chicas para que la cuide por las tardes hasta que empiece el instituto. Es mejor que estar todo el día en la tienda conmigo.

Arty asiente.

—Bien, me alegro de que salga a tomar el aire.

—Yo no la dejaría encerrada aquí todo el día, si eso es lo que sugieres —dice Clara, erizándose de nuevo.

—No, en absoluto. Sé que le gustaba salir, eso es todo, eso es todo. Me lo dijo ella misma.

No se equivoca; Maggie prefiere estar al aire libre que dentro de casa, pero Clara no piensa admitir que tiene razón.

—Bueno, no está aquí ahora mismo, así que, si no necesitas nada más, tengo trabajo que hacer.

—Claro —dice Arty con su habitual aire relajado—. Yo también. Voy a hacer unos bocetos preliminares para un encargo que me han pedido que pinte.

—Qué bien. ¿De qué se trata?

—*El Ayuntamiento me ha pedido que pinte algunos lienzos de St. Felix; no solo los cuadros habituales del puerto y el mar, sino también de otras zonas del pueblo, incluida Harbour Street. Así que supongo que me verás bastante en los próximos días...*

—*Suena genial* —dice Clara con alegría—. *Para ti, quiero decir* —añade en un tono desagradable.

—*La verdad es que sí* —dice Arty, ignorando el insulto con facilidad—. *Me encantará dibujar tu tiendecita y a ti en su momento.*

—*No, a mí no me vas a retratar* —protesta Clara—. *Pinta la tienda todo lo que quieras, pero yo no voy a salir en el cuadro, ¿entendido?*

Arty se encoge de hombros.

—*Solo estaba bromeando. Lo que les interesa son los edificios.*

—*Ah..., vale* —dice Clara, un poco avergonzada por haber exagerado—. *Está bien.*

—*Pero serías una modelo encantadora si quisieras prestarte para hacerte un retrato* —le ofrece Arty—. *Avísame cuando quieras. Sin coste alguno. Aunque no estoy seguro de que pueda hacer justicia a un rostro tan hermoso.*

—*Lo tendré en cuenta* —dice Clara, con el rostro como un tomate, muy a su pesar.

—*Eso* —dice Arty—. *Bueno, tengo que irme. Nos vemos.*

Se despide con indiferencia mientras se aleja calle abajo con una bolsa de lona colgada al hombro, en la que lleva, supone Clara, su equipo de dibujo.

—*Adiós, Arthur* —le dice, y se queda mirando cómo desaparece su figura un poco más tiempo del necesario.

—*¡Mamá! ¿Era Arty?* —oye decir Clara a Maggie, y se da la vuelta y ve a una joven que lleva una de sus faldas con estampado de mariquitas y una blusa ajustada de color morado brillante a juego empujando a su hija por los adoquines en su silla de ruedas—. *¿Ha venido a verme?*

—Hola, Babs —le dice Clara a la joven—. Sí, cariño —le dice a Maggie—. Ha preguntado por ti.

—¿Y qué le has dicho? —pregunta Maggie.

—Le he dicho que te va muy bien pintando. ¿Traes otro?

Maggie sostiene orgullosa en la mano un trozo de lo que parece madera. Se lo pasa a Clara.

—Es muy bueno —dice Clara, admirándolo—. Es uno de los barcos de pesca del puerto, ¿verdad?

Maggie asiente.

—Freddie me ha ayudado a hacerlo.

—¿Freddie? —pregunta Clara, mirando a Babs.

—El anciano que pinta desde su casita en el puerto —explica Babs—. A Maggie le encanta ir allí a verlo pintar. Hoy le ha dado un poco de pintura y la ha dejado participar. No pasa nada, ¿verdad? —pregunta Babs, un poco preocupada.

Clara niega con la cabeza.

—Claro que no. Me alegro de que te diviertas, Maggie.

—Prefiero pintar con Arty —refunfuña Maggie—. Freddie es muy amable, pero Arty era mucho más divertido.

—Bueno, gracias, Babs —dice Clara, cogiéndole los mangos de la silla de ruedas—. Mañana a la misma hora, ¿vale? ¿O prefieres por la tarde?

Babs se encoge de hombros.

—No me importa. Mi novio Bertie está haciendo el servicio militar, así que no tengo mucho más que hacer. ¿Quiere ver una foto suya con uniforme?

Busca en el bolso y saca una foto de un joven con el uniforme de la Royal Air Force.

—Muy guapo —dice Clara, mirando la foto.

—Sí —dice Babs con orgullo—. Siempre me han gustado los hombres de uniforme, ¿y a usted?

Clara hace una pausa antes de responder.

—Sí, Babs. Da la casualidad de que sí, mucho.

Las imágenes se difuminan y se arremolinan, y, cuando la blusa morada brillante de Babs desaparece junto con todo lo demás, Jack y yo nos volvemos el uno hacia el otro.

–Me alegra ver que Maggie sigue pintando –dice Jack mientras nos apartamos de las imágenes alineadas frente a nosotros–. Aunque Clara puede ser muy fría. El pobre de Arty siempre se lleva un rapapolvo.

–Es un poco formal, eso es todo –digo, pensando aún en lo que acabamos de ver. ¿Será el hombre con el que Maggie estaba pintando el mismo del que Lou me ha hablado?–. En realidad le cae bien Arty; se le nota en la cara.

–¿En serio? –pregunta Jack–. Si fuera yo, creo que ya la estaría evitando, en lugar de intentarlo una y otra vez como hace nuestro Arty, pero supongo que algunas mujeres son más difíciles de conquistar que otras.

Me lanza una mirada socarrona que decido ignorar.

–¿«Más difíciles de conquistar»? –pregunto–. ¿Qué se supone que significa eso?

–Solo digo que con algunas mujeres hay que esforzarse un poco más que con otras.

–Con las que no tienes que esforzarte no suelen merecer la pena –replico–. Según mi experiencia, no.

–No sé a qué te refieres, Kate –sonríe Jack con picardía–. ¿Me lo puedes explicar mejor, por favor?

–Sabes perfectamente a lo que me refiero, Jack. No estuviste en el ejército tanto tiempo sin saberlo, estoy segura.

–Lo sé. Solo te estoy tomando el pelo. –Jack me guiña un ojo–. Perdóname, a veces es demasiado fácil.

–¿Lo echas de menos? –me aventuro, aprovechando la oportunidad ahora que estamos hablando del tema, pero sabiendo que puede que me cierre la boca de inmediato–. El ejército, quiero decir, ¡antes de que empieces a tergiversar mis palabras!

—Sí, lo sé —dice Jack con aire pensativo—. Los meses que pasé en el extranjero viviendo en medio del desierto no demasiado, pero sí la estructura. La rutina diaria. Siempre sabías lo que estabas haciendo y dónde se suponía que tenías que estar. Cada día era un reto. Eso sí que lo echo de menos.

—¿Esa es una de las razones por las que compraste una tienda aquí? —le pregunto, ya que parece tener ganas de hablar—. St. Felix es un lugar maravilloso para vivir, no hay duda, pero las tiendas se construyeron hace mucho tiempo y no están diseñadas para... bueno, para alguien en sillas de ruedas.

Jack me mira con esa expresión inquebrantable que tiene a menudo.

—Y luego están las calles empedradas; para ti deben de ser difíciles de recorrer. Es todo un reto, ¿verdad? —continúo al ver que no contesta—. Podrías haber alquilado una tienda en cualquier sitio, en algún lugar mucho más fácil para ti, pero elegiste este lugar. Puede que fuera para volver a desafiarte a ti mismo.

Jack sigue mirándome.

—Puede que tengas razón —acaba admitiendo—. No es el lugar más fácil para estar en una silla, eso seguro, pero sabía que tenía que ponerme a prueba y ver si podía no solo gestionar mi propio negocio, sino gestionarlo en un lugar que también iba a ser exigente conmigo.

—¿Y qué te parece el reto? ¿Te resulta lo bastante difícil?

—La tienda en realidad no ha estado tan mal como pensaba. Y Bronte ha sido de gran ayuda; no sé qué habría hecho sin ella. St. Felix también ha estado bien, en cuanto le cogí el truco a los adoquines, y me encanta la playa ahora que tengo mi nueva silla, pero ¿sabes qué ha sido lo más difícil? —Sacudo la cabeza—. Conocerte a ti.

—¿A mí? —pregunto, totalmente desconcertada por la respuesta—. ¿Por qué a mí? ¿Qué he hecho?

157

—Me has vuelto loco –dice Jack para mi sorpresa–. Me gustas mucho, Kate, ya debes saberlo. Me gustas mucho. Esto... –hace un gesto con la mano hacia el caballete– esto ha sido la mejor excusa que me podrían haber dado para pasar tiempo contigo. De lo contrario, nunca habría conseguido traerte aquí todas estas noches.

—Eso no es cierto. ¿Cómo lo sabes?

—Simplemente lo sé.

—Pero ¿cómo? –le insisto.

Los ojos de Jack se desvían hacia sus piernas.

—¡Ah, ya lo entiendo! ¿Estás diciendo que, como vas en silla de ruedas, no me habría fijado en ti? ¿Te crees que soy tan superficial? Qué majo.

—Kate, me temo que ya lo he visto demasiadas veces.

—Me estás juzgando por los estándares de los demás y eso no es justo.

—Solo te estoy juzgando por aquello a lo que estoy acostumbrado.

Lo fulmino con la mirada. Seguimos sentados uno junto al otro frente al caballete y, mientras nos miramos desafiantes a los ojos, ocurre algo extraño. De repente siento que algo me atraviesa, no un rayo ni nada dramático por el estilo, sino más bien una sensación de atrevimiento.

«De modo que Jack piensa que soy recatada y correcta como Clara, ¿verdad? ¡Le demostraré que se equivoca!».

Antes de cambiar de opinión, me inclino hacia delante y beso a Jack en los labios con firmeza, deteniéndome el tiempo suficiente para que no tenga ninguna duda de mis intenciones. Cuando vuelvo a sentarme en la silla, Jack sigue mirándome como antes, pero ahora su expresión es mucho más de sorpresa que de desafío.

—No te lo esperabas, ¿verdad? –pregunto, sin arrepentirme lo más mínimo de mis actos.

—No, desde luego que no.

—Nunca me juzgues por los estándares de los demás —le digo—. Soy una persona diferente. Tomo mis propias decisiones en la vida.

Jack me sonríe.

—Yo diría que ha sido una de tus mejores decisiones. ¿Quieres volver a intentarlo?

—Quizá... algún día —bromeo, encantada con la sensación de liberación que siento de repente.

—Entonces esperaré a que llegue ese día —dice Jack—. Con mucha impaciencia.

Diecinueve

–Pareces contenta esta mañana, mamá –me dice Molly mientras me ayuda a desembalar una caja con mis creaciones para la tienda. Se trata de una nueva línea de fundas para móvil hechas de tela que he diseñado y que Jenny, una de las señoras que cose para mí, ha confeccionado recientemente. Es sábado y Molly sustituye a Sebastian, que tiene una cita urgente con el dentista–. ¿Qué ha pasado? –me pregunta con complicidad–. Se te ve en la cara que te ha pasado algo.

–No ha pasado nada –le miento.

Ha pasado algo, por supuesto: he besado a Jack, e incluso ahora puedo sentir esa agradable sensación en mis labios cuando pienso en la noche de ayer.

Después de besarnos, el ambiente cambió definitivamente entre nosotros. Había una nueva sensación de emoción por el mero hecho de estar el uno en presencia del otro que ambos ignoramos sorprendentemente, hablando de cualquier cosa que no fuera lo que acababa de ocurrir. Hablamos de Clara y Arty, de las imágenes y de lo que Lou me había contado sobre St. Felix.

Al final de la velada, cuando llegó la hora de irme, esa vez solo me incliné y besé a Jack en la mejilla, y le dije que lo vería pronto.

–Mmm... –dice Molly, devolviéndome al presente–. Te conozco, mamá. Sé cuándo estás ocultando algo.

–No estoy ocultando nada... de verdad. ¿Cuándo te va a llamar Chesney? –pregunto, cambiando de tema.

–En unos diez minutos –dice Molly, mirando el reloj.

–¿Cómo os va todo? –le pregunto despreocupada, sabiendo que Molly estará tan dispuesta a hablarme de su vida sentimental como yo de la mía.

–Bien, gracias –dice mientras rebusca de nuevo en la caja.

–Parece que os lleváis muy bien –digo con cautela–. Siempre le estás mandando mensajes.

–Me escribe mucho –contesta Molly, ordenando el montón que ha colocado en la estantería–. Yo solo le contesto.

–Ah, ya veo. Eso está bien; demuestra que está interesado.

–Sí, supongo –dice conforme saca otro paquete de tela de colores de la caja–. No voy a quejarme de que mi novio esté interesado. La mayoría de mis amigas dicen que tengo suerte. Los únicos novios que han tenido apenas se molestan en mandarles mensajes; suelen ser ellas las que hacen todo el esfuerzo.

Yo no usaría la palabra «suerte» para describir su amistad con Chesney. Es demasiado engreído y seguro de sí mismo para mi gusto, pero por prudencia no digo nada.

–Estaría bien ver a Chesney algo más que los pocos segundos en los que viene a recogerte –pruebo a decir–. ¿Le gustaría venir un día a tomar el té?

Molly hace una mueca.

–¡Mamá! Eso no molaría nada. ¡Chesney no toma té!

«¿Qué hace aparte de pasear por las esquinas tratando de parecer intimidante? –me pregunto–. Porque es lo único que le he visto hacer hasta ahora».

–De acuerdo, solo he preguntado. Pero, si cambias de opinión, dímelo. Me gustaría conocer al chico del que mi hija está tan pillada.

–¿Crees que Sebastian habrá vuelto para cuando me vaya? –pregunta Molly, terminando deliberadamente esta línea de preguntas–. No quiero hacer esperar a Chesney.

—Lo más seguro, pero no tardará mucho aunque no esté de vuelta. Solo le van a hacer un empaste después de la revisión del otro día.

—¿Sholo um empashte? —dice una voz afligida desde la puerta—. ¡Ni shiquera pedo hablá!

Sonrío a Molly.

—Un poco anestesiado, ¿eh? —le pregunto a Sebastian cuando entra por la puerta con cara de pena.

Sebastian asiente y se tapa la mejilla con la mano.

—Peo ehtoy ben —intenta insistir.

—Quizá sea mejor que te quedes un rato descansando hasta que se te pase la anestesia —le sugiero—. ¿Te has tomado algún analgésico para cuando se te pase?

Sebastian asiente.

—Eh dentistsa dice que no eshtoy mu mal.

—Bien. Te diría que te fueras a casa, pero Anita está con su hija este fin de semana, y Molly y Chesney van a un festival...

—No es un festival —dice Molly—. Solo son unas cuantas bandas locales que tocan en Penzance.

—A mí eso me parece un festival —empiezo a decir, pero alguien entra por la puerta con un enorme ramo de flores que le oculta la cara. Esta vez no son ni Poppy ni Amber, porque el ramo lo lleva sin duda un hombre.

—¡Guau! —exclama Sebastian—. Ez tu amirador cecreto ota ve.

Molly observa con impaciencia mientras el hombre queda al descubierto.

—Buenas tardes, señoras —nos dice a Molly y a mí, que parecemos igual de horrorizadas por lo que han revelado las flores. El hombre asiente a Sebastian—. No estoy muy seguro de lo que acabas de decir, joven, pero yo también estoy encantado de conocerte. —Se vuelve hacia mí—. Soy yo, Julian James, a tu servicio de nuevo, mi querida Kate.

Me tiende las flores.

–Eh... Gracias, Julian –digo, adelantándome para cogérselas–. ¿Qué haces aquí?

–Te dije que volvería pronto a St. Felix –me explica, extrañado de que me sorprenda su presencia–, en mi último ramo.

–¿Eres tú el que le ha enviado flores a mi madre? –pregunta Molly, consternada–. Pero yo creía...

–Sí, querida. ¿No recibiste las tarjetas que traían? –pregunta mirándome.

–Sí, pero solo estaba firmada con una «J.». No tenía ni idea de que fueras tú.

Julian parece perplejo, como si no fuera posible que conociera a otra persona con esa inicial.

–Ah, menudo dilema para ti, cierto... Pero ¡ya estoy aquí!

–¿Quié eh eshte? –le pregunta Sebastian a Molly.

–Este es Julian James. En este momento están exponiendo los cuadros de su padre en la Lyle Gallery. Lo conocimos en la inauguración de la exposición.

–¡Claro que sí! –dice Julian, como si fuera un honor para nosotras–. Imagino que todos pasamos una buena velada.

–Sigo sin entender qué haces aquí, Julian –digo–. O por qué me has estado enviando flores.

De nuevo, Julian parece sorprendido.

–No has llegado a ponerte en contacto conmigo desde aquella noche, ¿no? –Ahora debo de ser yo la que parece confundida, porque Julian sigue con su explicación–: Cogiste mi tarjeta con mi número... Dijiste que te pondrías en contacto para hablar de negocios.

«Ah, eso».

–Como no llamabas, supuse que preferías que el hombre hiciera todos los trámites. Ya sabes, a la antigua usanza, así que te envié flores. Creo que la mayoría de las mujeres responden bien a las flores –dirige este comentario a Sebastian.

–Yo'n ralidá no sé... –intenta responder Sebastian.

–¿Qué ha dicho? –me pregunta Julian.

–Ha dicho que él en realidad no sabe nada de eso.

–Ah, ¿todavía no has descubierto las delicias de la forma femenina, jovencito? No te preocupes; ya te llegará tu momento.

Sebastian y Molly ponen caras de asco, pero Julian ya me está mirando.

–Entonces, como iba diciendo, ¿cuándo puedo invitarte a salir para hablar de negocios? –pregunta–. Esta noche estoy libre. Reservaré una mesa en el Lobster Pot; tengo entendido que es el mejor restaurante de la zona.

–Eh... –Intento desesperadamente pensar en una razón por la que no pueda ir, y estoy a punto de decir que tengo otros planes cuando me detengo–. ¡Sí! –digo, para la absoluta sorpresa de Sebastian y Molly–. Sería estupendo. ¿A qué hora?

–¿Te parece bien a las ocho? –pregunta Julian, que no cabe en sí mismo de satisfacción.

–Sí, perfecto. Nos vemos en el restaurante, siempre y cuando nos consigas una mesa.

–Nunca tengo problemas para conseguir mesa –dice Julian con confianza–. Me encantará pasar la velada contigo, Kate. –Hace una pequeña reverencia–. Disfrutad del resto del día.

Tras intentar imitar una especie de floritura con la mano y sale con elegancia por la puerta.

–Mamá, ¿en qué estás pensando? –me pregunta Molly–. Es horrible.

–Seh, rible.

Sebastian está de acuerdo.

–Puede que no sea tan malo si llegas a conocerlo –miento–. Tal vez haya más en él de lo que parece a primera vista.

Molly menea la cabeza con repulsión, y Sebastian hace lo

que puede para chasquear la lengua, pero suena más bien como una especie de ruido de succión.

Lo que no saben y lo que no puedo decirles es que, a pesar de toda su pomposidad y pretensión, el padre de Julian era Winston James, y, como Winston James pintaba aquí, en St. Felix, en los años cincuenta, puede que conociera a Arty. Si es así, Julian podría ayudarme a colocar otra pieza en mi rompecabezas de la máquina de coser, una pieza que podría llevarme a descubrir quiénes eran realmente Clara y Arty, y por qué Jack y yo estamos tan implicados en su historia.

Veinte

Mientras me siento en el tocador y me paso la plancha por el pelo, Molly suspira detrás de mí.

–Sigo sin saber por qué sales con ese Julian –dice, mirando enfurruñada mi reflejo–. Es un hombre horrible.

–Eso es un poco fuerte, Molly. No es horrible; es un poco pomposo y engreído, eso es todo. Estoy segura de que debajo de toda su fanfarronería es de lo más agradable.

Molly hace una mueca y sacude la cabeza.

–Jack es mucho más agradable que él.

–Es muy posible, pero, como te he estado explicando últimamente, el hecho de quedar con un hombre no significa de forma automática que sea una cita.

A Molly le suena el móvil. Mira la pantalla.

–Es Chesney –dice–. Creía que era Joel quien te enviaba esos ramos de flores –continúa con cierto deje de tristeza.

–Ya hemos hablado de esto, Molly –le digo con dulzura–. No podía ser Joel. No sabe dónde estoy y no se pondrá en contacto conmigo. No sé por qué crees que lo haría después de todo este tiempo. –Molly mira tímidamente hacia la cama–. ¿Molly? –le pregunto, dándome la vuelta para mirarla bien–. ¿Qué pasa?

–Nada –dice mientras vuelve a sonarle el móvil. Mira la pantalla y lo suelta–. Uf, por el amor de Dios, acabas de enviarme un mensaje –añade, impaciente.

Miro el teléfono, pero tengo la mente en otra parte.

–Molly, ¿por qué creías que era Joel quien me mandaba flores?

—Porque le he llamado, ¡por eso! —me dice Molly con una mirada acusadora.

—¿Que has hecho qué? Pero ¿por qué... por qué has hecho eso?

—Porque me dabas pena. Pensaba que podrías sentirte sola. Fue antes de que Jack entrara en escena, y este Julian también. Sé que antes era difícil, mamá, pero a Joel le gustabas de verdad.

A menudo he oído a la gente usar la frase «me hierve la sangre» y ahora sé por qué. Me arden las entrañas mientras miro fijamente a Molly.

—¿Y le has dicho a Joel dónde vivimos ahora? —pregunto con toda la calma que puedo.

Molly asiente en silencio, intuyendo que esta calma exterior podría ser solo una tapadera de mis verdaderos sentimientos.

—¿Y qué te dijo?

—No mucho, la verdad. Me preguntó cómo estaba yo y cómo estabas tú, y que si nos gustaba vivir aquí.

—¿Y? —le pregunto.

—¿Y qué? —pregunta Molly—. No sé por qué estás tan enfadada, mamá. Solo ha sido una llamada.

El teléfono de Molly vuelve a sonar y lo coge.

—Voy a tener que contestar a Chesney —dice—, o nunca dejará de mandarme mensajes. Vuelvo enseguida, mamá.

Mientras Molly sale del dormitorio para llamar a Chesney, me vuelvo hacia el espejo y respiro hondo. Tengo que mantener la calma o Molly empezará a preguntarse por qué estoy tan enfadada.

«Vale, piensa con sensatez, Kate», me digo. Molly me ha dicho que llamó a Joel antes de que empezaran a llegar los ramos y antes de que yo conociera a Jack. De eso hace ya semanas, y no ha pasado nada hasta ahora. No hemos sabido nada de él y no lo hemos visto. Tal vez no tenga nada de qué preocuparme. Seguramente Joel ya habría aparecido si pretendiera hacerlo. Quizá captó el mensaje cuando nos mudamos y todo irá bien.

—Lo siento —dice Molly, ya de vuelta—. Se enfada si no le contesto rápido.

Asiento y vuelvo a mirar a Molly.

—¿Cómo que «se enfada»?

Molly se encoge de hombros.

—Se enfada..., se mosquea, se pone de mal humor; creo que se podría decir así. Pero no pasa nada, es su forma de ser. Como has dicho, al menos demuestra que le gusto.

Molly se acerca al tocador antes de que tenga tiempo de abordar ese tema.

—Siento haber llamado a Joel —dice, abrazándome—. Si hubiera sabido que todos esos hombres iban a estar peleándose por ti, no me habría puesto en contacto con él.

—No pasa nada —le digo, devolviéndole el abrazo—. Solo hacías lo que creías correcto. Pero prométeme una cosa. Si Joel vuelve a ponerse en contacto contigo, no le respondas y dímelo inmediatamente, ¿vale?

—Claro, mamá —responde Molly, un poco desconcertada—. Claro que lo haré.

—Pero ¡si he reservado mesa! —oigo que protesta una voz fuerte mientras bajo más tarde, ya de noche, hacia el puerto por una pequeña callejuela. Sigo pensando en Joel y Molly, pero al acercarme a la voz me doy cuenta de que es Julian.

Al doblar la esquina que da al puerto, veo a Julian, que lleva un traje azul marino muy elegante, camisa azul y corbata con estampado de cachemira, y a Patrick, el dueño del restaurante Lobster Pot, con su chaqueta blanca de cocinero.

—Lo siento mucho, señor, pero, como acabo de explicarle, tenemos un problema con la instalación eléctrica y no podremos abrir hasta que mañana venga un electricista a arreglarlo. No obstante, si lo desea, puedo recomendarle otros restaurantes muy buenos del pueblo para cenar esta noche.

—¿Hay algún problema? —pregunto, acercándome a ellos.

—¡Kate! Hola —me dice Patrick, que parece nervioso—. Sí, se me ha fundido la caja de fusibles del restaurante. He tenido que cerrar esta noche.

—Ay, no, qué horror.

—Estoy intentando explicarle a este caballero que puedo recomendarle otros restaurantes muy buenos para que los pruebe.

—Pero se supone que ustedes son los mejores del pueblo —dice Julian con cara de disgusto—. Siempre como en los mejores restaurantes.

—Le agradezco los elogios, señor, pero me temo que esta noche no podrá ser. ¿Tal vez le gustaría venir otra noche? Vino gratis, cortesía de la casa, por supuesto. Discúlpame —me dice Patrick—, estoy viendo a más clientes a punto de decepcionarse —zanja y se marcha a saludar a una pareja.

—Lo siento mucho, Kate —se lamenta Julian con expresión dolida—. Parece que nos hemos quedado sin sustento esta noche.

—No seas bobo; no es culpa tuya. Además, aquí hay muchos restaurantes en los que podemos probar y, si por alguna razón no conseguimos mesa, siempre podemos irnos al puerto a comer pescado con patatas fritas.

Julian parece horrorizado por mi sugerencia, pero yo me limito a sonreírle.

—Venga, vamos a dar una vuelta.

Por desgracia, había subestimado lo concurridos que están los restaurantes de St. Felix un sábado por la noche y nos rechazan disculpándose en cada puerta.

—Probemos en el Merry Mermaid —digo—. Si no pueden acomodarnos, me temo que tendremos que comer patatas fritas en un banco. No reservan mesas, así que puede que tengamos suerte si alguien se está marchando.

Tenemos suerte. Mientras nos abrimos paso por el concurrido bar, veo a una pareja que está a punto de irse.

—Tráenos algo de beber y yo cojo esa mesa —le digo a Julian, que parece perplejo—. Una Coca-Cola Light con hielo estaría bien, gracias.

Julian, que se siente increíblemente incómodo, se acerca con educación a la multitud de la barra mientras yo cojo la mesita que hay junto a la ventana.

Un joven camarero se acerca para recoger los platos y vasos sucios.

—Tenéis mucho trabajo esta noche —le digo, entablando conversación.

—De locos —dice—. No he parado en toda la noche. ¿Has comido aquí antes?

—Sí.

—Bien, entonces ya sabes que tienes que pedir la comida en la barra y te la traemos.

—Sí, gracias. Eres Leo, ¿verdad? —pregunto, reconociendo al joven como uno de los amigos del instituto de Molly.

—Sí. —Me mira vacilante—. Eres la madre de Molly, ¿verdad?

—Sí. No sabía que trabajabas aquí, Leo.

—Sí, un trabajo de verano. Aunque estoy empezando a arrepentirme si va a ser así todos los fines de semana.

—Al menos no se te hará larga la noche.

—Casi no me da tiempo de tocar el suelo con los pies, y mucho menos de arrastrarlos —dice con una mueca—. Aquí tienes el menú nuevo —dice, dejando uno sobre la mesa—. Como decía, se pide en la barra y luego vuelvo con la comida.

Pasa el trapo una última vez por la mesa y se lleva los platos y vasos vacíos a la cocina.

Espero a que Julian nos traiga las bebidas, sintiéndome un poco culpable por haberlo abandonado en la barra. Julian no me parece de los que frecuentan los bares. Seguro que está mucho más acostumbrado a que le tomen nota en la mesa y luego le traigan una botella de vino añejo para probarla antes de decidir si la acepta o no.

Al final vuelve con un vaso de Coca-Cola Light y lo que parece un *gin-tonic*.

—Menudo calvario —dice mientras pone las bebidas sobre la mesa—. Tener que abrirte paso entre la gente para comprar una bebida y luego abrirte paso hasta una mesa para bebértela. Me siento como si hubiera retrocedido en el tiempo a una taberna de mala muerte del siglo XVI.

Sonrío cuando retira la silla y se sienta.

—Entonces, ¿no vas a muchos bares?

—¿Se me nota? —responde con expresión irónica.

—¡Solo un pelín!

Nos sonreímos. Es evidente que Julian tiene sentido del humor oculto bajo toda su pomposidad.

—Pero siempre es bueno probar cosas nuevas —dice Julian, levantando la copa—. Sobre todo en tan buena compañía. Brindo por una velada agradable.

—Y por nuevas experiencias —digo yo mientras levanto también la copa.

—Ah, eso espero —añade Julian, alzando las cejas mientras bebe un sorbo de la copa.

Me apresuro a beber un sorbo de la mía. Intuyo que va a ser una noche muy larga.

Julian, para mi sorpresa, es una compañía bastante agradable. Es ingenioso y divertido. Me escucha cuando hablo. Es más cortés que nadie que haya conocido.

Le cuesta un poco hacerse a la idea de que vamos a comer

en un *pub*, en una mesa sin mantel, y que tenemos que levantarnos para pedir la comida en la barra. Cuando Leo nos trae los cubiertos envueltos en servilletas de papel en una cesta con paquetes de kétchup, mostaza, vinagre, pimienta y sal, abre los ojos de par en par durante unos segundos, pero opta por no decir nada.

Lo observo con interés cuando Leo se marcha.

—¿Qué es lo que te hace gracia? —me pregunta, devolviéndome la mirada—. ¡Está claro que es difícil resistirse a mi cara bonita!

Gira la cabeza a un lado y a otro de un modo juguetón.

—Eres muy educado —le digo.

—Me gusta pensar que sí. ¿Hay algo malo en eso?

—No, nada en absoluto. Valoro los buenos modales.

—Me alegra oírlo. Por desgracia, no todo el mundo los valora hoy en día. ¡Mira, aquí está nuestra comida!

—¿Pollo? —pregunta Leo.

—Para mí —le digo, y me pone delante un plato de pollo frito a la sureña, patatas fritas y ensalada en la mesa.

—¿Y el pastel de carne y riñones?

—Eso es lo mío, joven. ¡Y qué buena pinta tiene!

Leo le lanza una mirada extraña.

—¿Les traigo algo más?

—Creo que estamos bien, Leo, gracias —le digo.

—¿Una servilleta, quizá? —dice Julian, mirándolo esperanzado.

—Las servilletas están envueltas alrededor de los cubiertos —responde Leo, mirando fijamente la cesta que hay en el centro de la mesa.

—¿Esto? —dice Julian, sacando un set de cubiertos de la cesta.

—Así es.

—¡Vaya, vaya, servilletas de papel! —Julian desenvuelve los cubiertos y, muy divertido, se pone la fina servilleta blanca sobre el regazo–. Gracias, joven, por otra nueva experiencia esta noche.

Leo me mira con expresión de «¿quién es este tío?», pero yo me limito a sonreírle y nos deja para atender otra mesa.

–Pastel de carne y riñones –digo mientras cojo los cubiertos de la cesta–. No lo hubiera elegido para ti.

–Uno de mis favoritos –dice Julian, cortando con avidez–. Mi abuela me lo hacía cuando era pequeño.

–¿En serio? ¿Estabas muy unido a ella?

–Sí –dice Julian, levantando el tenedor–. Pasé mucho tiempo con ella cuando era joven. –Prueba el pastel–. No está tan bueno como el de mi abuela, pero está bastante bien.

–¿Por qué pasabas mucho tiempo con tu abuela? –le pregunto, con la esperanza de que esta línea de conversación nos lleve a hablar de su padre.

–Mis padres no estaban muy presentes –explica–. Siempre de viaje. Iba a un internado durante el curso, y las vacaciones las pasaba casi siempre con mi abuela.

–Vaya, debió de ser duro para ti.

Julian se encoge de hombros.

–La verdad es que no. Me gustaba estar con mi abuela.

–Pero habrás echado de menos a tus padres, ¿no?

Julian parece desconcertado, como si nadie se lo hubiera preguntado antes. Quizá nadie se lo había preguntado nunca. Quizá en su entorno, ir a un internado y estar lejos de tus padres era lo normal.

–Un poco, supongo. Normalmente pasábamos las Navidades juntos cuando estaban en el campo, eso sí.

Vuelve a hincarle el diente al pastel con impaciencia mientras yo me sirvo un poco de pollo. Estoy deseando hablar más sobre su padre.

–¿Por qué estaban tus padres tanto tiempo fuera?

173

Julian mastica y traga su último bocado.

—¿Por qué tanto interés en mi familia?

—Por nada. —Me encojo de hombros—. Solo quería conversar. Además, tu padre era un artista famoso, ¿no? Seguro que todo el mundo se interesa por él.

—Normalmente es de lo único que quieren hablar, de mi padre. Nunca de mí.

«Ay, cielos, ahora me siento mal. Pero por eso estás aquí, Kate —me digo—. Para saber más sobre Winston James y los pintores con los que pudo haber pasado tiempo...».

—Supongo que eso es lo que pasa por tener un padre famoso —digo con simpatía—. Siempre es duro para los niños.

Julian me mira.

—Creo que eres la primera persona que lo reconoce —dice en voz baja, y deja el cuchillo y el tenedor—. Me he pasado toda la vida intentando hacer honor a su nombre... y por lo general he fracasado estrepitosamente.

—Estoy segura de que eso no puede ser verdad —digo, un poco desconcertada. No me esperaba que Julian respondiera así. Siempre me ha parecido tan engreído, y ahora parece desinflarse visiblemente delante de mí—. A ti... parece que te van bien las cosas.

—¿Lo parece? —pregunta Julian—. Dime, Kate, ¿a qué me dedico? Me refiero a cómo me gano la vida, ¿cuál es mi trabajo?

—Eh... —balbuceo.

—¿Lo ves? No tienes ni idea, ¿verdad?

—No, no es eso... No lo hemos hablado, ¿verdad? Suponía que promocionabas el trabajo de tu padre.

—Así es. Eso es exactamente. Trabajo para la empresa que él construyó. Mi vida gira en torno a su éxito. Nunca he tenido la oportunidad de intentar construir el mío propio.

—Estoy segura de que eso no puede ser cierto.

—Es verdad, Kate. No he hecho otra cosa con mi vida que intentar estar a la altura del nombre de mi padre, y al mismo tiempo vivir de sus frutos.

Ahora estoy completamente confundida. He salido esta noche pensando que sabía exactamente qué clase de persona es Julian. Estaba dispuesta a pasar por alto toda su arrogancia y sus pretensiones con la esperanza de poder averiguar más cosas sobre Winston James y St. Felix en los años cincuenta, y ahora, en cambio, me encuentro sentada frente a un hombre perdido e infeliz que, en lugar de molestarme, me hace sentir una pena increíble por él.

—Entonces, ¿por qué no lo haces? —le pregunto—. ¿Por qué no empiezas a construir tus propios logros en lugar de vivir de los de tu padre? Todos tomamos nuestras propias decisiones en esta vida. ¿Por qué no empiezas por hacer lo que quieres hacer?

—Soy demasiado viejo —se lamenta Julian—. He hecho esto durante tanto tiempo que no sabría por dónde empezar.

—Tonterías. ¿Cuántos años tienes...? —Miro a Julian con atención. «No te equivoques, Kate»—. ¿Treinta y nueve? —digo, quitándole unos años, por si acaso.

—Eres muy amable. Tengo cuarenta y cinco.

—No eres viejo; estás un poco estancado, eso es todo. Yo hice un gran cambio en mi vida hace solo un par de años. Dejé un buen trabajo en una empresa financiera y me mudé a St. Felix para abrir mi propia tienda, algo que siempre había querido hacer pero que nunca me había atrevido a intentar.

—¿En serio? ¿Qué cambió para que lo hicieras?

Julian suena como si estuviera realmente interesado, y no solo preguntando por cortesía.

—Supongo que me empujaron a ello. Digamos que un ex hizo más fácil que diera el salto.

–A lo mejor yo también necesito un empujón. Por desgracia, ahora mismo no tengo a nadie que me lo dé. –Me dedica una sonrisa irónica–. ¿Supongo que no...?

–¿Haría de tu ex? –Yo también sonrío–. Eso significaría que primero tendríamos que tener una relación y, para serte sincera, Julian, ahora mismo no estoy buscando eso.

–Qué pena –dice Julian–. Creo que podrías ser justo lo que necesito, Kate. Alguien que me diga las cosas como son y que no me complazca. Creo que me vendría bien un poco de franqueza, y tú eres muy buena en eso.

–Gracias, supongo. –Le sonrío–. Cuando necesites que alguien te dé un empujón, avísame. Ahora comamos algo de esta deliciosa comida que tenemos delante o se enfriará.

Pero antes de que pueda coger el cuchillo y el tenedor, siento que una mano se posa firmemente sobre la mía.

–Gracias, Kate –dice Julian, mirándome con seriedad al otro lado de la mesa–. Tus sabias palabras de esta noche me han conmovido.

–No seas tonto –le respondo, dándole un golpecito tranquilizador en la mano, esperando que la retire–. No he hecho nada, excepto decir la verdad. Si nadie te lo ha dicho antes, tienes que encontrar gente nueva con la que salir. Quizá deberías pasar menos tiempo en los lugares cosmopolitas que frecuentas y más en lugares como St. Felix, si lo que quieres son nuevos amigos. La gente de por aquí suele ser bastante sociable. A mí siempre me lo ha parecido.

Mientras digo esto, retiro con delicadeza la mano de debajo de la suya y sonrío aliviada por haberme librado de una situación complicada, pero al mirar por encima de su hombro hacia el *pub* me doy cuenta de que me he metido de lleno en otra. Mi sonrisa de alivio desaparece de mi rostro cuando mi mirada se posa en otro hombre, que no me mira con nada parecido al afecto de Julian.

He estado tan ocupada escuchando las penas de Julian que no me he dado cuenta de que Jack ha aparecido en el *pub* esta noche. Cuando le devuelvo la mirada, no me cabe duda de que se ha dado cuenta de que estoy aquí, y también de que no estoy sola.

Veintiuno

Jack se gira en su silla para darme la espalda y entabla conversación con la persona que está a su lado, que resulta ser el agente Woods, o Woody, como lo conoce todo el mundo, nuestro policía local.

Ay, Dios, ¿habrá Jack visto la mano de Julian encima de la mía? Por supuesto que sí. Por eso me ha mirado así.

Pero no estoy haciendo nada malo. Simplemente estoy hablando con un..., bueno, ahora tendría que llamar «amigo» a Julian, supongo. Antes de esta noche no esperaba llamarlo así, pero ha resultado no ser ni de lejos tan horrible como pensaba en un principio, y, de todos modos, Jack y yo no somos pareja ni nada por el estilo, ¿no?

Mientras disfruto del resto de la cena con algo menos de entusiasmo y Julian hace lo mismo, no puedo evitar preocuparme por lo que Jack pueda estar pensando de mí.

—¿Estás bien? —me pregunta Julian cuando llevo un rato sumida en mis pensamientos—. ¿No te gusta la comida?

—Ah, no, está perfecta. ¿Qué tal la tuya?

—El mejor pastel de carne y riñones que he comido en años.

Deja el cuchillo y el tenedor en el plato vacío mientras miro por encima de su hombro a Jack. Está hablando con Amber, la prometida de Woody, que también se ha unido a él.

Julian se gira para ver quién capta mi atención.

—¿Alguien que conoces?

—Nadie en especial. Aquí todo el mundo se conoce; es así.

—Una vez más, este lugar me recuerda a la ciudad de mi abuela. En su calle también se conocían todos. Cada vez me gusta más. He estado en St. Felix varias veces, Kate, pero esta es la primera vez que siento alguna afinidad con el lugar. Creo que se debe a tu influencia.

—¿De dónde era tu abuela? —le pregunto, deseosa por alejar el tema de mí; Julian ya ha dejado muy claros sus sentimientos y no quiero alentarlo.

—De Liverpool; una *scouser* hasta la médula.

—Caramba, cuando hablabas de ella antes no me imaginaba que de pequeño vivieras en una ciudad. Pensaba que hablabas del campo.

—Te imaginabas una lujosa casa de campo en algún lugar, seguro. Una infancia idílica corriendo por campos de paja bañados por el sol... Me temo que no. Este muchacho de educación privada tenía que quedarse en el centro de Liverpool durante sus vacaciones escolares, en una casa adosada de dos habitaciones en cada planta. Te puedes imaginar la de bromas que me gastaban los otros niños de la calle cuando oían mi acento.

Todo lo relacionado con Julian se volvía más comprensible ahora que sabía más de él.

—Tu forma de ser... —digo de repente—. Todo eso es una fachada, ¿no?

Julian me mira fijamente.

—¿A qué te refieres?

—Me refiero a tu comportamiento. Lo has desarrollado a lo largo de los años más como un mecanismo de defensa que para mostrarle a la gente tu verdadera personalidad. En realidad, no eres pretencioso ni engreído. Eres mucho más simpático de lo que parece.

Al principio, Julian parece sorprendido de que me atreva a describirlo así. Luego, cuando digo que es más simpático de lo que parece, baja la cabeza y la sacude con incredulidad.

179

—¿Eras psicóloga antes de venir a St. Felix, Kate? —dice mirándome de nuevo con total asombro—. Eres demasiado perspicaz con la gente como para llevar simplemente una tienda.

—¡Qué va! Creo que se me da bien ver a la persona que hay detrás de la máscara, eso es todo. —Vuelvo a mirar a Jack, pero ya no lo veo—. Y la mayor parte de lo que la gente ve de Julian James es una máscara, ¿no? Mantienes oculto tu verdadero yo.

—Desperdiciada en una tienda de artesanía —responde Julian, desviando a propósito mi observación—. Totalmente desperdiciada.

—Kate nunca está desaprovechada —oigo decir a Jack, y cuando me doy la vuelta veo que está a punto de pasar por delante de nuestra mesa. Debe de haber ido al aseo de minusválidos que hay detrás de nosotros—. Al menos, según mi experiencia, no.

Me mira levantando las cejas.

—Jack... —digo, sorprendiéndome mucho y a la vez alegrándome de verle.

—Jack Edwards —se presenta Jack, tendiéndole la mano a Julian—. Encantado de conocerte.

Julian le estrecha la mano.

—Julian James. El placer es mío.

Jack me mira expectante, esperando una explicación. Estoy a punto de decirle que Julian es el hijo de Winston James y está relacionado con la exposición, pero entonces me doy cuenta de que voy a hacer lo que todo el mundo hace con Julian: presentarlo a partir de su padre. Así que en vez de eso digo:

—Julian es amigo mío. Está... de visita en St. Felix.

—Muy bien —dice Jack en un tono demasiado amistoso—. ¿Y te quedarás mucho tiempo?

La mirada de Julian se detiene en mí.

–Puede que más de lo que pensaba al principio...

–Genial –dice Jack con lo que sé que es una sonrisa forzada.

–Julian se dedica al negocio del arte –digo diplomáticamente–. Así que tenéis algo en común. Jack tiene una tienda de material artístico en St. Felix –le explico a Julian.

–Ah –dicen los dos y se saludan con cortesía con la cabeza.

–¿Pintas? –le pregunta Jack a Julian.

Julian sonríe.

–No, yo no. Pero mi padre sí.

Me lanza otra mirada conspirativa que Jack no puede evitar observar.

–¿A qué te dedicas entonces? –pregunta Jack sin rodeos.

–Divulgo arte –responde Julian con cuidado–, pero después de esta noche puede que cambie de profesión.

Me vuelve a mirar con complicidad.

Ojalá deje de hacer eso. Sé que molesta a Jack y no quiero que piense que pasa algo.

–Bueno, está claro que tenéis mucho de lo que hablar y que yo no pinto nada –dice Jack, apartándose de la mesa–. Os dejo con ello. Encantado de conocerte, Julian. Nos vemos, Kate.

Me mira adrede antes de apartarse.

–Un tipo simpático –dice Julian, al parecer sin darse cuenta de que algo va mal–. Has dicho que la gente de aquí era agradable.

–Sí –digo mientras veo a Jack salir del *pub*–. Lo es.

–Creo que me quedaré una temporada –añade Julian, observándome mientras yo miro la puerta por la que acaba de salir Jack–. Me gustaría hacer nuevos amigos, y llegar a conocer a otras personas mucho mejor...

Veintidós

J: ¿Tienes otro?

El mensaje de Jack va directo al grano. Yo respondo de forma igual de contundente:

K: Sí.

J: ¿Cuándo deberíamos compararlos?

K: ¿Estás libre esta noche?

J: Sí.

K: ¿Te va bien a las siete?

J: Sí.

K: Hasta luego entonces.

Nada...
—Así que ahora es así, ¿no, Jack? —murmuro suspirando.
—¿Qué es cómo? —pregunta Molly, que está dando vueltas por la tienda.
—Nada —digo, levantando la vista del teléfono.
—¿Alguien te está dando problemas, mamá?
—No, no seas tonta.
—¿Cuál de tus muchos pretendientes es esta vez? ¿El exsoldado rudo o el hombre sofisticado y fino de la ciudad? ¿O hay un tercero del que aún no sé nada? Y, antes de que digas nada, ¡no me refiero a Joel!

–Muy graciosa. ¿No deberías estar ya en el instituto? –le pregunto, mirando el reloj–. Espera, no me lo digas, ¿tienes una hora libre?

–Sí, además no hay mucho que hacer ahora que es la última semana del trimestre. No merece la pena ir...

–Buen intento. Vas a ir. Eres tan mala como Sebastian, que está siempre tratando de conseguir un día libre.

–¿Alguien ha dicho «día libre»? –pregunta Sebastian conforme entra en la tienda.

–No, ¡nadie tiene el día libre! –replico.

–Vaya, ¿alguien se ha levantado con el pie izquierdo esta mañana? –pregunta Sebastian, mirando a Molly.

–Problemas con los hombres –dice Molly mientras asiente.

–Yo no tengo ningún problema con los hombres.

–¿Cuál es? –le pregunta Sebastian a Molly como si yo no estuviera presente–. ¿El soldado o el trajeado?

Sacudo la cabeza y continúo poniendo precio a algunos de mis trabajos con las pequeñas etiquetas de cartón blancas que atamos con algodón. Es una línea muy bonita que he creado de bolsos con cremallera que se pueden utilizar como neceseres para el maquillaje, estuches o como quiera quien los compre.

–No suelta prenda –susurra Molly.

–¿Tal vez sean los dos? –susurra Sebastian.

–Puedo oíros, ¿sabéis? –les digo.

–Entonces, ¿cuál es? –pregunta Sebastian–. Espero que sea el soldado. Me cae bien Jack.

–Los dos caballeros a los que os referís son mis amigos, y solo mis amigos –respondo tajante–. Y ninguno de ellos me está dando problemas, como decís.

–Entonces, ¿se están dando problemas el uno al otro? –pregunta Sebastian esperanzado–. ¡Guau!, ¿duelos al amanecer por la bella doncella?

Suspiro.

–¿Y por qué harían eso cuando solo somos amigos?

–Yo solo digo que quien se pica ajos come –dice Sebastian, dirigiéndole una mirada cómplice a Molly, que asiente con la cabeza–. Aunque no entiendo por qué quieres ser solo amiga de Jack. Julian... bueno, me sorprende que hayas vuelto a salir con él después de la primera vez. Pensaba que una noche con él sería demasiado para cualquiera.

–¡Ya basta! –digo, muy seria, dejando las etiquetas de precios sobre el mostrador–. Ya os lo dije: Julian es un incomprendido. Cuando lo conoces, en realidad es bastante agradable. –Sebastian asiente despacio, incrédulo–. Tenéis que creerme. Es cierto. La única razón por la que volví a salir con él, ¡como amigos, insisto!, es que está intentando cambiar y hacer nuevos amigos, y puede que incluso una nueva vida. Sé lo difícil que es eso, así que creo que deberíamos apoyarlo, no burlarnos de él.

–Mamá tiene razón –dice Molly–. Fue muy duro para nosotras cuando nos mudamos aquí sin conocer a nadie. Si mamá dice que no es tan malo como parece, confío en su criterio.

–Gracias, Molly –le agradezco.

–Sí, yo también lo siento –dice Sebastian–, pero no puedes culparnos por interesarnos por tu vida amorosa. Ojalá yo tuviera una vida amorosa para que alguien bromeara.

–A mí tampoco me importaría tener una vida amorosa –les digo–. Cuando digo que estos dos hombres son solo amigos, lo digo de verdad.

–¿En serio? –pregunta Sebastian–. ¿Nada con ninguno de ellos?

–No.

–¿Te gustaría que lo hubiera, mamá?

Miro a Molly. Se merece una respuesta sincera.

–Julian, para nada. No es más que un conocido. Me gusta llamarlo «amigo» porque no creo que tenga muchos, y por eso quedo con él, para ayudarlo a hacer algunos por aquí.

–¿Y Jack? –pregunta Molly–. Te gusta, ¿verdad?

Asiento con la cabeza.

–Jack es... complicado. –Dudo–. Hay... cosas entre nosotros que no puedo explicar y que nos están acercando, pero también hay otras cosas que parecen separarnos.

Esa cosa es Julian. No he visto ni oído nada de Jack desde la noche del *pub*, hace casi una semana, aparte de su mensaje de esta mañana después de que ambos descubriéramos nuevas obras de arte en nuestras tiendas.

Sin embargo, no voy a dejar de intentar ayudar a Julian porque Jack pueda estar... Parece una tontería incluso pensarlo... pero siento que Jack podría estar celoso.

–Las relaciones son difíciles –dice Molly con complicidad.

La miro. En serio, ¿ya lo sabe a los quince años?

–¿Va todo bien entre Chesney y tú? –pregunta Sebastian.

Molly se encoge de hombros.

–Sí, supongo.

Sebastian me mira, pero yo también me encojo de hombros.

–¿Quieres hablar de ello? –añade.

–No –dice Molly–. La verdad es que no. Ya lo resolveré.

–Bien, entonces creo que es hora de un abrazo en grupo –anuncia Sebastian–. Venid, venid –dice, haciéndonos señas para que nos acerquemos.

De mala gana, sigo a Molly hacia los largos y delgados brazos de Sebastian y los rodeo a los dos con los brazos.

–Por las relaciones –anuncia.

–No creo que los abrazos en grupo suelan tener brindis –insinúo.

–Bueno, este sí. ¡Brindemos por las relaciones! –Sebastian vuelve a intentarlo–. Por que mejoren las que están pasando por una mala racha. –Nos da unas palmaditas en la espalda a Molly y a mí–. Y por que haya esperanza para los que no tenemos ninguna ahora mismo. –Las dos le damos palmaditas a Sebastian–. Que todos encontremos a nuestro hombre adecuado en un futuro muy cercano... –Hace una pausa dramática–. Pero, por ahora, ¡vamos a divertirnos intentándolo!

St. Felix, agosto de 1957

Clara echa un vistazo por el escaparate de su tienda.

Arthur sigue allí, pintando detrás de su lienzo. ¿Cuánto tiempo necesita estar sentado frente a la tienda? Parece que lleve allí varios días.

–Debe de ser muy emocionante ser el tema de un cuadro –dice la señora Harrington mientras saca el monedero del bolso para pagarle a Clara el vestido que está recogiendo–. Me encantaría estar ahí fuera todo el tiempo mirando por encima de su hombro.

–Bueno, no es a mí a quien está pintando –dice Clara, cogiéndole el billete a la clienta y buscando algo de cambio en el cajoncito de madera en el que guarda toda la recaudación–. Es la tienda. En realidad, es toda la calle. El Ayuntamiento ha encargado varios cuadros de St. Felix.

–Sí, lo sé. Jonathan, mi marido, está en el Ayuntamiento, así que estuvo en la reunión en la que se decidió. Creo que es una idea maravillosa conmemorar el pueblo tal y como es hoy. Ha cambiado mucho en los últimos años. Hemos pasado de ser una pequeña comunidad pesquera a un destino de vacaciones bullicioso. Con los años de la guerra enterrados definitivamente y el racionamiento ya por fin terminado, debemos celebrar de la manera que podamos.

–Por supuesto. Había olvidado que su marido trabaja en el Ayuntamiento.

–Sí, desde hace ya algún tiempo. Está muy orgulloso de esta comunidad.

–Tiene todo el derecho a estarlo. St. Felix es un lugar maravilloso para vivir y al que venir de visita.

–Perdóneme si me estoy entrometiendo... –dice la señora Harrington en voz baja e inclinándose sobre la vitrina hacia Clara–, pero ¿fue la guerra lo que le arrebató a su marido?

Mira el estrecho anillo de oro que lleva Clara en el dedo anular de la mano izquierda.

Clara vacila. Siempre odia que le pregunten eso, porque, por mucho que deteste mentir, la idea de decirle la verdad a alguien la petrifica aún más.

Se mira el anillo. La verdad es que el anillo es el de su abuela. Su madre se lo regaló cuando llegó a St. Felix por primera vez para quedarse con sus tíos. «Para que la gente no haga preguntas», le dijo su madre.

–Sí, así es –dice Clara con la obligada tristeza en la voz–. Prefiero no hablar de ello, si no le importa.

La señora Harrington le da una palmadita en la mano a Clara.

–Lo entiendo perfectamente. La guerra dejó a muy pocos de nosotros al margen de la tragedia. No puedo creer que hayan pasado trece años desde que perdí a mi querido hermano durante el desembarco de Normandía.

–Uy, no tenía ni idea. Lo siento mucho.

Ahora se siente mal; ella sí que es alguien con una verdadera razón para llorar.

–Murió como un héroe..., como tantos otros antes y después de él. Lamento su pérdida, Clara. Maggie debe de echar de menos tener un padre.

–Nos las arreglamos –dice Clara con un aire de bravuconería bien practicada que suele funcionar.

187

–Bien hecho. –La señora Harrington le da una última palmadita en la mano a Clara y coge la bolsa de papel marrón de la vitrina que las separa–. Muchas gracias por esto. Es precioso, de verdad. No sé cómo lo hace con esa maquinita que tiene.

Mira hacia la máquina de coser Singer negra de Clara, que está sobre una mesa en un rincón de la tienda, con otra de sus creaciones esperando pacientemente a que Clara la termine.

–Ah, es la máquina, no yo. –Clara sonríe–. Debería ponerme a ello. Tengo mucho que hacer. Me alegro de que le guste su vestido, señora Harrington.

–Por favor, llámame Annabel.

–Annabel, entonces.

–Gracias de nuevo. Buenos días, Clara.

Clara acompaña a Annabel hasta la puerta de la tienda y se despide de ella.

Se detiene para verla cruzar la calle y hablar un momento con Arthur. Su clienta sonríe cuando mira el cuadro por encima del hombro. Luego se despide de él también y se marcha calle abajo, feliz con su vestido nuevo a cuestas.

Cuando Clara vuelve a mirar a Arthur, este la mira desde su caballete. Antes de darse cuenta de lo que está haciendo, le sonríe.

–¿Te apetece una taza de té? –pregunta Clara, sin saber qué más decir ahora.

–Me encantaría –responde Arthur–. Con leche y dos de azúcar, por favor.

Sonrío al retirarme del lienzo y me vuelvo hacia Jack. Él también sonríe.

–Se han reconciliado –digo, contenta.

–Esperemos que sí –dice Jack–. Ya era hora.

–¿Podemos reconciliarnos nosotros? –pregunto en voz baja–. No me gusta cuando nos peleamos.

—¿Nos hemos peleado? —pregunta Jack inocentemente.

—Teniendo en cuenta que apenas me has hablado desde la noche del *pub*, creo que sí.

—He estado un poco ocupado, eso es todo.

—¿En serio? —pregunto con una voz un poco sarcástica—. ¿Más ocupado de lo normal?

—Sí, la verdad. Me he estado preparando para la llegada de Ben.

—Ah, sí, lo había olvidado. ¿Llegará pronto?

—Sí, su madre se va de viaje con su nuevo novio, a un crucero o algo así, de modo que, cuando Ben dijo que quería venir y quedarse conmigo durante el verano, estaba encantada. No creo que confíe en que se quede solo en casa.

—¿Y estás seguro de que eso es lo único que te ha mantenido ocupado?

—Sí. ¿Por qué? ¿Debería haber otra cosa? —pregunta Jack, con los ojos muy abiertos.

Sacudo la cabeza.

—No, en absoluto.

Me vuelvo hacia el cuadro.

—Clara estaba un poco rara cuando habló del padre de Maggie —dice Jack, cambiando de tema—. Debió de morir en la guerra, como sugeriste antes, cuando nos preguntábamos por él.

—Es posible —respondo, no tan segura—. O quizá sea una tapadera. A juzgar por cómo reaccionó ante Annabel, creo que es más probable que tu sospecha fuera correcta.

—¿Que se quedó embarazada y el padre la abandonó? —dice Jack—. ¿En serio? ¿Por qué?

—No lo sé. Solo tengo un presentimiento.

La verdad es que llevo años intentando hacer justo lo mismo que Clara: fingir sobre el padre de mi hija ante extraños. Conozco las señales demasiado bien.

Molly nació unos sesenta años después que Maggie, pero una aventura de una noche que da como resultado un bebé no es nada raro en estos tiempos. Eso es lo que me pasó a mí. Nunca volví a ver al padre de Molly después de pasar la noche con él en una fiesta de graduación. ¿Cómo debió de ser para Clara ser madre soltera en los años cuarenta, cuando esas cosas eran mucho más tabú que ahora?

Molly conoce la situación de su padre. Nunca intenté ocultárselo cuando empezó a hacerme preguntas. Me pregunto si Clara había sido tan sincera con Maggie.

–¿Has visto la máquina de coser de Clara? –pregunto, decidiendo que cambiar de tema otra vez es la mejor idea. No quiero hablar con Jack de por qué creo que conozco la historia de Clara–. Se parece mucho a la mía, ¿verdad?

–Sí, yo también he pensado lo mismo del caballete de Arty, pero seguro que en aquella época había muchas máquinas de coser Singer negras y también grandes caballetes de madera oscura. No creo que podamos inferir nada de ello.

–Puede que no..., pero ¿y si son los mismos que los nuestros? ¿Y si yo tengo la máquina de Clara y tú tienes el caballete de Arty? Podría ayudar a explicar por qué estamos viendo su historia en las imágenes.

–Bueno, vinieron de la misma casa, ¿no? Imagino que podrían ser... pero sería una gran coincidencia.

–Si Clara y Arty al final acabaron juntos, no. Podrían haber seguido viviendo en St. Felix el resto de sus vidas.

–¿Hasta que llegó Noah y les vació la casa? –dice Jack, levantando las cejas–. Vale, sé que he tenido que dejar la incredulidad al margen para aceptar lo que vemos en estas imágenes, pero incluso tú debes estar de acuerdo en que se está volviendo un poco inverosímil.

–En realidad no. Noah dijo que era la familia de una anciana la que lo estaba vendiendo todo. Podría tratarse de Clara, ¿no? A lo mejor vivió más años que Arty. A las mujeres les suele pasar.

Jack me mira fijamente.

–Kate, aunque acabaran juntos en tu versión de cuento de hadas, Clara tendría que tener ya... ¿Cuántos? ¿Cien años?

–No, no tantos. Parece tener unos treinta años.

–Más que eso, ¿no?

–No, en esa época vestían como si fueran mayores. Apuesto a que ni siquiera tiene mi edad. –Hago una pausa para hacer cuentas–. Annabel dijo que su hermano había muerto en las playas de Normandía hacía trece años, o sea, que eso es el Día D, y eso fue en 1944, así que seguro que estamos en 1957. De modo que, si Clara pasa los treinta, entonces ahora tendría... noventa.

–Entonces podría haber sido ella la que murió, lo que llevó a la venta de la casa, ¿no?

–No sabemos si murió.

–¿Qué otra razón tienen las familias para vaciar las casas de sus parientes ancianos?

–Podría haberse ido a una residencia o algo así.

Jack sonríe.

–Siempre ves el lado bueno de las cosas, ¿verdad?

–No siempre. Pero es verdad: sea Clara o no, la anciana podría seguir viva. Mmm...

–¿A qué viene ese «mmm»? –pregunta Jack, al parecer todavía entretenido.

–Bueno, llevo viviendo en St. Felix durante casi dos años y nunca he conocido a ninguna Clara, ni he oído a nadie hablar de nadie con ese nombre, y seguramente Lou habría mencionado que Clara seguía viva al saber que era la dueña de mi tienda antes.

—Cierto. Entonces, si no fue Clara, ¿quién fue? Debe de haber tenido algo que ver con Arty y Clara si la máquina de coser y el caballete que tenían estaban en su casa.

—Entonces, ¿ahora crees que podrían ser suyos?

—No sé qué pensar, pero, si no eran de Clara y Arty, ¿por qué vemos sus vidas representadas en obras de arte hechas con ellos?

Suspiro y vuelvo a mirar el caballete.

—¡La casa! —digo de repente—. La de la puerta azul. Sigue en venta, ¿no?

—Supongo que sí.

—Entonces, la inmobiliaria debe saber quién la vende. Lo único que tenemos que hacer es preguntarles y tendremos nuestra respuesta.

—No puede ser tan sencillo, ¿verdad?

—Nada es tan sencillo nunca, Jack, pero tenemos que empezar por algún sitio y este es tan bueno como cualquier otro.

Veintitrés

Sin embargo, como Jack había señalado correctamente, nada es nunca tan sencillo.

–Lo siento, señorita, pero me temo que no puedo decirle quién es el propietario –me dice por teléfono al día siguiente Jackson, de la agencia inmobiliaria Parkes & Parker de Penzance–. Es información confidencial.

–Lo sé, Jackson, pero no quiero que lo divulgues por ninguna otra razón que no sea simplemente porque me interesa saber quién vivía antes en la casa. Soy supersticiosa, ¿sabes? –añado de repente, teniendo una idea–. Ni se me ocurriría comprar una casa si el nombre del anterior propietario empieza por C o por A.

–¿Es supersticiosa? –pregunta Jackson, pensando sin duda: «Eso es nuevo».

–Sí, mucho.

–Pero ¿está usted pensando en comprar esta propiedad?

–Por supuesto –le miento–. Vivo en la zona y hace tiempo que le eché el ojo a esa casa. Le dije a mi marido, Trevor, que si esa casa salía alguna vez a la venta, ¡quería vivir en ella!

–Puedo organizar una visita si quiere –dice Jackson con interés–. ¿Eso le ayudaría a calmar sus miedos?

–Eh..., sí, creo que sí.

«En realidad, ver el interior de la casa no podría hacer ningún daño, ¿verdad? Podríamos encontrar algo...».

–¿Qué tal esta tarde? –sugiere Jackson–. Tengo otra visita en St. Felix a las seis. ¿Podrían usted y su marido venir a las siete?

–A las siete sería perfecto. Gracias.

–Entonces su marido se llama Trevor, ¿y su nombre es...?

–Fiona –me saco de la nada.

–Estupendo. Fiona y Trevor. –No hay duda de que Jackson lo está anotando todo–. Bien, nos vemos en la casa esta tarde a las siete. Que tengas un buen día, Fiona.

–Igualmente, Jackson –digo, poniéndole fin a la llamada.

«Bueno... –pienso mientras miro el teléfono que tengo en la mano– no me esperaba que fuera a ir así».

Ahora tengo la difícil tarea de llamar a Jack para decirle que no solo vamos a hacernos pasar por un matrimonio esta tarde para poder ver la casa por dentro, sino que durante un rato se va a llamar Trevor...

–No puedo creer que estemos haciendo esto –dice Jack mientras esperamos por la tarde ante la puerta azul de la casa a que llegue Jackson–. ¿Y por qué elegiste el nombre de Trevor para mí?

–Fue el primero que se me ocurrió. Además, en ese momento no sabía que ibas a tener que usar ese nombre; si no, se me habría ocurrido algo mejor.

Jack mira la casa que tenemos detrás.

–Espero que esto merezca la pena. ¿Qué esperas encontrar ahí dentro?

–No lo sé. Es posible que nada... pero vale la pena intentarlo. No le he sacado nada a Noah cuando he estado en su tienda antes. Me ha dicho que el vaciado de la casa lo organizó una señora estadounidense llamada Susan. No estaba seguro de si eran parientes, y creo que todo se organizó por correo electrónico.

–Debe haber alguien en St. Felix que conozca a la persona que vivió en la casa. Aquí estáis todos pegaditos unos a otros todo el tiempo; no me creo que nadie sepa el nombre de la anciana.

—No estamos «pegaditos unos a otros todo el tiempo». Es un lugar agradable para vivir, eso es todo. A algunas personas les gusta eso. Creía que a ti también.

—Sí, me gusta, pero cuando eres nuevo en un sitio todo el mundo parece conocerse ya. Me siento como un extraño.

—Pensaba que te las apañabas bien. Siempre estás en el *pub*. Creía que habías conocido a gente allí.

—¡No siempre estoy en el *pub*! —dice Jack, atónito—. Solo porque me vieras allí la otra noche cuando estabas en tu cita no significa que siempre esté allí.

—No estaba en una cita —insisto. Me doy cuenta de que estamos alzando la voz, pero como los dos intentamos igualar las acusaciones del otro parece de alguna manera necesario—. Solo estaba cenando con un amigo, ya lo sabes. Ni siquiera se suponía que íbamos a estar en el Merry Mermaid; íbamos a ir al Lobster Pot, pero se quedaron sin electricidad esa noche y tuvieron que cerrar.

—Uy, el Lobster Pot, ¡qué elegante! Debería haber sabido que la hostelería local no habría sido lo bastante buena para Julian James.

Miro fijamente a Jack. ¿Por qué está siendo así?

—¿Conoces a Julian de algo? No lo puedes conocer lo suficiente como para hacer comentarios como ese.

—Lo sé —dice Jack con firmeza—. He preguntado por ahí.

—Has preguntado por ahí... ¿Por qué?

—Eso no importa ahora —dice Jack, apartándose de mí.

—Creo que sí importa... —empiezo a decir.

Jack me hace callar.

—¿Ese es el agente inmobiliario? —susurra mientras un joven con traje azul entra por la puerta.

—Es muy probable —respondo, malhumorada.

—Si sigues con ese tono —dice Jack, ignorando mi ceño fruncido—, creerá que somos una pareja casada.

–Jackson Goldsmith –dice el agente, tendiéndonos la mano mientras se acerca a nosotros–. Encantado de conocerlos.

–Hola –respondo, tendiendo la mano primero–. Soy Fiona, y este es mi marido Trevor –añado mientras señalo a Jack.

–Hola, Trevor –dice Jackson, y noto que le cambia la voz cuando se dirige a Jack–. No sabía que ibas en silla de ruedas.

Jack capta inmediatamente su cambio de tono.

–¡Guau! –dice Jack, mirando sorprendido su silla–. Así es. No me había dado cuenta. Gracias por decírmelo. –Jackson le devuelve la mirada con inquietud–. No te preocupes, amigo. Es solo una broma.

–Ah, sí –dice Jackson, recuperando el tono de agente inmobiliario–. Me alegra ver que todavía tienes sentido del humor.

–¿Por qué no iba a tener sentido del humor? –Jack no puede evitarlo, y no puedo culparle–. ¿Crees que me lo quitaron con las piernas?

–No, no, claro que no. Quiero decir que debe resultarte muy... difícil estar en una silla de ruedas. Es fácil perder de vista el lado más alegre de la vida.

–Mmm... –dice Jack con una especie de gruñido.

–¿Entramos? –sugiero alegremente.

–Sí –asiente Jackson con alivio–. Una idea maravillosa. Vamos a ello.

Mientras Jackson avanza para abrir la puerta, miro a Jack con ojos de advertencia.

–¿Qué? –dice en voz baja y le señala–. Es él.

–¿Listos? –pregunta Jackson, dándose la vuelta.

–Sí, por favor –le digo sonriendo.

Por suerte, el escalón de la puerta es bajo, así que Jack se las arregla para subir la silla con muy poca ayuda, y entramos a un gran vestíbulo elegante con baldosas blancas y negras cubriendo el suelo.

–Bueno, ¿queréis que os haga una visita guiada u os doy

tiempo para dar una vuelta? Sin ánimo de ofender –le dice a Jack.

–No me ofendo –dice Jack, sonriendo con demasiada vehemencia.

–¿Te parece si echamos un vistazo nosotros mismos? –sugiero–. Y, si tenemos alguna pregunta, te avisamos.

–Por supuesto –responde Jackson; echa un vistazo nervioso a la gran escalera de caoba que sube elegantemente hasta el segundo piso en una hermosa curva.

–No te preocupes, Jackson –dice Jack, observándolo–. No te voy a pedir que me lleves hasta allí arriba.

–Ja, ja. –Jackson fuerza una sonrisa–. Muy buena. –Una expresión de profunda preocupación le cruza el rostro–. Estoy seguro de que, si compráis la casa, se pueden hacer las adaptaciones necesarias. Los salvaescaleras son muy buenos hoy en día y no solo para ancianos y enfermos.

«¿Podría cavar su propio hoyo más profundo?», me pregunto

–Bueno... –añade mientras Jack lo mira–. Esperaré fuera en el jardín, ¿vale? Tengo que hacer unas llamadas. Avisadme si necesitáis algo.

–Eso haremos –me apresuro a decir–. Gracias, Jackson.

–Capullo –refunfuña Jack antes de que Jackson salga y no pueda oírlo.

–No puede evitarlo –digo, esperando al menos a que haya salido de la casa–. Algunas personas entran en pánico cuando conocen a alguien con una discapacidad, ¿no? No saben qué decir.

–Dímelo a mí. Desde el momento en que ha empezado a hablarme, he sabido que es un imbécil.

–Sí, yo también lo he notado. ¿Te pasa a menudo?

–¿Que me hablen como si tuviera cinco años? Sí, te sorprenderías. Es como si fuera un niño en un cochecito, no un exsoldado en silla de ruedas. Luché por mi país. Ese tipo no sabría ni cómo deshacerse de una bolsa de papel.

–Yo no hice eso cuando te conocí, ¿no? –pregunto, bastante segura de que no–. Hablarte de forma paternalista, quiero decir.

Jack niega con la cabeza.

–No, tú estuviste bien. Si no recuerdo mal, te enfadaste porque no quise bajar y dejarte entrar en la tienda.

–No me enfadé. Solo estaba un poco molesta, pero en ese momento no sabía que...

–¿Que no tenía piernas? –afirma Jack sin rodeos, terminando mi frase.

–No. En realidad iba a decir que eras un maldito cabrón, pero lo de las piernas me vale...

Le guiño un ojo y me devuelve una sonrisa.

–Vamos –dice Jack, todavía sonriendo–. Exploremos esta casa lo mejor que podamos y veamos si encontramos algo. Aunque aún no he entendido qué es exactamente lo que buscamos.

Recorremos la vieja casa lo mejor que podemos, pero lo único que encontramos son habitaciones vacías, a menudo con papel viejo despegándose de las paredes y de vez en cuando marcas de suciedad que delatan dónde había cuadros colgados. No queda ningún mueble; se lo han llevado todo, supongo que Noah y su equipo de vaciado de casas.

Cuando exploramos toda la planta baja llegamos de nuevo al vestíbulo, y miro hacia las escaleras.

–Está bien, ve tú –dice Jack–. Si es como aquí abajo, será más que suficiente una persona para examinarla.

Asiento con la cabeza.

–Seré lo más rápida que pueda.

Me doy prisa en subir la larga escalera de caracol que se curva hasta la planta de arriba. Siempre he querido vivir en una casa con una gran escalera como esta, así que no puedo evitar pasar la mano por la suave madera del pasamanos mientras asciendo.

Recorro algunas de las habitaciones vacías, sin ver nada diferente a la primera planta; solo más papel pintado descolorido, esta vez más apropiado para un dormitorio.

Solo cuando llego a la última habitación me detengo.

Este cuarto es mucho más grande que los demás, y mientras que en los otros hay alfombras, en este hay tablas desnudas. Lo que me fascina no son las tablas, sino lo que hay encima. Hay salpicaduras de color por toda la madera, más en concreto salpicaduras de pintura al óleo, como si alguien hubiera pintado mucho en esta habitación y no le hubiera importado demasiado el desorden, porque era su habitación, su propia habitación para crear obras de arte.

–¡Jack! –grito desde arriba–. Adivina lo que he encontrado. ¡Jack! –vuelvo a gritar cuando no responde.

Bajo las escaleras a toda prisa.

«¿Dónde se habrá metido?».

–¡Estoy aquí! –me dice de pronto, y me doy la vuelta al pie de las escaleras e intento localizar su voz–. Aquí –repite Jack mientras abre una pequeña puerta que hay bajo las escaleras y sale en su silla.

–¿Qué haces ahí debajo? –le pregunto–. Adivina lo que he encontrado arriba: ¡una habitación donde alguien pintaba al óleo! Hay salpicaduras de pintura por todo el suelo.

–Genial –dice Jack, todavía con la puerta del armario abierta–. Eso también respalda lo que he encontrado yo. ¡Mira!

Me acerco al armario de debajo de la escalera y miro lo que me está señalando. En la parte posterior de la puerta hay una serie de garabatos tallados, alguien ha arañado la madera aposta con un cuchillo.

El que Jack está señalando muy claramente indica: MAGGIE.

–No puede ser una simple coincidencia, ¿verdad? –pregunto sin aliento–. ¿Estamos buscando pruebas que no existen?

–No lo creo. Si entras en el armario hay más garabatos aún, algunos de ellos bastante artísticos, y sabemos que a Maggie le gustaba el arte.

Miro a Jack.

–Entonces vivían aquí... Clara, Maggie y Arty, en esta misma casa.

–¿Ha llamado alguien? –dice una voz desde la puerta abierta y vemos a Jackson asomando la cabeza.

–No, creo que no –digo, acercándome a él mientras Jack cierra la puerta tras nosotros.

–Estoy seguro de haber oído mi nombre en la voz de una mujer –dice, mirándome–. Has dicho «Jack» un par de veces, ¿verdad?

–¡Ah! Bueno, eso, sí, dije...

–A veces me llama «Jack» –dice Jack mientras se coloca a toda prisa a mi lado–. Es como un apodo cariñoso. –Me coge de la mano–. Y yo la llamo... –Se detiene y veo un brillo perverso en sus ojos–. Gertrude –dice, mirándome cariñosamente–. ¿Verdad, Gerty?

–Sí –le respondo, devolviéndole la mirada, no con el mismo cariño–. Sí, es verdad.

–Ajá... Ya veo –dice Jackson, un poco desconcertado–. Entonces, ¿qué os parece la casa?

–Es muy bonita –digo–, pero al final no estoy segura de que sea para nosotros, ¿verdad, Trevor?

Jack niega con la cabeza.

–No, Gerty puede ser un poco supersticiosa, y esta casa no le da buenas vibraciones, ¿verdad, Gert?

Meneo la cabeza.

—Ni los anteriores propietarios —continúa Jack—. ¿Sabes algo de los anteriores ocupantes, Jackson?

Jackson niega con la cabeza.

—No, me temo que no. Es una pena que no les guste la casa. Lleva un tiempo en el mercado y nos han dado instrucciones para sacarla a subasta si no se vende antes de que acabe el verano. Alguien podría conseguir una verdadera ganga si sucede eso. Es un lugar encantador y está en muy buen estado estructural para los años que tiene. Una mano de pintura rápida y un par de instalaciones nuevas y sería un hogar precioso.

—Seguro que sí —reconozco, echando un vistazo a mi alrededor—. Bueno, no queremos robarte más tiempo, ¿verdad, Trevor?

Jack niega con la cabeza.

—No, gracias por dejarnos echar un vistazo, Jackson. Buena suerte buscando un comprador.

—Gracias —dice Jackson, abriéndonos la puerta—. Y buena suerte con... —mira a Jack mientras sale en su silla—, bueno, con todo en realidad.

Jack lo mira fijamente.

—La suerte no tiene nada que ver, Jackson. La tenacidad, la perseverancia y la determinación de ser lo más normal posible es lo que me ayuda a superar los días, y eso nunca cambiará.

Veinticuatro

–¿Qué hacemos ahora? –dice Jack mientras regresamos colina abajo al pueblo.

–No está más claro que antes de que Trevor y Gerty visitaran la casa –respondo–. Gracias por el nombre, por cierto.

–No hay de qué. Pero sabemos algo más. Alguien llamado Maggie y alguien que pintaba vivían allí, y tanto el caballete como la máquina de coser provienen de esa casa. ¿Podría tratarse de otras personas que no fueran Clara y Arty?

–Supongo. Sería una coincidencia enorme si no fueran ellos.

–Exacto.

–Tenemos que preguntarle a la gente para averiguar quién vivía allí antes de que se pusiera a la venta. Alguien sabrá algo; tienen que saberlo.

–Estoy de acuerdo. Bueno, ¿tienes hambre? –pregunta Jack–. ¿Te gustaría ir a comer algo?

–Ay... es una idea genial, pero me temo que no puedo. He quedado con Julian para cenar.

–Ah –dice Jack, mirando al frente–. Entiendo.

Empieza a empujar las ruedas un poco más fuerte.

Tengo que caminar más rápido para seguirle el ritmo.

–Lo siento –me disculpo–, de verdad que me hubiera gustado, pero estoy intentando ayudar a Julian a cambiar su vida y...

–¿Cambiar su vida? –se burla Jack, interrumpiéndome–. ¿Por qué necesita cambiar de vida? Ese tío lo tiene todo,

¿no? Dinero, éxito, casas por todo el mundo. ¿Qué necesita cambiar de eso?

—Se siente solo —digo, y dejo de caminar para que Jack tenga que detenerse y darse la vuelta para verme—. El dinero no compra amigos, Jack. —Jack me mira fijamente—. Malinterpreté a Julian, como estoy segura de que hace mucha gente —le digo sin rodeos—. Solo vi su lado descarado y llamativo, pero ese no es su verdadero yo. Esa es la persona en la que ha tenido que convertirse para quitarse de encima el nombre de su padre. Estoy intentando ayudarlo a cambiar.

Jack sonríe de repente, pero no es una sonrisa amistosa, sino una sonrisa de suficiencia y perspicacia.

—Si te crees eso, te creerás cualquier cosa —dice—. Está utilizando tu compasión natural y tu increíble capacidad para ver el bien en todas partes, para..., bueno..., ¿cómo decirlo educadamente?

—Dilo, Jack —le digo en voz baja—. Puedes decir lo que quieras.

—De acuerdo. Para quitarte las bragas. Ya está, lo he dicho.

Lo miro fijamente y sacudo la cabeza.

—Tienes que dejar de pensar en guarradas —le digo—. No todo el mundo piensa como tú. Julian es mi amigo, y, si eso no te parece bien, es una verdadera lástima, porque yo también pensaba que eras mi amigo, Jack. Tal vez esté totalmente equivocada.

Sin decir nada más, paso por su lado y bajo furiosa lo que queda de la colina, así que Jack solo puede ver cómo me alejo.

—¿Estás bien? —me pregunta Julian más tarde, esa misma noche, mientras estamos sentados en el Lobster Pot esperando a que nos traigan el primer plato a la mesa—. Estás muy callada.

–Sí, lo siento. Estoy bien. Es solo que he tenido un día un poco raro.

–¿Y eso?

«¿Por dónde empiezo? –me pregunto–. ¿Por la visita a una antigua casa fingiendo ser la mujer de alguien para ver si allí residían unas misteriosas personas a las que hemos estado viendo cobrar vida a través de bordados y cuadros? ¿O por la parte en la que he dejado plantado a mi marido de mentira en la acera después de discutir por ti?».

–Bueno, no es nada –respondo con tacto–. Ya sabes, la vida.

–Yo también he pasado un día un poco raro –dice Julian, y me alegro de que parezca capaz de compartir su día conmigo con más facilidad que yo con él–. Ha entrado una persona en la galería y ha empezado a montarme un escándalo contra los cuadros de mi padre.

–¿Un escándalo? ¿Qué quieres decir?

–Decía que no los había pintado él, nada menos. –Menea la cabeza–. Pero ¡por favor! Algún loco, sin duda. No me habría enterado de nada si no hubiera visto antes a Ophelia, la de la galería, en la panadería. Estaba bastante sorprendida de verme allí y un poco avergonzada por lo que había pasado, pero ha pensado que era mejor decírmelo por si alguien empezaba a chismorrear al respecto.

No tengo valor para decirle que la gente de St. Felix tiene mejores cosas sobre las que cotillear que lo que ocurre en la Lyle Gallery. La mayoría de los residentes nunca ha puesto un pie en el edificio; lo ven únicamente como un lugar de visita para los muchos turistas y veraneantes que pasan el día aquí.

–Muy bien por su parte.

Julian asiente.

–Lo sé, yo también lo he pensado. Por supuesto, le he asegurado que los había pintado mi padre. ¿Quién si no? Le encantaba este sitio.

—¿Cuándo fue la primera vez que vino tu padre? —le pregunto, viendo la oportunidad perfecta para profundizar en las vivencias de Winston James en St. Felix.

—A mediados de los cincuenta, creo —responde Julian, pensativo—. Llegó aquí como un joven artista en apuros, creo. Yo no había nacido entonces, por supuesto. No conoció a mi madre hasta principios de los setenta, en Nueva York, y se casaron poco después. Pasé los primeros años de vida en Estados Unidos, pero mi madre quería que me educara en Inglaterra, y así fue como me vi en un internado durante tantos años. Ella era mucho más joven que él, pero parecía que a los dos les iba bien. ¿Te suponen un problema las diferencias de edad en las relaciones? —pregunta Julian con aire despreocupado, y levanta la copa de vino y da un sorbo.

—No, la verdad es que no. Entonces —añado, con ganas de seguir con el tema anterior—, ¿sabes mucho de la época que pasó tu padre aquí? Me refiero a los años cincuenta. He oído que fue entonces cuando empezaron a venir muchos artistas a St. Felix.

—No mucho. Solo que aquí hizo algunas de sus mejores obras. Lo curioso es que al principio no le enseñaba los cuadros a nadie. Creo que le daban vergüenza porque parecían muy sencillos. No sabía que se convertirían en algunas de sus obras más conocidas.

—Entonces, ¿no tenía amigos aquí? Ya sabes, ¿no conocía a otros artistas?

Julian se encoge de hombros.

—No que yo sepa, pero ¿por qué iba a saberlo? Yo ni siquiera estaba en este mundo entonces. Ya basta de hablar de mi padre o pensaré que te has convertido en uno de ellos.

Me quedo mirando a Julian un segundo.

—Vaya, solo estoy hablando de tu padre otra vez, ¿no? Perdona. Hablemos de ti. ¿Cómo han ido los últimos días?

–Bien, gracias. Tenías razón, la gente es bastante amable si te esfuerzas un poco en conocerla. Me he convertido en todo un experto en charlas triviales.

Me río.

–Me alegra saberlo. Me alegro por ti; a lo mejor puedes aplicar esta experiencia a tu vida cotidiana cuando vuelvas a ella.

–Pero eso es lo mejor. Desde que estoy aquí cada vez tengo menos ganas de volver a mi vida cotidiana. De hecho, estoy pensando en quedarme aquí para siempre.

Espera mi reacción.

–¡No me esperaba eso! –respondo con cautela, preguntándome cómo quiere que reaccione–. Pero ¿te resulta práctico? Es decir, esto está muy lejos de todo. Lo tenemos complicado para desplazarnos para trabajar o coger un vuelo transatlántico.

–Me las arreglaré –dice Julian con un gesto de la mano–. Les he echado el ojo a varias propiedades interesantes que puedo convertir en un hogar permanente mucho más impresionante que la casa en la que estoy ahora. Esta también era de mi padre. La compró como refugio para poder volver aquí de vez en cuando. Cuando murió, me la dejó a mí. Es pequeña, pero muy pintoresca y acogedora, si te gustan esas cosas.

–Es estupendo que pienses quedarte, Julian –digo, aún recelosa–. Tengo que decir que estoy un poco sorprendida. No puedo imaginarte viviendo aquí para siempre. Parece tan... rural, creo, y tú siempre me has parecido mucho más cosmopolita.

–Las cosas cambian –dice Julian, sosteniendo mi mirada desde el otro lado de la mesa–. Y la gente, también. Conocerte me ha cambiado, Kate, y espero demostrarte cuánta influencia has tenido sobre mí en las próximas semanas y meses, a medida que nos conozcamos mucho mejor.

Abro la boca para decir algo y vuelvo a cerrarla aliviada cuando aparece un camarero en la mesa con nuestro primer plato, lo que me impide tener que responder.

Sin embargo, mientras empezamos a saborear nuestros pequeños pero deliciosos entrantes, no puedo evitar que mi mente vuelva a Jack y a lo que me dijo tan crudamente.

Miro a Julian, y él me sonríe y levanta la copa en un brindis.

—Por nosotros dos —dice con los ojos brillantes—, y por St. Felix. Que los tres pasemos muchos y muy buenos momentos juntos.

Veinticinco

En la puerta de mi taller, miro por la ventana la última obra de arte que ha aparecido bajo el prensatelas de la máquina de coser. Aunque está al revés, casi puedo ver lo que parece una cara mirándome.

Normalmente, cuando aparece un nuevo bordado, me muero de ganas de cogerlo del escaparate y ver de qué se trata, pero, esta vez, ver la nueva creación solo logra hacerme suspirar. Ahora tendré que volver a ver a Jack. No hay duda de que él también habrá recibido algo muy parecido esta mañana en su propia tienda.

—¿No podías haberte esperado un poco? —susurro, mirando por el escaparate—. Al menos unos días, hasta que se enfríe un poco la cosa.

—Hace calor, ¿verdad? —dice una voz detrás de mí, y me giro para ver a Anita llegando al trabajo con un vestido de flores y una sombrilla—. A saber qué tiempo hará más adelante si hace tanto calor ya. Buenos días, Kate.

—Buenos días, Anita —la saludo, pero sin desvelarle que no me refería a que se enfriara el tiempo—. Sí, tendremos que sacar los ventiladores y el aparato de aire acondicionado que compramos el verano pasado —respondo antes de apartarme del escaparate y seguirla a la tienda—. Creo que están en la trastienda. Si vigilas el fuerte cuando hayas dejado tus cosas, puedo ir a buscarlos.

En cuanto Anita se ha instalado en la tienda, me dirijo a la parte de atrás. Encuentro los ventiladores sin demasiados problemas y, al fin, el pequeño aparato de aire acondicionado que compramos el año pasado, cuando se batió el récord de calor en St. Felix. Los llevo uno a uno y los coloco en diferentes lugares para que corra una brisa fresca por la tienda.

–Ya está, así está mejor –digo cuando termino–. Al menos ahora no moriremos de un sofoco por el calor, y puede que entre algún cliente más si aquí se está más fresco que fuera.

–Iba a preparar una taza de té –dice Anita, tendiéndome un vaso–. Pero he pensado que preferirías un granizado de limón. He llamado a Eve y nos ha traído dos.

Eve regenta la tienda de zumos y café recién hecho que tenemos enfrente. Independientemente del tiempo que haga en St. Felix, Evie tiene una taza caliente de algo para calentar a los visitantes o un zumo fresquito para refrescarlos.

–¡Estupendo! Gracias, Anita. –Le cojo el vaso frío–. ¡Mmm, qué maravilla!

–En el escaparate tienes un bordado muy bonito –dice Anita–. Hace juego con la vieja máquina. ¿Lo has hecho tú? Si lo has hecho tú, deberías hacer más y venderlos en la tienda. Se venderían como churros.

–No, no es mío –tengo que admitir.

–Entonces, ¿de dónde lo has sacado? –Anita vuelve a mirar el escaparate a través de la entrada trasera–. Me resulta familiar. ¿Es de alguien de aquí?

–No estoy segura... –respondo sin saber qué contestar.

Anita me mira perpleja.

–¿Qué quieres decir, cariño?

Suspiro. Conozco a Anita desde hace mucho tiempo, y Anita también conoce St. Felix desde hace mucho tiempo. Es una de las personas que más historias me ha contado sobre algunas de las muchas cosas «inexplicables» que suelen ocurrir aquí. Si debo confiar en alguien, Anita es una de las personas más indicadas.

Respiro hondo y lo confieso todo, desde el primer borda- do hasta el último y todos los demás que hay entremedias. Le hablo de los cuadros de Jack y de lo que ocurre cuando juntamos las dos obras de arte. Luego le hablo de la casa con la puerta azul y de quién creemos que pudo vivir allí en el pasado.

Hago una pausa y espero su reacción.

—Bueno —me dice tras haberle contado la historia tan ex- traña y poco creíble—, me preguntaba si te pasaría a ti en algún momento.

Me sorprende su reacción serena. Si alguien me hubiera contado a mí todo esto, ahora la estaría mirando con otros ojos.

—¿Si me pasaría el qué, Anita? ¿Si recibiría cuadros y bor- dados que cobran vida de forma extraña?

Anita niega con la cabeza.

—No, querida, la magia de St. Felix. Ya te he dicho que a menudo aparece en los lugares más insospechados. Parece que esta vez es tu turno.

—¿Mi turno? ¿Mi turno para qué?

—Para ayudar a alguien o para que te ayude a ti. Según mi experiencia, a menudo se trata de ambas cosas a la vez. Creo que te conté la historia de la hechicera de Cornualles, Zethar, y de cómo la ayudaron los habitantes de St. Felix a refugiarse de sus perseguidores cuando la querían llevar a juicio por brujería.

—Sí, me lo contaste, y me dijiste que lanzó un hechizo no solo al edificio donde se escondió y al suelo que había debajo, donde se encuentra ahora la tienda de flores de Poppy, sino a todo el pueblo. Es cierto, ¿no?

—Sí, eso es. Es una leyenda arraigada en la historia de St. Felix. Cualquiera que venga aquí y se quede siempre está sujeto al hechizo mágico de Zethar. Cuando aparece, siempre es algo diferente, pero siempre implica ayudar a los demás de alguna manera... como la ayudaron a ella los aldeanos.

Sacudo un poco la cabeza. Una cosa es ver imágenes en movimiento en cuadros, pero creer que todo tiene que ver con el hechizo de una antigua hechicera de Cornualles de hace cientos de años es otra muy distinta.

—Así que dices que me están ayudando, ¿no? Pero ¿ayudándome a hacer qué?

Anita se encoge de hombros.

—Como digo, siempre es diferente. Puede que te ayuden un poco, pero lo más probable es que tú también estés ayudando a otra persona.

Pienso inmediatamente en Jack y sus dificultades, y luego pienso en Julian. ¿Es a uno de ellos a quien debo ayudar?

—¿Cómo sabré quién es? —pregunto, esperando que Anita tenga todas las respuestas.

—No lo sé, cariño —dice con dulzura—. No creo que funcione siempre de la misma manera. Supongo que lo sabrás cuando ocurra.

—¿Alguna vez te han ayudado, Anita? Parece que sabes mucho de eso.

—A todos los que vienen a St. Felix les gusta pensar que la magia los ha ayudado de alguna manera. Es parte del encanto del lugar; cuando descubres todas estas historias sientes esperanza de inmediato, y la esperanza es una emoción muy poderosa, pero nadie sabe en realidad si esa fortuna proviene de la magia o simplemente de la creencia de que va a suceder algo bueno. Mi buena suerte llegó cuando falleció Wendy y pensé que esta tienda cerraría para siempre. Habría perdido no solo mi trabajo, sino también una parte de mi vida. Sabes lo mucho que me gusta estar aquí. Así que, cuando llegaste y dijiste que seguirías contando conmigo, tengo que admitir que me pregunté si había sido la magia de St. Felix la que me había ayudado.

Sonrío a Anita.

—Nunca dudé de que te quedarías —le digo—. Creo que estaría muy agobiada y perdida si se me hubiera ocurrido dejarte marchar.

—Eres una buena chica, Kate, por eso creo que la magia te ha llegado de una forma tan grande. Algunos de nosotros solo podemos preguntarnos si pudo haber sido el encantamiento de Zethar lo que nos ayudó en momentos de necesidad, pero a ti y a Jack parece que os han encomendado una tarea mucho más grande, y probablemente más importante. No pienses en esto como algo por lo que preocuparse, piensa en ello como tu oportunidad de hacer algo especial, algo que supondrá un auténtico cambio para alguien.

—Ay, Anita, ¡tú sí que eres increíble! —le digo, dándole un fuerte abrazo—. Solo tú podías hacer que pareciera así, ¡y no como si me estuviera volviendo loca! ¿Crees que deberíamos seguir insistiendo para saber más sobre Clara y Arty?

—Por supuesto. Lamento no poder ayudarte más; solo sé que la señora que vivía en la casa de la que me hablas se llamaba Peggy. Era una especie de ermitaña, según se dice. Recuerdo que Wendy intentó ser amable y fue allí una vez para ver si quería formar parte un poco más de la comunidad, pero no llegó muy lejos. La señora fue bastante educada con Wendy, pero en realidad no le interesábamos. Creo que prefería estar sola. Probablemente por eso eligió esa casa; está un poco aislada, ¿no? En lo alto de la colina, en su propio terreno.

—Un poco, supongo, pero tiene unas vistas increíbles del pueblo y de la costa. No me importaría vivir allí si tuviera dinero. Es bastante más grande que mi pequeño piso de arriba.

—Quién sabe, tal vez algún día la tengas —dice Anita amablemente.

—Entonces será mejor que empiece a comprar lotería —respondo con una sonrisa—, porque solo así podré permitirme vivir allí.

St. Felix, agosto de 1957

Clara mira por el escaparate de su tienda. La mañana ha empezado bastante ajetreada, pero ahora, a medida que el calor de la tarde penetra en Harbour Street, la gente prefiere la brisa fresca de la playa y los acantilados a las remilgadas tiendecitas costeras.

Se abanica con uno de los patrones de su vestido para intentar refrescarse, pero no le sirve de nada, así que se acerca a la puerta para ver si corre más aire en la entrada.

—Vaya —dice, sorprendida al ver a Arty de pie no muy lejos de la tienda—. No sabía que habías vuelto, Arthur.

Clara llevaba unos días sin ver a Arty y, aunque odiaba admitirlo, echaba de menos verlo fuera con su caballete instalado en algún lugar de la calle. Había dado por hecho que se había trasladado a otra parte del pueblo.

—Sí —dice Arty, acercándose a ella. Levanta una cámara de cajón—. Estoy haciendo algunas fotografías de detalles con mi Brownie para poder volver a casa y trabajar en la comodidad de mi estudio cuando las haya revelado. Ya tengo lo básico, pero me falta algo que no acabo de entender.

—Muy bien —dice Clara por cortesía—. No sabía que tuvieras una cámara.

—No hace mucho que la tengo; la compré en un baratillo. A mí me parece que está nueva, pero para otra persona ya está pasada de moda. Extraño, ¿eh?

—Sí, ahora pasa un poco lo mismo con la ropa. Durante años nos dijeron que aprovecháramos lo que teníamos y nos

apañáramos con remiendos, pero ahora todo el mundo quiere lo último en cuanto sale de la pasarela. Apenas puedo seguir el ritmo.

Arty levanta la cámara como si fuera a hacerle una foto a Clara.

—¡No! —Clara levanta la mano para cubrir el encuadre—. ¡A mí no me hagas fotos!

—Pero ¿por qué? —pregunta Arty, bajando la cámara—. Tú serías la modelo perfecta. De hecho, podría ser justo lo que necesito... Alguien que le dé vida a la calle. Ahora mismo mis cuadros son demasiado estáticos.

—Bueno, no seré yo quien te dé vida —dice Clara categóricamente, cruzándose de brazos—. No me acerques la cámara.

—¿Y si te lo pido por favor? —insiste Arty, y sus amables ojos marrones de repente se entristecen mientras parpadea—. Eres de lejos la tendera más guapa de esta calle. —Clara, muy molesta, se sonroja—. Me harías un gran favor.

Clara se lo piensa un momento.

—Está bien, vale —cede—. Pero a cambio quizá quiera que me hagas un pequeño favor...

Arty intenta hacer varias fotos de Clara en diferentes poses frente a su tienda, luego suspira y baja la cámara.

—Relájate —le dice en un tono cortés—. Estás siendo demasiado formal.

—No puedo relajarme cuando me apuntas con esa cosa. No es natural.

—Lo será si te relajas un poco.

Ahora es Clara la que suspira.

—Te he dicho que no era una buena idea.

—Ya sé... ¿Y si intentamos hacer una en la que salgas mirando al escaparate en vez de a la cámara? Eso podría ayudar.

Clara asiente y se vuelve hacia su tienda.

—Gírate un poco hacia un lado para que pueda verte la cara —le pide Arty—. Eso es. Ahora piensa en lo que significa esta tiendecita para ti.

La cara tensa y el cuerpo rígido de Clara se relajan de inmediato al pensar en la tienda y en lo orgullosa que está de ella.

—¡Genial! —dice Arty, que aprieta el obturador y pasa rápidamente la película a la siguiente fotografía—. Ahora gira un poco el cuerpo hacia mí, pero sigue mirando el escaparate.

Arty vuelve a pulsar el obturador y enrolla la película para hacer otras dos fotos con Clara en la misma posición.

Un movimiento detrás de Arty hace que Clara se gire y vea a Maggie y a Babs acercándose por la calle. Su instinto natural se apodera de ella y sonríe calurosamente a su hija.

—¡Ya está! —dice Arty en alto, pulsando el obturador por última vez—. Ya estás sonriendo.

—Sí, ya está bien —dice Clara, arreglándose a toda prisa la blusa y la falda—. Hola, Maggie. ¿Qué tal la tarde?

—¡Arty! —dice Maggie, feliz al verlo—. ¿Cómo estás?

—Muy bien, joven Maggie. Muy bien. Y debo decir que tú también tienes muy buen aspecto. —Arty mira a Babs, que está detrás de la silla de Maggie—. Lo siento, señorita, no creo que haya tenido el placer de conocerla —dice tendiéndole la mano—. Arty Jenkins.

—Barbara Smith —se presenta Babs, estrechándosela—. Eres uno de esos artistas que andan por aquí, ¿no? Te he visto pintar.

—Así es.

—Si alguna vez necesitas una modelo —dice Babs, echándose el pelo rubio hacia atrás y sacando pecho—, estoy disponible para que me hagan un retrato. Me han dicho que me parezco a Jayne Mansfield.

Clara se irrita visiblemente ante la excesiva familiaridad de Babs con Arty, pero él se limita a sonreír con un gesto amable.

215

–Sí, ya lo veo, Barbara. Tienes el aspecto de una estrella de Hollywood. Serías una modelo estupenda. Por desgracia, sobre todo pinto paisajes, pero, si eso cambia algún día, te llamaré.

–Había que intentarlo –dice Babs, encogiéndose de hombros. Se vuelve hacia Clara–. ¿A la misma hora mañana, Clara?

–Sí, si te parece bien. ¿Qué habéis hecho hoy?

–Hemos ido a ver a Freddie otra vez –dice Maggie, levantando un trozo de madera–. Me ha dejado pintar con él.

–Ya veo –responde Clara. Maggie mira a Arty en busca de una reacción, pero su cara no revela nada–. Está muy bien –añade Clara, cogiendo la madera de Maggie–. ¿Qué te parece, Arty?

Arty le coge la madera a Clara.

–Sí, desde luego. ¿Dónde pintas?

–Con Freddie –vuelve a decir Maggie–. Es muy amable conmigo.

–¿Freddie? –repite Arty–. Creo que no conozco a ningún Freddie.

–Es ese viejo que pinta en su casita ladera abajo –explica Babs–. No creo que tenga ni un penique. Desde luego no lo parece, pero aun así se las arregla para pintar. Utiliza trozos de madera y otras cosas en lugar de lienzos.

Arty asiente pensativo.

–¿Y qué haces tú, Babs, mientras Maggie se va a pintar con Freddie?

Babs se encoge de hombros.

–Pues sobre todo me siento fuera, para ponerme morena.

–¡Babs! –exclama Clara bruscamente–. Se supone que tienes que cuidar de Maggie. Para eso te pago.

–¡Eso es lo único que quiere hacer! –protesta Babs–. He intentado hacer otras cosas con ella, pero solo quiere que la lleve a casa del viejo a pintar.

Clara mira a Maggie.

–¿Es verdad, Maggie?

Maggie asiente.

—No te enfades con Babs, mamá. Yo le pido que me lleve a casa de Freddie. No es culpa suya. —*Vacila*—. Si es culpa de alguien, es tuya, mamá. Me impediste pintar con Arty.

Clara mira a Arty, pero hay que decir a su favor que no parece engreído. En lugar de eso, se limita a mirar con preocupación a Maggie.

—¿Y eso es lo único que haces cuando estás en casa de Freddie, Maggie? —*pregunta él*—. ¿Pintar?

—Sí —*dice Maggie*—. Freddie no habla mucho. Es muy callado, pero eso me gusta. No me consiente como todos los demás. Me acepta como soy y pintamos juntos.

Clara y Arty respiran aliviados al mismo tiempo.

—¿Podrías llevarme alguna vez a ver a ese tal Freddie? —*pregunta Arty*—. Quizá mañana, en vez de que te lleve Babs, podría hacerlo yo. Si a tu madre le parece bien, claro.

Clara asiente.

—¡Genial! —*dice Maggie, entusiasmada*—. Me encantaría, y estoy segura de que a Freddie también. No creo que conozca a ningún otro artista como él.

—No te preocupes, Babs, no te quedarás sin dinero —*la tranquiliza Arty al ver que está preocupada*—. ¿Verdad, Clara?

Clara niega con la cabeza.

—No. Tómatelo como un día libre.

—De acuerdo —*dice Babs, encogiéndose de hombros*—. A mí me parece bien. Me voy, ¿vale? Nos vemos el lunes. A menos que me necesites el sábado...

—No, el lunes está bien, gracias, Babs.

Babs se marcha calle abajo y Clara se vuelve hacia Maggie.

—¿Por qué no vas a comprarte un helado a la tienda de enfrente? —*dice mientras saca media corona del bolsillo de su falda.*

—¿Yo sola? —*pregunta Maggie, mirando asombrada a Clara.*

217

Clara asiente.

–Tómatelo con calma. No hay prisa.

Maggie le sonríe a su madre. Se levanta de la silla y empieza a caminar muy despacio, apoyándose en un bastón de madera, hacia la tienda, mientras Clara y Arty la observan.

–Gracias –dice Clara, sonriendo agradecida a Arty– por ofrecerte a llevar a Maggie mañana. Estoy segura de que todo va bien con Freddie, pero nunca se sabe, ¿verdad? Una oye cosas...

–No hace falta que me lo expliques –se apresura a decir Arty, sin dejar de vigilar a Maggie hasta que está a salvo en la tienda–. No es ningún problema. Estoy seguro de que no tenemos nada de qué preocuparnos, pero aun así me gustaría comprobarlo –añade, dirigiendo la mirada a Clara–. Ya tengo mis fotografías, que espero que salgan tan bonitas como la modelo cuando las revele. –Clara se sonroja de nuevo–. Pero creo que todavía te debo un favor.

Clara niega con la cabeza.

–No hace falta –dice, sonriéndole–. Lo que iba a pedirte es lo que te has ofrecido a hacer mañana con Maggie, y te estoy muy agradecida.

Arty parece desconcertado por un momento y luego sonríe.

–Hemos tenido la misma idea, ¿eh? –le pregunta.

–En efecto –responde Clara–. Está claro que somos más parecidos de lo que pensaba, Arthur.

Me alejo del cuadro de Clara en el que está de pie frente a su tienda.

–Es evidente que Arty pintó a Clara –digo con indiferencia, sin mirar a Jack a los ojos–. Está claro que el cuadro que has recibido debió de hacerlo a partir de una de las fotos que le hemos visto hacer.

–Sí, eso es lo que estaba pensando. ¿Crees que todos los cuadros son de Arty? No tienen firma; lo he comprobado.

–Yo creo que sí. Este caballete debió de ser suyo, y apuesto a que la máquina de coser también era de Clara. Ahora todo encaja con la casa, ¿no?

Al mencionar nuestra visita a la casa, Jack frunce los labios.

Al final me decidí y le envié un mensaje a Jack para contarle mi nuevo hallazgo. Tras una larga espera, me respondió y me confirmó que, como yo sospechaba, él también había recibido otro cuadro de la noche a la mañana, y acordamos con excesiva formalidad, para nuestros estándares, vernos esta tarde para compararlos.

Hasta este momento hemos sido educados el uno con el otro, pero no hemos dicho nada de nuestra visita a la casa de la puerta azul ni de lo que pasó después.

–Sí, supongo que sí –dice Jack. Me mira, y por primera vez desde que he llegado esta noche, me mira bien a los ojos–. Siento lo del otro día –añade.

–Siento cómo te hablé –digo yo al mismo tiempo.

–Adelante –dice Jack, tendiéndome la mano.

–Iba a añadir que siento haberme ido y haberte dejado allí, pero me enfadaste mucho.

–Lo sé, y lo siento. No debería haber dicho lo que dije sobre Julian.

Asiento con la cabeza.

–Es cierto que es solo un amigo –insisto–. A pesar de lo que puedas pensar, él no me interesa de esa manera, aunque yo a él sí.

Jack levanta una ceja como si fuera a decir algo, pero luego se lo piensa mejor.

–Me alegra saberlo –dice en su lugar.

–¿Sí?

Jack asiente despacio y esta vez nos miramos durante unos segundos más. Entonces suspira y mira hacia su silla. Sacude la cabeza con rabia.

–¿Qué te pasa? –le pregunto.

–Es este trasto. Lo único que quiero hacer ahora es hacerte ver lo mucho que significa para mí lo que me has dicho, pero, como siempre, esta maldita cosa me impide hacer lo que quiero de verdad.

–¿Qué es lo que quieres hacer de verdad? –le pregunto en voz baja.

Jack me mira.

–Abrazarte y besarte tan fuerte que no tengas ninguna duda de lo que siento por ti.

Siento que me atraviesa un escalofrío de placer al pensar que va a hacer exactamente eso.

–¿Cómo de fuerte es tu silla? –le pregunto.

Jack parece desconcertado por un momento, pero luego sonríe.

–Lo bastante fuerte como para aguantar a dos, si te refieres a eso.

–¿No te haré daño si me siento encima?

Jack niega con la cabeza.

–No, no me harás daño, pero debo advertirte de que todavía siento algo ahí abajo. No estoy completamente inmóvil...

Me sonríe y yo le devuelvo la sonrisa mientras me pongo de pie frente al caballete y paso de mi silla a la de Jack. Estoy a punto de sentarme en su regazo cuando hago una pausa.

–¿Has oído algo?

–No, la verdad es que no... –responde Jack, que sigue mirándome.

Voy a sentarme de nuevo, pero unos pasos hacen que me detenga.

–Hay alguien abajo, en la tienda –insisto, mirándolo aterrada.

–No puede ser. Dejé la puerta interior de la tienda abierta para que pudieras subir el caballete, pero la puerta de la calle está cerrada por la noche. No puede haber nadie ahí abajo.

Pero otra vez oigo algo.

–Espérame aquí –le pido.

–Kate, ¡no! –protesta Jack, que gira lo más rápido que puede en su silla y me sigue mientras me dirijo a las escaleras–. Kate, espera. Tengo que decirte algo...

Miro a mi alrededor en busca de algo que coger y veo un par de muletas poco usadas. Cojo una y me precipito escaleras abajo antes de que Jack pueda alcanzarme. Nadie va a entrar a robar en la tienda de Jack y salirse con la suya.

Irrumpo por la puerta interior, abriéndola de una patada como si estuviera en una especie de serie policíaca.

–¡Atrás, estoy armada! –grito mientras entro blandiendo la muleta.

Un joven alto con capucha negra se da la vuelta, primero sorprendido y luego divertido por lo que ve.

–¡Oye! –me dice, levantando las manos en señal de rendición–. No me pegue con la muleta, señora. ¡Soy inocente!

–¿Có... cómo que inocente? –le digo de repente, preguntándome qué esperaba conseguir con esto.

Ahora solo estoy yo contra el intruso. ¿Qué voy a hacer? Espero que Jack haya llamado ya a la policía desde arriba.

–No he forzado la puerta, ¿no? –dice, dando un paso hacia delante, pero yo sostengo la muleta delante de él como una bayoneta para que no se acerque–. He entrado con llave –continúa, volviendo atrás–, por la puerta principal del pasillo de ahí. Se me ocurrió echar un vistazo a la nueva tienda.

–¿Cómo tienes una llave? –le pregunto, pero entonces me doy cuenta de que el intruso mira por encima de mi hombro.

–Muy bien, papá –dice, sonriendo–. ¡Menuda guardia de seguridad te has buscado!

Veintiséis

Me vuelvo para ver a Jack, que ya ha conseguido bajar las escaleras y sentarse en su segunda silla; luego me giro, miro fijamente al chico de la capucha y bajo la muleta despacio.

—Hola, soy Ben —me dice, dando un paso adelante y sonriéndome de nuevo. Me tiende la mano—. Está claro que mi padre no te ha dicho que venía.

—Mmm... No —le digo, estrechándole la mano—. Soy Kate, encantada de conocerte.

Me giro y miro a Jack.

—Lo siento —se disculpa—. He intentado avisarte, pero has bajado las escaleras a tal velocidad que no he podido detenerte.

—Me alegra saber que alguien cuida de mi viejo —dice Ben. Se acerca a Jack y se inclina para abrazarlo—. Me alegro de volver a verte, papá.

—Y yo a ti —responde Jack, abrazándolo con más fuerza—. Ha pasado demasiado tiempo, hijo.

De repente, me siento un poco incómoda aquí de pie, sosteniendo todavía la muleta de Jack.

—Voy... a llevar esto arriba —digo—, y luego os dejaré a solas. Debéis de tener mucho de lo que hablar y poneros al día.

—Kate, no tienes que irte —dice Jack—. La verdad es que no esperaba a Ben hasta esta noche. Le envié una llave para que pudiera entrar sin problema cuando llegara.

—Cogí un tren más temprano —explica Ben, encogiéndose de hombros—. Quería darte una sorpresa, ¡y parece que lo he conseguido! Lo siento, no sabía que mi viejo tendría compañía.

Me guiña un ojo.

—No —me apresuro a contestar—. No es eso. Solo somos amigos, ¿verdad, Jack?

Jack no parece muy dispuesto a utilizar esta excusa. Se limita a asentir.

—¿Qué quieres que haga con las... cosas de arriba? —le pregunto—. ¿Las quito antes de irme?

—Sí, si puedes.

—¿Traes mucho equipaje? —le pregunto a Ben—. ¿Necesitas que te eche una mano?

—No, no te molestes —contesta Ben—. Puedo arreglármelas. Oye, no te vayas por mí. Puedo largarme durante un rato.

Levanta las cejas de manera insinuante mirando a Jack, y de inmediato puedo ver a Jack en él. Tienen los mismos ojos oscuros y los mismos hoyuelos en las mejillas cuando sonríen con picardía.

—De todas formas, tengo que irme —le digo con firmeza—. Tengo cosas que hacer. Subiré a recoger mis cosas y me voy.

Sin darles la oportunidad de oponerse, paso rápidamente junto a Jack y subo las escaleras. Cojo el bordado del caballete, levanto aprisa el cuadro de Clara y lo coloco detrás del sofá de Jack. Pliego el caballete y lo dejo en el vestíbulo, en un lugar lo bastante destacado como para que Jack lo vea pero espero que lo bastante ordenado como para evitar preguntas de Ben.

Luego cojo mi bolso con el bordado a buen recaudo y me acerco a lo alto de la escalera, justo a tiempo para ver a Jack subiendo a rastras los escalones, mientras Ben, impresionado, lo observa desde abajo.

Me hago a un lado cuando Jack llega arriba para que pueda acceder a su silla de ruedas, y vuelvo a esperar mientras Ben sube las escaleras a toda velocidad con una mochila a la espalda y una gran bolsa de viaje en la mano.

–Por favor, no te vayas por mí –vuelve a decir Ben–. Me alegro de que mi padre haya hecho una amiga aquí. Me gustaría conocerte un poco más.

Sonrío. Es evidente que su madre le ha inculcado buenos modales. Su cortesía no se parece en nada a la de Jack.

–Sería estupendo –digo–. Quizá podríamos cenar juntos una noche.

–Me parece un buen plan –opina Jack–. ¿Por qué no traes a Molly también? Ben y tu hija podrían tener algo más en común que nosotros, los viejos.

–Claro, suena divertido. Bueno, tengo que irme. He plegado el caballete y lo he puesto allí –le digo a Jack–. Seguro que Ben te lo puede volver a bajar.

Jack asiente.

–Hasta pronto –les digo, saludándolos con la mano.

Luego me apresuro a bajar las escaleras y salgo al aire templado del atardecer.

Una vez fuera, hago balance de lo que acaba de ocurrir. No es la aparición sorpresa del hijo de Jack lo que me pone nerviosa mientras camino hacia mi piso, sino las cosas que Jack me ha dicho antes de que llegara.

Y lo que podría haber pasado si no hubiera aparecido.

–¿Qué? –dice Molly un par de días después, cuando le digo que he quedado en que iríamos las dos a cenar con Jack y Ben–. ¿Por qué?

–Porque Ben es nuevo por aquí y estaría bien que conociera a alguien más joven que Jack y yo.

Molly pone los ojos en blanco.

–¿Cómo es Ben?

–Parece muy simpático. Se parece a Jack, pero aparte de eso no sé mucho de él. Es un poco mayor que tú, así que no creo que tengas que preocuparte de que quiera

224

salir contigo. –La miro implorante–. Por favor, Molly, ya he dicho que vendrás. ¿Vas a ver a Chesney esta noche? ¿Es eso?

Molly se mira incómoda las Converse.

–No, esta noche no.

¿Percibo otra vez cierta reticencia por parte de Molly? Esto es nuevo. La última vez que hablamos de Chesney, a Molly se le iluminaban los ojos con solo mencionarlo. La opinión que tiene de él parece cambiar tan a menudo como las mareas.

–Entonces, ¿estás libre?

–Sí, supongo que sí. ¿A dónde vamos?

–Al Merry Mermaid. No es nada sofisticado; comeremos algo rápido y ya está.

–Vale, iré, pero ¡me debes una, mamá!

–¿Y cuándo no? ¿Qué tal si empiezo a hacer la lista de la que siempre hablo, en la que apunto todos los favores que nos hemos hecho, y vemos si ya estamos en paz?

Molly vuelve a poner los ojos en blanco.

–De acuerdo, tú ganas. ¿A qué hora?

–A las ocho.

–Vale, estaré lista a las ocho.

–Gracias.

Esta misma tarde estoy sola en la tienda cuando Julian asoma la cabeza por la puerta.

–¿Estás liada? –pregunta.

–La verdad es que no. Puede que el buen tiempo esté llenando St. Felix de veraneantes, pero pasan el tiempo en las playas, no en las tiendas.

–Ah –dice Julian, sin saber cómo reaccionar–. ¿Qué te parece si cenamos esta noche? ¡Yo invito! Tengo algo que celebrar.

¿Cuándo no ha invitado Julian? Nunca me deja pagar cuando salimos. Por muy caballeroso que sea, también es muy frustrante.

—Ay, lo siento, no puedo... Ya tengo otros planes.

Julian parece decepcionado.

—Vaya, llego demasiado tarde, como siempre. Debería haber sabido que una bella dama como tú sería una compañera de cena solicitada. Haré cola de forma ordenada.

—No hace falta. Solo voy al *pub* con mi hija, mi amigo Jack y su hijo.

Julian parece aliviado.

—¿Cuál es tu gran noticia? —le pregunto—. ¿Puedes decírmelo ahora?

—¡Por fin he encontrado una casa! —dice Julian, entusiasmado—. Aquí, en St. Felix —añade, por si no lo sé.

—¿En serio? ¿Dónde?

—En lo alto de la colina, al salir del pueblo. Allí arriba hay una casa enorme, un poco abandonada y en ruinas, que necesita una buena reforma, pero ya contrataré a alguien. Estará como nueva en poco tiempo.

—¿Te refieres a la casa de la puerta azul? —pregunto, un poco consternada por la noticia.

—Eh... Creo que tiene una puerta azul, sí. Pero no durará mucho; también la cambiaré. La puerta de tu casa dice mucho de ti, y esa vieja chatarra descascarillada no dice nada de mí.

Asiento con la cabeza.

—¿No te alegras por mí, Kate? —me pregunta con cara de disgusto—. Pensaba que te alegrarías.

—Claro que sí. Si de verdad quieres echar raíces aquí, ¿por qué no ibas a comprar esa casa? Es una de las más grandes de St. Felix, después del castillo de Tregarlan.

—Sí, he mirado lo del castillo, pero parece que ahora forma

parte del Patrimonio Nacional, así que no hay nada que hablar; no está a la venta.

Le sonrío. Julian es realmente de otro mundo.

—¿Cuándo firmas el contrato? —le pregunto—. Imagino que habrás hecho una oferta por la casa.

—Mmm, ahora mismo no nos estamos poniendo de acuerdo. Quería hacerla, pero el agente inmobiliario dice que es posible que salga a subasta. Dijo que lo consultaría con los vendedores a ver qué decían.

—A subasta, ¿en serio? Cuando estuve allí parecían bastante desesperados por una oferta...

Dejo la frase a medias; ahora voy a tener que explicarle por qué he estado en la casa.

—¿Has estado en la casa? —pregunta Julian—. ¿Por qué?

—Quería ver cómo era. Siempre me ha gustado su aspecto, así que cuando se puso a la venta pensé en echarle un vistazo.

—¿Y qué te pareció? —dice, y por el tono de su voz me doy cuenta de que no es una pregunta inocente.

—Muy bonita. Será una casa preciosa.

—¿Un poco grande para uno solo, quizá? —pregunta Julian.

—Tal vez, pero estoy segura de que puedes apañártelas.

—Esa es mi intención —dice Julian seriamente—. En todos los aspectos de mi vida.

—Hola —saludo a Jack cuando Molly y yo llegamos al *pub* y nos lo encontramos sentado en una mesa—. ¿Cómo estás?

—Bien, gracias —dice Jack—. Hola, Molly, gracias por venir. Ben ha ido a por unas bebidas. ¿Qué os apetece?

—Eh, una Coca-Cola Light, por favor —dice Molly con recelo, acercando una silla.

—Que sean dos —le digo, sentándome a su lado.

–¿Te importaría pedir dos Coca-Cola Light también, Ben? –pregunta Jack mientras su hijo se acerca a la mesa con dos pintas de cerveza en las manos.

–Claro –dice, sonriente–. Tú debes de ser Molly –añade, inclinando la cabeza hacia ella. Molly asiente con energía–. Genial. Vuelvo en un segundo.

Y se dirige de nuevo a la barra.

Miro a Molly.

–¿Estás bien?

Molly vuelve a asentir.

–Perdona, ahora vuelvo –dice–. Voy al baño.

La miro perpleja mientras corre hacia el aseo de mujeres.

–Niños, ¿eh? –digo, encogiéndome de hombros–. Aunque Ben ya no lo es, ¿verdad? Es muy alto.

–Eso lo heredó de mí –contesta Jack–. Aunque ahora no puedas saberlo.

–Parece un buen chico –digo, sonriendo, cuando Ben se vuelve para mirarnos–. No sé qué pensó de mí la otra noche, blandiendo una muleta contra él como una especie de lunática.

Jack se ríe.

–Creo que se alegró de que alguien se preocupara por mí. Por alguna razón, mi familia se preocupa por mí.

–No me sorprende. Eres demasiado independiente para tu propio bien. Te conozco desde hace poco y lo he aprendido por las malas.

–¿Tan malo soy?

–¡Una pesadilla! Pero supongo que tienes algunas cualidades positivas.

–¿Como cuáles? –pregunta Jack, sonriendo.

–Como un hijo guapo y servicial –le digo, devolviéndole la sonrisa mientras Ben nos trae las bebidas.

–¿Dónde está Molly? –me pregunta, mirando a su alrededor.

—Ha ido al baño —le contesto—. Volverá enseguida. Ben, siento mucho lo de la otra noche.

—No, no seas boba. Solo estabas cuidando de mi padre. Pero te digo una cosa: no me atrevería a robar contigo en el edificio.

—¿Qué vas a estudiar en la universidad? —pregunto para cambiar de tema—. Jack me dijo que te ibas en octubre.

—Medicina —responde Ben—. Quiero ser médico.

Jack mira orgulloso a su hijo.

—Es estupendo —le digo—. ¿Algún campo en particular?

—Me gustaría ser cirujano, si soy lo bastante bueno; traumatología y ortopedia. Vi cómo le salvaron la vida a mi padre y quiero poder hacer lo mismo por el padre de otra persona algún día.

Jack y Ben intercambian una tierna mirada y siento que el corazón se me sube a la garganta.

—Molly, has vuelto —digo cuando llega de nuevo a la mesa y me doy cuenta de que se ha cepillado el pelo y se ha puesto brillo de labios.

—Hola —saluda Molly, mirando con timidez a Ben.

—Buenas —responde Ben, echándole una mirada rápida—. ¿Cómo te va?

—Bien, gracias —contesta Molly en un tono femenino agudo que no estoy acostumbrada a oírle.

—Ben nos estaba contando que quiere ser cirujano —le digo—. Va a estudiar Medicina en la universidad.

—¡Qué guay! —exclama Molly—. Eso podría ser algo que me guste hacer a mí también en el futuro.

«Primera noticia».

—¿No eres un poco aprensiva? —le pregunto—. Casi te desmayas cuando tuviste que diseccionar aquella rana en Biología. —Molly me fulmina con la mirada—. ¿Qué? ¡Es verdad!

Molly observa a toda prisa a Ben para ver su reacción, pero

Ben se limita a devolvernos la mirada con una expresión ligeramente divertida.

De repente, todo encaja. A Molly le gusta Ben.

—¿Pedimos algo de comer? —pregunta Jack para aliviar la tensión del momento.

—Sí, venga.

Pedimos la comida en la barra y nos sentamos de nuevo a charlar mientras esperamos. Ben es un chico encantador, y habla de buena gana de sí mismo y de su padre; nos cuenta algunas historias divertidas sobre la época de Jack en el ejército, para su bochorno.

—Sabía que nunca debería haberte presentado a algunos de mis compañeros del ejército —dice Jack, poniendo los ojos en blanco—. No iba a salir bien parado.

—Te echan de menos, ¿sabes? —dice Ben, serio por un momento—. Me encontré con Dave Bryant el otro día en el cine. Me preguntó cómo estabas, y dónde.

—¿Y qué le dijiste? —pregunta Jack, inquieto.

—Le dije que estabas bien y que te habías mudado a Cornualles, pero nada más. Se sorprendió bastante al oír que te habías mudado aquí.

Jack asiente.

—No sé por qué no se lo dices a todo el mundo —dice Ben—. La gente pregunta por ti todo el tiempo. No es que te estés escondiendo ni nada así. Tienes un negocio lícito aquí. Todo es legal, ¿no?

Ben me mira.

—¡Claro que lo es! —responde Jack—. ¿Qué te hace pensar lo contrario?

Ben se encoge de hombros.

—No lo sé. Kate y tú teníais mucha prisa por ocultar algo el otro día cuando llegué... y has estado un poco huidizo en la tienda, papá.

Jack me mira rápidamente.

—¡Yo nunca soy huidizo! —protesta—. Te estás imaginando cosas. Eso es influencia de tu madre. Siempre se imaginaba cosas, ¡generalmente cosas que me dejaban en mal lugar!

Ben levanta las manos en señal de rendición.

—Tranquilo, tío. No soy mamá. No empecemos una pelea por nada.

—Lo siento —dice Jack, dándole una palmada en el hombro a Ben—. ¡Es mencionar a Georgia y prende la mecha! Ah, ahí viene nuestra comida... ¡Genial!

Mientras comemos en el *pub*, el ambiente vuelve a ser jovial. Me doy cuenta de que Molly no come mucho, y sigue echando miradas en dirección a Ben cuando cree que nadie la está mirando.

—¿Qué vas a hacer ahora que ha terminado el instituto? —le pregunta Ben a Molly cuando terminamos de comer—. ¿Lo mismo que yo, trabajar en la tienda de tus padres?

A Molly se le encienden inmediatamente las mejillas.

—Eh..., sí, lo más probable. Mamá me deja hacer algunos turnos en las vacaciones de verano.

—Creo que es importante que Molly se concentre en sus deberes durante el curso —respondo—, sobre todo ahora que quiere estudiar Medicina.

Sonrío a Jack y él me devuelve una sonrisa cómplice.

—Si de verdad es lo que quieres hacer, puedo ayudarte si quieres —se ofrece Ben—. Ya sabes, en qué asignaturas concentrarte y esas cosas.

—Sería maravilloso, Ben, gracias —dice Molly, efusiva.

—Pero quiero algo a cambio.

—Lo que sea.

—¿Podrías enseñarme St. Felix? Ya sabes, presentarme a gente. Por mucho que quiera a mi padre, no quiero pasarme todo el verano en la tienda. ¿Dónde están los mejores sitios para salir? No me importaría aprender a surfear mientras estoy aquí.

—El hermano de mi amiga enseña surf —responde Molly, entusiasmada—. Seguro que podría presentártelo.

—Eso sería genial, gracias.

—Bueno, parece que todo el mundo está contento con sus planes de verano —dice Jack, levantando el vaso—. Brindemos por el resto del verano en St. Felix. ¡Que traiga mucho sol, buenos amigos y nuevas experiencias para todos! —Choca el vaso contra el mío—. Incluyéndonos a ti y a mí —añade rápidamente mientras Ben y Molly chocan sus vasos.

—Sobre todo a ti y a mí —le susurro.

Veintisiete

St. Felix, agosto de 1957

–¿Hacia dónde? –le pregunta Arty a Maggie mientras empuja su silla en dirección a la playa.

–Aquí abajo –contesta Maggie, señalando una hilera de casitas de pescadores–. Es la que tiene la puerta negra del establo. Esa es, esta de aquí.

Arty mira la estrecha casita encalada que tienen delante. Tanto las ventanas como las puertas están pintadas de negro, y la mitad superior de la puerta ya está abierta, esperándolos.

Maggie se levanta de la silla con impaciencia.

–Cuidado, Maggie –le advierte Arty.

–Deja de preocuparte, Arty. Ya estoy mucho más fuerte. Más fuerte de lo que sabe mamá. –Maggie golpea con fuerza la parte inferior de la puerta–. ¿Podemos entrar, Freddie? –dice–. He traído a un amigo para que te conozca hoy.

–Entrad, jovencita –le responde una voz suave–. Estoy por aquí.

Arty sigue a Maggie al interior de la pequeña cabaña, donde se encuentran inmediatamente en lo que se supone que es una cocina, pero que a Arty le parece más un estudio de pintura. Hay botes de pintura y pinceles limpios y sucios en tarros sobre las encimeras, con cuadros terminados y trozos de madera y también de metal apilados contra las paredes. En medio de todo esto está sentado un anciano de pelo blanco. Lleva unos pantalones burdos y una sencilla camisa blanca sin cuello, y en estos momentos está encorvado sobre una mesa pintando en un trocito de madera rota que parece salido del casco de un barco.

El hombre levanta la vista cuando entran.

—Buenas tardes —los saluda con una voz cordial.

—Freddie, este es Arty —dice Maggie, entusiasmada, acercando una silla y sentándose a su lado—. ¿Recuerdas que te hablé de él?

—Encantado —dice Freddie, saludando a Arty con la cabeza—. Toma asiento, ¿quieres?

Arty acerca un taburete de madera y se sienta frente a Maggie y Freddie.

—¿Dónde está la otra chica? —le pregunta Freddie a Maggie—. Tiene el día libre, ¿no?

—Sí, esta tarde me está cuidando Arty —responde Maggie—. También es pintor. Pensé que te gustaría conocerlo.

Freddie le echa un vistazo a Arty.

—Me atrevería a decir que eres un profesional por tu aspecto —dice, y continúa con su trabajo—. Yo solo hago mis pinitos. Cógete un pedazo de madera y un pincel si te quedas, Maggie.

—¿Puedo echar un vistazo a tus cuadros? —pregunta Arty, mientras Maggie hace lo que le ha sugerido Freddie.

—Adelante —contesta Freddie—. Aunque yo no los llamaría cuadros; son más bien mis garabatos.

Arty se acerca a la pila de cuadros que hay en el suelo y los examina.

—Algunos son bastante buenos, ¿sabes? —dice Arty mientras se detiene en un sencillo dibujo de unos barcos en un puerto—. Tienes un estilo único.

—Muchas gracias —dice Freddie—. Solo pinto lo que veo, a mi manera.

—¿Por qué tanta madera y trozos de metal? —pregunta Arty—. Quiero decir, me gusta bastante, es diferente, pero ¿no es difícil conseguir que la pintura se adhiera?

Freddie mira a Arty con una expresión afable.
—Probablemente, pero el material adecuado es caro, ¿no?
A mí me regalan todos mis lienzos y algunas de mis pinturas.
Los hago yo mismo.
—Qué maravilla —dice Arty, con una admiración sincera—. Es
asombroso, de verdad.
Freddie se encoge de hombros.
—La necesidad manda.
—¿Cuándo empezaste a pintar, Freddie? —le pregunta Arty,
moviéndose por la habitación para examinar más obras de
Freddie colgadas en las paredes.
—Cuando murió mi mujer —responde Freddie sin pestañear—.
Para ocupar el tiempo, ¿sabes?
Arty asiente.
—Siento oír eso. El arte puede ser una terapia maravillosa.
—Yo no sé nada de eso, pero, una vez que se acabó mi carrera
de pescador, tenía demasiado tiempo libre sin Irene. Es algo con
lo que pasar las horas. Por eso me gusta que los niños vengan
a pintar conmigo; me hacen compañía.
Sonríe con cariño a Maggie, y ella, feliz, le devuelve la sonrisa
mientras vuelve a sentarse a su lado dispuesta a pintar su
propio cuadro.
—Sí, apuesto a que sí —dice Arty, avergonzado de haber pensado
tan mal de Freddie—. Ahora lo comprendo.

Las imágenes empiezan a arremolinarse en un caleidoscopio de colores y me inclino hacia atrás desde el cuadro de la
cabaña de Freddie con Jack a mi lado.

Estamos sentados más cerca de lo habitual porque ahora
estamos apretujados en el almacén de Jack, en la parte de
atrás de la tienda. Era demasiado difícil organizar una reunión nocturna en el piso de Jack ahora que Ben está por
aquí, y demasiado difícil para Jack transportar su cuadro

más reciente a mi tienda. Hemos tenido que apretujarnos en el almacén de Jack mientras Ben se va a almorzar, rezando para que nos dé tiempo de ver la última entrega del St. Felix *vintage* antes de que vuelva.

—Parece que el viejo no tenía malas intenciones después de todo —dice Jack—. Estaba claro que tanto Arty como Clara no se fiaban mucho de que pasara tiempo con Maggie.

—Sí... —digo, distraída.

—¿Qué pasa? —pregunta Jack—. No es normal que no tengas nada que decir.

—Estoy pensando... —respondo, con la mente en otra parte— en los cuadros de Freddie. No podíamos verlos muy bien. Por desgracia, Arty los tenía girados hacia él o los tapaba cuando estaba delante.

—¿Y?

—Que, por lo poco que he podido ver, me resultan familiares, pero no estoy segura de por qué.

—¿Qué quieres decir? ¿Como si los hubieras visto antes en alguna parte?

Asiento con la cabeza.

—Es muy extraño.

—Lo sé. Ojalá hubiera podido verlos un poco mejor.

—Tal vez los podamos ver la próxima vez. Me pregunto cuánto tardaremos en tener otro par de imágenes que coincidan.

—Espero que no mucho. Me encanta pasar tiempo con Clara, Maggie y Arty. Me siento como si estuviera enganchada a una telenovela que nadie más conoce.

—Sí, desde luego. —Jack vacila un instante—. A mí también me encanta pasar tiempo contigo. Es una pena que estas imágenes sean el único momento en que nos vemos.

—Ah... Bueno, supongo que no tienen por qué serlo. —Me siento un poco desconcertada—. Podríamos ir a tomar algo alguna vez, si quieres.

—Eso me gustaría —responde Jack—. Me gustaría mucho.

Nos miramos un momento y, cuando estamos inclinados el uno hacia el otro, la puerta de al lado se abre de golpe.

—¿Qué coj...? —dice Ben, mirándonos fijamente mientras estamos sentados frente al caballete—. Vaya, ¿interrumpo algo?

—¡Para nada! —exclamo, poniéndome en pie de un salto—. Nada de nada.

—¿Qué estáis haciendo aquí? —insiste Ben—. He vuelto de comer y me he encontrado la tienda cerrada y sin nadie. Luego, cuando iba a subir a ver si papá estaba bien, he oído voces que venían del almacén. —Mira un punto entre los dos y luego el cuadro del caballete y el bordado de fieltro que tiene delante—. ¿Qué es eso?

—Es un proyecto en el que estamos trabajando juntos —se apresura a decir Jack—. Nada de lo que debas preocuparte.

—¿«Un proyecto»? —dice Ben mientras esboza una sonrisa astuta—. ¿Así es como lo llamáis aquí?

—Sí, un proyecto —insiste Jack—. ¿Por qué has vuelto ya de comer? Creía que hoy ibas a comer en el puerto.

—Por si no te has dado cuenta, está lloviendo. Ah, es verdad, estabais intimando, no lo podíais ver ni oír. Está lloviendo a cántaros ahí fuera.

—Bueno, será mejor que me vaya —digo cogiendo el fieltro, esta vez bordado para que parezca una puerta negra, del caballete—. Te veo pronto, Jack. Para seguir hablando de nuestro proyecto.

Jack asiente y Ben se aparta para dejarme pasar.

—Me alegro de volver a verte, Ben —digo, sintiéndome avergonzada una vez más en su presencia.

—Y yo a ti, Kate, y yo a ti —dice, aún sonriendo—. Saluda a Molly de mi parte.

—Lo haré.

Ben tiene razón: está lloviendo a cántaros y, como no me he traído paraguas, tengo que volver corriendo por las calles repentinamente vacías mientras la gente se refugia en las tiendas o regresa a sus alojamientos de vacaciones.

Cuando estoy a punto de girar hacia Harbour Street, me lo pienso mejor. «¿Por dónde será?», me pregunto. Recuerdo a Arty empujando a Maggie por las calles de St. Felix. Pasaron por delante de la iglesia y luego giraron a la izquierda, hacia el paseo marítimo...

Camino a toda prisa en la dirección que creo que tomaron Arty y Maggie, y luego aminoro la marcha al llegar a una hilera de casitas de pescadores, que ahora son en su mayoría casas de vacaciones.

«No, ni esta, ni esta... ¡Bingo! Debe de ser esta», pienso mientras me detengo frente a una casita de aspecto pulcro y encalado. La puerta negra del establo ya no está ahí, por supuesto. La han sustituido por una bonita puerta azul pálido, y los marcos de las ventanas están pintados del mismo color para que combinen. No cabe duda de que es la casa de Freddie.

Me quedo mirando la construcción, absorta en el recuerdo de lo que acabo de ver en las imágenes en movimiento, pero de pronto me sobresalto cuando alguien me llama por mi nombre.

—Kate, ¿qué haces ahí fuera bajo la lluvia?

Levanto la vista y, para mi enorme sorpresa, veo a Julian mirándome desde la ventana del piso superior.

—Espera un momento, ahora bajo.

Parpadeo un par de veces, en parte por la sorpresa y en parte para apartar las enormes gotas de lluvia que aún me caen por la cara.

—¡Entra, entra! —dice Julian, abriendo de golpe la puerta delante de mí—. Debes de estar empapada.

Algo confusa, entro en la cálida y seca casa de campo. No

se parece en nada a como era en tiempos de Freddie. Lo que antes era la cocina y el estudio de arte es ahora una acogedora sala de estar, y han derribado la pared en la que colgaban los cuadros de Freddie, de modo que todo el espacio se ha convertido en una gran cocina y sala de estar de planta abierta, perfecta para las necesidades de los modernos veraneantes de hoy. Donde antes estaba la enorme estufa negra de Freddie ahora hay un televisor panorámico, y donde Maggie y Freddie se sentaban a pintar juntos ahora hay un sofá en forma de «L».

—Te traeré una toalla —dice Julian, mirando a su alrededor—. Creo que hay toallas limpias arriba, en el armario de la ropa blanca.

Sube corriendo una estrecha escalera y yo me quedo mirando a mi alrededor. ¿Por qué está Julian en esta casa? Solo he venido con la esperanza de encontrar la casa de Freddie, para ver si seguía aquí. No esperaba encontrar en ella a nadie que conociera, ¡y mucho menos a Julian!

Julian vuelve con un par de toallas blancas y suaves.

—Gracias —le digo, cojo una y me froto el pelo con ella—. No sabía que llovería tanto cuando salí.

—Pero ¿por qué estabas delante de mi casa? —me pregunta Julian, mirándome mientras me seco los brazos desnudos y me froto la camisa y los vaqueros—. No tenía ni idea de que supieras que estaba aquí.

—No lo sabía... Estaba mirando la pintura de fuera; me parecía muy bonita.

—¿Bajo la lluvia? —pregunta Julian con desconfianza. Me encojo de hombros—. ¿Quieres que te traiga ropa seca? ¿O una bata? Puedo tenerte la ropa mojada lista en un momento. Me parece que hay una secadora en alguna parte...

Mira en la cocina como si el paradero de este electrodoméstico en particular fuera un gran misterio aún por resolver.

–¿Aquí es donde te estás quedando? –le pregunto sin responderle. Lo último que quiero es estar sentada en presencia de Julian en bata. No lo ha dicho, pero ha insinuado suficientes veces que sus sentimientos hacia mí son algo más que simple amistad–. Sé que dijiste que te ibas a quedar en la antigua casa de tu padre mientras estuvieras aquí, pero no creía que una vieja cabaña de pescadores fuera la clase de sitio que te gusta.

–Por lo general no lo es. Normalmente prefiero alojarme en uno de los apartamentos de lujo con vistas a la bahía, pero como estaban completos cuando prolongué mi visita vine aquí. Lo alquilo. Suele estar ocupado casi toda la temporada, pero por suerte hubo una cancelación, así que se quedó libre. Es un poco cutre y no tiene vistas, claro, pero por ahora me vale.

–¿Tu padre compró esta casa? –le pregunto. Algo no me cuadra.

–Sí, es un sitio curioso, ¿verdad? No es para nada el estilo habitual de mi padre. La mayoría de sus propiedades eran villas de lujo y casas adosadas georgianas, pero esta siempre le pareció especial por alguna razón.

–¿Cuánto tiempo hace que tu familia es propietaria de este lugar? –le pregunto; hay algo que me inquieta, pero no sé qué es.

–Desde siempre –dice Julian–. No recuerdo ninguna época en la que no la tuviéramos. Kate, en serio, creo que deberías quitarte esa ropa mojada. Como decía mi abuela, vas a pescar un catarro de muerte. Las batas de arriba son preciosas; se las damos a los invitados.

–De acuerdo –acepto–, pero solo porque necesito hacerte más preguntas sobre la casa.

–Vale –dice Julian, asintiendo–. Arriba a la izquierda. Hay un gran armario en el rellano. Está cerrado la mayor parte del tiempo porque es donde guardamos todo el material de limpieza para los cambios de inquilinos, pero acabo de abrirlo para sacar las toallas. Encontrarás una pila de batas blancas esperándote.

–Estupendo.

–¿Quieres un chocolate caliente cuando bajes? La pequeña cafetería que hay al final de la calle hace unos muy buenos. Podría salir y traerme un par.

–Pero ¡entonces también te mojarás!

–Me llevaré un paraguas.

–Claro –cedo–. Sería estupendo, gracias, Julian.

–Será un placer.

Subo las escaleras y, como me ha prometido Julian, en un armario encuentro un montón de albornoces blancos y suaves recién lavados. Cojo uno y otra toalla, voy rápidamente al baño, me quito la ropa mojada y me pongo el albornoz. Luego me seco un poco más el pelo con la toalla y estoy a punto de volver a bajar cuando me detengo.

En lo alto del rellano hay una serie de láminas colgadas juntas de un modo artístico. Me resultan familiares... ¿Dónde las he visto antes? «Ah, es verdad», me acuerdo cuando las miro un poco más de cerca y veo dos iniciales en la parte inferior derecha de cada una. Son reproducciones de originales de Winston James, copias de los cuadros que he visto en la exposición de la Lyle Gallery. Tiene sentido que Winston quisiera que se colgaran copias de su obra aquí, en la casa de la que era propietario original.

Sin pensarlo mucho más, vuelvo abajo con la ropa mojada; no tardo en encontrar la misteriosa secadora, la enciendo y luego me acomodo en el sofá a esperar a Julian. Parece que se ha ido hace rato. Espero que no se haya tomado demasiadas molestias parar traernos el chocolate caliente.

Mientras espero, le envío un mensaje a Anita, que está en la tienda.

K: Esto se va a largar más de lo esperado. No creo que estés ocupada con este tiempo. Pero, si lo estás, llámame. ¡Besos!

Cuando voy a meter el teléfono en el bolso de nuevo, Anita me devuelve el mensaje.

A: Por aquí todo bien, cielo. Tómate el tiempo que necesites. Todo va bien, no te preocupes por nada.

Me quedo mirando el teléfono un momento. ¿Por qué me parece raro ese mensaje de Anita? Acabo de leerlo de nuevo cuando veo a Julian por la ventana. Lleva nuestros chocolates calientes en un portavasos de cartón en una mano y un gran paraguas negro en la otra.

Me apresuro a abrirle la puerta. Me pasa las bebidas y sacude el paraguas.

—Sigue diluviando —dice—. No sé qué estabas haciendo ahí fuera.

—Me pilló la lluvia de repente —le digo—. Gracias por ir a por el chocolate; huele de maravilla. ¿A dónde has ido? Has estado fuera un rato.

—Ah, a una de las cafeterías del puerto —responde Julian, apoyando el paraguas mojado en la puerta. Se da la vuelta y casi se le salen los ojos de las órbitas cuando ve que solo llevo un albornoz blanco y mullido—. Así que los has encontrado. Los albornoces, digo.

—Sí —le digo, apretándome un poco más el albornoz—, y la secadora, gracias. La ropa debería estar seca en una media hora, espero.

Vuelvo a sentarme en un extremo del sofá, rezando para que Julian se siente en el otro.

No lo hace, pero se sienta lo bastante lejos para que me sienta cómoda.

–Bueno –digo en un tono despreocupado, después de darle un sorbo al chocolate caliente–. Has dicho que tu padre compró esta casa hace mucho tiempo.

–Sí, creo que no mucho después de que se marchara de St. Felix. Supongo que quería una pequeña guarida a la que volver de vez en cuando.

–Pero ¿no tienes idea de cuándo fue eso?

–Eh... Creo que dejó St. Felix a finales de los cincuenta, así que más o menos por esa fecha. ¿Quizá a principios de los sesenta?

Asiento con la cabeza. Tengo que tener cuidado o Julian podría sospechar. Lo cierto es que no sé por qué estoy haciendo todas estas preguntas. Solo sé que podría enterarme de algo importante.

–La mayoría de estas casitas eran propiedad de pescadores, ¿no es así? No casas de vacaciones como lo son hoy.

–No, imagino que no, pero ya entonces la industria pesquera empezaba a desaparecer. Los pescadores más pequeños no podían competir con los grandes barcos. Es una pena, pero supongo que así funciona el progreso.

–Sí, supongo que sí. ¿Crees que tu padre consiguió un chollo con esta casa? Es decir, si hubiera vivido aquí un pescador que ya no podía permitírselo, puede que la comprara por dos duros.

–Dudo que el pescador que viviera aquí fuera el dueño de la casa. Seguramente la alquilaba, así que mi padre habría tenido que comprársela a su casero.

–Ah, claro, no había pensado en eso... Pero, aun así, habría sido cara, ¿no? A tu padre le debía de ir bien con la pintura para permitirse comprar una casita aquí y seguir viviendo en otro sitio.

Julian me mira como sospechando algo.

–¿Por qué tantas preguntas, Kate?

Me encojo de hombros.

–Por nada. Me interesa, eso es todo. –Como Julian no parece muy satisfecho con mi respuesta, continúo–: Siempre me ha interesado la historia de St. Felix. Me encanta hablar de su pasado. Siempre hay alguien que tiene una historia que contar.

–Es cierto. La mayoría son tonterías, por supuesto. No querrás escuchar todos esos chismes; solo las verdaderas historias con importancia histórica.

–Bueno, no sé yo... –respondo.

–De verdad, Kate, hay algunas historias espantosas. Las he oído.

–¿De quién? –pregunto; quiero saber con quién ha estado cotilleando Julian.

Normalmente, la mayoría de las historias se cuentan en el Merry Mermaid, y no creo que él pase mucho tiempo allí.

–De unas cuantas personas –dice con cautela–. Al parecer, mi padre no es muy popular aquí, a pesar de que la galería haya organizado una exposición especial de su obra.

–¿En serio? –Es la primera vez que lo oigo–. ¿Quién te lo ha dicho?

–Un par de personas. No es que me tome en serio lo que dicen. Estaban en el bar de uno de los hostales locales en ese momento.

–¿En cuál?

–Eh, el de la calle principal, un poco más abajo de la tienda de arte de tu amigo.

–¿El Feathers? –digo, sorprendida de que Julian haya puesto un pie allí, y más aún de que se haya relacionado con los lugareños.

–Sí, ese es.

–¿Por qué entraste allí?

—Dijiste que debería intentar hacer nuevos amigos, así que pensé en hacer una incursión en el *pub* local. Resulta que no eran muy amistosos.

—Deberías haber ido al Merry Mermaid; allí son mucho más simpáticos. El Feathers está lleno de lugareños que juegan a los dardos y al billar. No es para nada un *pub* entrañable.

—Sí, había unos señores bastante corpulentos lanzando objetos punzantes a un tablero numerado.

—Ese sería el equipo de dardos. No intentarías hacerte amigo de ellos, ¿no?

La idea de que Julian intentara entablar amistad con el equipo local de dardos me hizo mucha gracia.

—No, qué va. Me senté en la barra y traté de conversar con el camarero..., pero, cuando se enteró de quién era, se volvió muy antipático.

—¿Por qué?

—No lo sé. Algo que ver con sus parientes. Fue un poco ambiguo, a decir verdad. Según parece, mi padre hizo algunos tratos con ellos que no salieron muy bien.

—Vaya.

—Así que me tomé mi *gin-tonic* y me fui. Pero había otra razón por la que no fui al Merry Mermaid.

—¿Cuál?

—Me preocupaba que pudiera verte allí con tu... amigo.

—¿Mi amigo? —pregunto, intentando pensar en a quién se podría referir—. ¿Te refieres a Jack?

Julian asiente.

—Pero ¿por qué iba a importar eso?

—Kate, ¿de verdad no te das cuenta? —dice Julian con tono dramático, acercándose a mí en el sofá—. Estoy enamorado de ti y verte con otro hombre, aunque tú digas que es solo un amigo, es demasiado para mí.

–Ah. –Ojalá no me hubiera sentado justo al final del sofá, porque entonces podría haberme deslizado más por él–. Me pareces encantador, Julian –digo, apretándome un poco más la bata otra vez–. Y me siento increíblemente halagada... pero la cosa es que solo te veo como a un amigo. Un muy buen amigo –añado, con la esperanza de que eso ayude–. Pero en amigos se queda la cosa, me temo.

–Ya veo –dice Julian, con la cabeza gacha–. Tu corazón es de otro.

–No, no es eso.

–Ay, Kate, aunque tú no lo veas todavía, yo sí. Le has entregado tu corazón a otro hombre y ya no pretendo reclamarlo.

–Tal vez.

Me pregunto si será más fácil aceptar su razonamiento que rebatirlo.

–Si nos hubiéramos conocido antes...

Julian, para mi horror, se desliza por el sofá y se pone a mi lado. Estoy a punto de levantarme de un salto cuando me coge la mano y me besa el dorso.

–Sí –digo, intentando apartar con delicadeza la mano de la suya–. Si nos hubiéramos conocido antes, ¿quién sabe?

–Haré lo más caballeroso y renunciaré a mi adoración por ti... por ahora –añade Julian, soltándome la mano–. Pero ¿si algo cambia...?

Me mira con añoranza.

–Serás el primero en saberlo –termino la frase, levantándome de un salto–. Bien, creo que es hora de ver si se me ha secado la ropa.

Me apresuro a ir a la cocina.

Aunque mi ropa siga empapada, es preferible escapar con la ropa mojada que quedarme aquí con el casanova de St. Felix.

Veintiocho

–¿Va todo bien? –le pregunto a Anita cuando vuelvo a la tienda–. ¿Te las has arreglado sin mí?

–Han entrado exactamente cuatro clientes desde que te fuiste, Kate –responde Anita con calma–, y eso fue antes de que empezara a llover, así que sí, me las he arreglado bien.

–Pero tu mensaje parecía un poco extraño. ¿Estás segura de que todo ha ido bien?

–¿De dónde has sacado el paraguas? –pregunta Anita, cambiando de tema–. No lo llevabas cuando saliste.

–Es de Julian.

–¿De Julian? Creía que habías ido a ver a Jack.

–Sí, así es. Mira, tengo la ropa un poco húmeda, Anita. Voy a subir a cambiarme y luego te lo cuento todo.

Después de ponerme ropa seca y volver a bajar, le cuento a Anita todo lo que ha pasado mientras tomamos una taza de té.

Enarca las cejas cuando le cuento la declaración de Julian, pero no hace ningún comentario.

–Y después he vuelto aquí –termino.

–Bueno, no hay duda de que tu tarde ha sido productiva –dice Anita con diplomacia–. Antes de que preguntes, no sé nada de ese tal Freddie ni de que Winston James comprase la casa. Yo no vivía aquí por aquel entonces y, aunque hubiera vivido aquí, solo habría sido una niña.

–Sí, lo sé. Queda muy poca gente aquí que viviera en St. Felix en aquella época. Ni siquiera la tía de Jake, Lou, recordaría nada sobre la venta de la casa de Freddie; por entonces era una adolescente.

—¿Por qué tanto interés? —pregunta Anita—. Quiero decir, sé por qué te interesa lo que les pasa a Clara, Maggie y Arty, pero ¿por qué Freddie?

—En realidad no lo sé. Tengo la sensación de que todo es relevante de alguna manera.

—No se le suele hacer el caso suficiente al instinto —dice Anita con conocimiento de causa.

—¿Sabes si Julian tiene razón? ¿Winston James no cae bien aquí? —pregunto—. ¿Llegaste a escuchar algo en la tienda de lana? He oído que era un hervidero de cotilleos.

—¡Qué va! Éramos como una peluquería; no podíamos evitar que la gente nos contara todas sus noticias.

—Sí, claro. —Sonrío—. Entonces, ¿alguien mencionó alguna vez alguna «noticia» sobre Winston James?

—No que yo recuerde. Lo primero que supe de él fue la exposición en la Lyle Gallery a la que fuiste con Molly.

—Mmm... Tiene que haber algo. ¿Por qué nos han mostrado a Jack y a mí todas estas cosas si no hay una razón para ello?

—Pronto lo descubrirás, querida, estoy segura. Solo dale tiempo.

Por suerte, no tenemos que esperar mucho para una nueva entrega porque a la mañana siguiente aparece otro bordado. Esta vez parece mostrar dos siluetas rodeadas por un cielo rojo sangre. Emocionada, escribo inmediatamente a Jack.

K: ¡Otro más! ¿Cuándo podemos vernos?

La respuesta no se hace esperar.

J: En mi casa está complicado, con Ben por aquí. ¿Te apetece tomar algo más tarde? ¿Quizá pueda esconder mi cuadro en la silla y le echamos un vistazo antes en tu casa?

Me lo pienso antes de enviarle la respuesta:

K: ¿Funcionará sin el caballete?

J: Joder, no lo había pensado. Podríamos intentarlo.

K: Espera, puede que tenga una idea mejor... Luego te escribo. Besos.

—Buenos días —digo un poco más tarde, cuando Molly baja dormida a la tienda—. ¿Qué haces hoy?
—No mucho —se encoge de hombros.
—¿No vas a ver a Chesney?
—Qué va, hoy no.
Levanto las cejas. Que yo sepa, Molly lleva más de una semana sin ver a Chesney y no puedo decir que me disguste demasiado.
—¿Va todo bien entre Chesney y tú? —pregunto. Molly vuelve a encogerse de hombros—. Es solo que me he dado cuenta de que no lo has visto mucho últimamente.
—No, intento distanciarme un poco.
—¿En serio?
Esto es nuevo para mí.
—Sí —responde Molly—. Se ha vuelto un poco... pegajoso.
Aguzo el oído.
—¿Qué quieres decir?
—Es un poco intenso.
—¿En qué sentido? —insisto, preocupada de repente porque Chesney haya estado presionando a Molly para que haga cosas que ella no quiere—. ¿Te presiona para que te acuestes con él?
—¡Mamá! —se queja Molly, con las mejillas coloradas.
—Lo siento, pero tengo que preguntar.
—No, no es eso.

–Entonces, ¿qué es?

Molly arruga la nariz:

–Es difícil de describir en realidad. Siempre me está mandando mensajes, quiere saber qué estoy haciendo o dónde estoy, y si no le contesto enseguida se enfada.

Esta vez no me hierve la sangre, simplemente se me hiela.

–No ha llegado a las manos contigo, ¿verdad? Me refiero a que no te ha pegado cuando se ha enfadado.

–No, nada de eso. Cuando estoy con él me siento... ¿Cuál es la palabra?

–¿Claustrofóbica? –sugiero.

–Sí, eso es, justo. Como si quisiera controlarme todo el tiempo. Me siento...

–¿Asfixiada?

–¡Sí! ¿Cómo sabes todo eso, mamá?

Trago saliva. Tengo que hablar con ella. Ahora también le está pasando a mi hija, y solo empeorará si no lo hablamos como es debido.

–Porque así era Joel, Molly –digo en voz baja–. Por eso rompimos.

Molly me mira fijamente.

–¿Joel también te mandaba mensajes todo el tiempo?

–Hizo un poco más que eso, por eso hubo ese incidente en tu instituto. Te pareció que no había nada de malo en que intentara verte, pero era solo la punta del iceberg. Como se está comportando Chesney contigo es como empieza, Molly. Los chicos..., o quizá debería decir los hombres, que quieren controlar tu vida no son el tipo de hombres con el que deberías tener una relación. Nunca termina bien. Joel quería controlarme..., bueno, a nosotras en realidad, y tuve que ponerle fin. En aquella época no te lo conté todo porque eras muy pequeña... y era problema mío.

Molly, que sigue mirándome fijamente, acaba por asentir, y su expresión está llena de tanta comprensión y compasión que en esa fracción de segundo me parece verla crecer de verdad.

–Lo entiendo, mamá –dice, abrazándome–. De verdad, lo entiendo. Siento mucho haberme puesto en contacto con Joel. No lo pensé bien. Pensé que te sentirías sola. No tenía ni idea de que fuera tan grave.

–Eso es porque no te conté toda la historia –le digo, separándola de mi abrazo–. Quería protegerte. Eres mi niña y no quería exponerte a nada de eso. No sabía que vivirías algo tan parecido.

–Joel no te hizo daño, ¿verdad?

Niego con la cabeza.

–No, tuve suerte en ese sentido, pero nadie tiene derecho a intentar controlar nuestras vidas, Molly. Somos las únicas que deberíamos llevar las riendas. Nosotras, y solo nosotras, somos las dueñas de lo que nos pasa.

Molly asiente.

–Tienes razón. Supongo que debería cortar con Chesney, ¿no?

Ahora soy yo quien asiente.

–Tan pronto como puedas.

–Es que... es mi primer novio. ¿Y si nadie más me quiere?

–¿Estás de broma? ¿Una chica brillante, divertida y guapa como tú? Los chicos harán cola.

–No lo creo.

Pienso un momento y se me ocurre una idea.

–¿Has visto a Ben desde la comida que tuvimos en el *pub*? –le pregunto como quien no quiere la cosa.

–No.

–Jack acaba de decirme que estaba preguntando por ti.

La cara de Molly se ilumina de inmediato.

–¿En serio?

–Sí, me ha dicho algo sobre que esperaba empezar a hacer surf pronto y que estaba deseando que le presentaras al hermano de tu amiga.

–Esta tarde hay escuela de surf para principiantes en la playa –dice Molly, entusiasmada, mientras todos los pensamientos sobre Chesney se desvanecen enseguida–. ¿Crees que debería preguntarle si le gustaría ir?

–¡Hala! –digo, intentando parecer sorprendida–. ¿De veras? ¡Qué buena idea! ¿Por qué no?

Las mejillas de Molly se sonrosan un poco.

–No sé si puedo.

–¿Por qué no?

–Porque es guapísimo, mamá. A ese tipo de chicos no se les puede invitar a salir así como así, sobre todo si son mucho mayores que tú.

–No estoy sugiriendo que lo invites a salir; simplemente te estás ofreciendo a acompañarlo a la escuela de surf.

Molly parece insegura.

–¿Y si me pongo en contacto con Jack y le pregunto si Ben quiere ir contigo?

–¡Ni hablar! No puedo dejar que mi madre pregunte por mí. Sería una humillación.

–Ah, bueno –digo, dándome la vuelta–. Era solo una idea. He pensado que podría animarte...

Espero que suceda lo que creo que sucederá...

–Tal vez podrías averiguar si está interesado –dice Molly en voz baja–. Ya sabes, sin decir que soy yo la que pregunta.

Sonrío rápidamente para mis adentros antes de volverme con la cara seria.

–Estoy segura de que podría hacerlo por ti.

–Pero no debe saber que te lo estoy pidiendo yo, mamá. ¿Me lo prometes?

–Te lo prometo. Seré muy discreta. ¿Por qué no vuelves arriba? Seguro que tienes que estudiar. No puedo permitir que toda esta charla sobre chicos te distraiga de eso, ¿eh?

Molly pone los ojos en blanco y sonríe.

–Muy bien, supongo que un favor con otro favor se paga. Siento mucho, ya sabes... lo de Joel. Si lo hubiera sabido...

Le hago un gesto para quitarle importancia.

–Ya está todo olvidado. Vuelve arriba. Luego te cuento lo que me diga Jack.

Cuando tengo un descanso entre cliente y cliente, vuelvo a escribir a Jack:

J: ¿Puedes sugerirle con mucho tacto a Ben que le pida a Molly que la lleve a la escuela de surf esta tarde? POR FAVOR, no dejes que piense que Molly se lo está pidiendo o no me volverá a dirigir la palabra, ¡nunca más!

Jack responde:

J: Buena idea. Ahora mismo se lo digo.

Unos minutos más tarde llega otro mensaje de Jack:

J: Ben va de camino a la tienda. ¡Actúa con naturalidad!

Respondo rápidamente:

K: ¡Qué rápido eres!

–Hola, Ben –le digo con naturalidad unos minutos después, cuando llega a la tienda–. ¿Cómo estás?

–Bien, gracias, Kate. ¿Por casualidad está Molly?

–Sí, está arriba. Voy a llamarla. ¡Molly! –la llamo por las escaleras–. Tienes visita.

Molly baja corriendo las escaleras y parece horrorizada y eufórica al mismo tiempo al ver a Ben en la tienda.

—Hola, Molly —la saluda con calma—. ¿Cómo estás?

—Muy bien, gracias —responde Molly, pasándose la mano por el pelo como si nada.

—Me preguntaba si podrías presentarme al hermano de tu amiga. Mi padre dice que esta tarde hay escuela de surf.

Molly me mira rápidamente, pero yo ya finjo estar ocupada con el precio de las nuevas existencias.

—¿Ah, sí? —pregunta con voz inocente—. Sí, claro, si quieres.

—Sería genial si pudieras.

—Creo que empieza a las seis. ¿Y si nos vemos aquí y bajamos juntos?

—Genial. Entonces supongo que te veré luego.

—Supongo que sí.

—Adiós, Kate —se despide Ben mientras se va.

—¡Adiós, Ben! —le digo, sonriéndole—. Saluda a tu padre de mi parte.

Ben me guiña un ojo y se va.

—¡Ay, Dios! ¡Ay, Dios! —exclama Molly, agitando los brazos—. ¿Qué me voy a poner? No tengo nada.

—Vas a ir a la playa. Ponte lo que te pondrías normalmente.

Molly me mira horrorizada, como si le hubiera sugerido que se pusiera un vestido de baile y unas zapatillas plateadas para caminar por la arena.

—No sé yo, mamá. Voy a llamar a Emily para pedirle opinión. Ay, no, está de vacaciones. ¡Sebastian! —grita cuando Sebastian entra por la puerta para empezar su turno—. ¿Qué me pongo para una cita en la playa?

—Molly, no es una cita... —empiezo a decirle.

—Es como si lo fuera —dice Molly, ignorándome.

—¿Tienes una cita en la playa? —pregunta Sebastian, sorprendido—. ¿Con Chesney? No suele ser su estilo.

—No, a Chesney olvídalo. Es historia. Con Ben.

Sebastian parece confuso.

—Ben es el hijo de Jack —le explico—. Y no es una cita. Es demasiado mayor para ti, Molly. Estoy segura de que solo te ve como a una amiga.

—¡Como quieras, mamá! —dice Molly, que ya se dirige a las escaleras—. Sea una cita o no, me voy a la playa con un buenorro mayor que yo. Mis amigas podrían verme, así que tengo que estar guapa.

Desaparece por las escaleras hacia su dormitorio.

Sacudo la cabeza mientras la veo irse. Menudo cambio de actitud.

—¿Conozco yo a ese Ben? —pregunta Sebastian, todavía confuso.

—No como es debido, pero es probable que te lo hayas cruzado si has venido por tu camino habitual. Estará volviendo a la tienda de Jack. Un chico alto con pelo oscuro que se parece un poco a un Jack más joven.

—¿Por casualidad llevaba una camiseta roja y pantalones cortos vaqueros? —pregunta Sebastian.

—Sí, ese.

Sebastian asiente despacio.

—¿Qué pasa?

—Bueno, puedo estar equivocado, pero últimamente no me suelo equivocar. Si Ben es el chico con el que me he cruzado en la calle hace un momento, no tendrás nada de qué preocuparte si Molly queda con él.

—¿Qué quieres decir?

—¡Quiero decir que es más probable que a Ben le guste yo que tu Molly!

Veintinueve

—Lo siento, llego un poco tarde —digo cuando llego al piso de Jack por la noche, con su cuadro más reciente y el caballete que he recogido de su almacén—. A última hora, de repente, ha llegado una oleada de clientes. En cuanto ha mejorado el tiempo, todos han vuelto a salir.

—No pasa nada. Ben tardará aún un buen rato. Por cierto, una gran idea lo de la escuela de surf.

—Gracias. Sí, esperaba que funcionara. —Dudo mientras levanto el caballete y coloco el cuadro. «¿Debo sacar el tema de Ben ahora? ¿Es el mejor momento?»—. Molly estaba muy contenta cuando Ben entró en la tienda —digo para sacar el tema—. Parece que le gusta de verdad.

—Eso está bien —responde Jack mientras yo cojo la silla de siempre—. Sería genial si nuestros hijos también se llevaran bien.

—Sí. —Me siento junto a Jack delante del caballete. Jack mira expectante mi bolso, esperando a que saque el bordado—. Lo único es que Ben es unos años mayor que Molly... —digo y hago una pausa, con la esperanza de que Jack me complete la frase, pero no lo hace.

—Sí, cierto —dice por toda respuesta.

—Y Molly está en una edad bastante impresionable —continúo, con ganas de aclarar esto.

—¿Me estás preguntando si mi hijo llevará a tu hija por el mal camino? —pregunta Jack con su habitual franqueza.

—Bueno..., sí.

Jack sonríe.

—Molly estará a salvo con Ben, Kate. Es gay.

Así que Sebastian tenía razón.

—¿Lo sabes? —digo, olvidando que no debería saberlo.

—Claro que lo sé. Soy su padre. ¿Cómo lo sabes tú?

—Sebastian —respondo—. Me lo ha dicho él.

Jack asiente.

—El viejo *gaydar*, ¿eh? Ben me ha asegurado que existe.

—Sí, parece que existe. Me alegro de que lo sepas —digo sin pensar—. Eso facilita las cosas.

Voy a sacar el bordado del bolso.

—Un momento —dice Jack—, ¿por qué no iba a saberlo?

—Por nada —le digo, sacando el fieltro del bolso y dejándolo sobre el caballete.

—¿Creías que no me lo diría por mi pasado, verdad? Tenemos soldados homosexuales en el ejército, ¿sabes?

—No, no es eso en absoluto. A veces los padres somos los últimos en enterarnos, según mi muy limitada experiencia en estas cosas.

Jack sigue sin estar convencido.

—Creías que no aceptaría a un hijo gay. ¿Es eso? Sé que a veces puedo ser un poco testarudo e inflexible, pero...

—Jack —le interrumpo—. Por favor, no pongas en mi boca cosas que yo no he dicho. No pienso nada de eso. Me alegro de que tengas una relación tan buena con Ben. Los dos tenemos mucha suerte con nuestros hijos. Ahora, ¿podemos seguir con la razón por la que estoy aquí?

Hago un gesto señalando el caballete.

Jack sigue mirándome con desconfianza, pero asiente.

—Bien.

—Ben puede hablar conmigo, ¿sabes? —dice Jack, sospechando que aún no me ha convencido—. Cuando me lo dijo, no me enfadé ni monté una escena. Estaba bastante relajado. Me alegré de que confiara en mí.

—Maravilloso —respondo, volviéndome hacia el caballete.

Sin embargo, Jack no ha terminado:

—Parece que piensas que soy una especie de neandertal que no puede aceptar nada nuevo o inusual.

—¿De dónde viene todo esto? —le pregunto, volviéndome hacia él—. Nunca he pensado nada de eso. Sí, eres testarudo y tienes un poco de mal genio, pero...

—No tengo mal genio.

—¿Y el incidente de la alarma?

Jack parece desconcertado.

—¿No te acuerdas de la primera noche que estuve aquí contigo viendo las imágenes y saltó la alarma de tu tienda? Me echaste la bronca y nunca me has explicado el porqué.

—Ah, eso.

—Sí, eso.

—No fue contigo con quien me enfadé aquella noche. Era conmigo mismo.

—Explícate.

—Me enfadé porque tuve que bajar las escaleras y tú tuviste que verme así. No quería que me vieras en una situación comprometida; apenas te conocía entonces.

—Pero yo no te vi para nada así. Si acaso, todo lo contrario. Vi a un hombre fuerte y capaz que utilizaba su fuerza e ingenio de la mejor manera que podía. Puede que no lo pienses, pero recorrer esas escaleras de esa manera es bastante impresionante. Me impresionó mucho.

—¿En serio? —pregunta Jack, de repente mucho más animado.

—Sí, y, ahora que has terminado de buscar cumplidos, ¿continuamos con nuestras imágenes? ¿O quieres que te elogie un ratito más?

—Muy bien, vamos a ver las imágenes. Pero no has colocado bien el fieltro —me dice—. Tienes que ponerlo un poco a la izquierda.

Suspiro y niego con la cabeza, pero muevo un poco el fieltro y, de repente, volvemos a la apasionante historia de Clara y Arty...

St. Felix, verano de 1958

Clara suspira mientras contempla la hermosa puesta de sol que tiene delante.

—¿No es sencillamente precioso? —le dice a Arty mientras se sientan uno junto al otro en la cima del acantilado con vistas a la bahía de St. Felix.

—La naturaleza en su máxima expresión —responde Arty, y aprieta la mano de Clara—. Es tan bonita que no sé si quiero pintarla o fotografiarla.

—Tú y esa cámara tuya —dice Clara, sonriéndole—. Ya eras bastante pesado cuando querías pintarlo todo, incluso a mí, pero ahora también necesitas fotografiarlo todo.

—Ya sabes cuánto me gusta documentar nuestra vida juntos, Clara. Estas fotos serán nuestros recuerdos en el futuro.

—No, nuestros recuerdos siempre estarán aquí arriba —dice Clara, dándose golpecitos en la cabeza—, y aquí dentro —añade, tocándose el corazón.

—Tienes razón, por supuesto —dice Arty, mirándola con adoración—. Sueles tenerla.

Le guiña un ojo.

Clara le devuelve el guiño.

—Estoy muy contenta, Arty —dice—. Este último año ha sido uno de los más felices de mi vida.

—De la mía también. Estoy tan contento de haberme

encontrado contigo y con Maggie aquel día en el puerto...,
aunque no creo que pensaras mucho en mí por aquel entonces,
¿verdad?

Clara sonríe.

—Era diferente hace un año. Mucho más desconfiada con la
gente. La vida hasta entonces me había decepcionado, pero
St. Felix, mi tienda y tú habéis cambiado todo eso, Arty. Has
mejorado mi vida, y la de Maggie.

—Maggie está muy bien ahora, ¿no? —pregunta Arty—. Hace un
año estaba en silla de ruedas. Es muy fuerte, tanto físicamente
como de carácter. La quiero como si fuera mía.

—Ay, Arty —dice Clara—. Sé que la quieres. Eres mejor padre
para ella de lo que nadie podría ser jamás. Para ella lo eres todo.

Se miran el uno al otro y luego Arty mira la mano de Clara.
La levanta y se aclara la garganta.

—Clara, te quiero más que a nadie que haya conocido. Me
encanta todo de ti, desde tu personalidad amable y generosa
hasta la forma en que nunca soportas mis tonterías. Nunca
pensé que encontraría un alma gemela en esta tierra, pero la he
encontrado, y eres tú. Por alguna extraña razón que desconozco,
tú también pareces sentir lo mismo por mí, así que ahora, cariño,
me gustaría pedirte una cosa más... —Clara asiente, totalmente
hechizada por las palabras de Arty—. Clara, ¿me harías el gran
honor de convertirte en mi esposa?

Los colores empiezan a arremolinarse y mezclarse y, para
nuestra frustración, las imágenes que tenemos delante de-
saparecen.

—¡No! —grito—. Ahora no. Quiero escuchar lo que dice.

—Dirá que sí. Claro que sí —contesta Jack en voz baja a
mi lado.

—¿Cómo lo sabes? —digo, sin dejar de mirar las siluetas de
Clara y Arty en el lienzo que tengo delante.

–Es evidente que están totalmente enamorados el uno del otro.

–Pero al principio se odiaban. Bueno, a Clara no le gustaba Arty. ¿Cuándo cambió todo? –Me vuelvo hacia Jack y, para mi sorpresa, noto que tiene los ojos un poco llorosos–. ¿Estás bien? –le pregunto.

–Sí, claro que sí –dice Jack, áspero, frotándose los ojos–. Es solo alergia al polen. Las cosas cambian, ¿verdad? –se apresura a cambiar de tema–. En los cuadros anteriores se veía que se llevaban mejor, y Clara por fin se estaba ablandando con él, el pobre.

–Entonces, ¿por qué este salto repentino en el tiempo? –pregunto, prefiriendo no seguir mencionando la súbita «alergia al polen» de Jack–. Han dicho que se conocían desde hacía un año, así que debemos de estar en 1958.

Jack se encoge de hombros.

–¿Me estás pidiendo que explique por qué las imágenes mágicas que llevamos viendo estas últimas semanas de repente se han perdido algunos capítulos? No es lo más extraño que está pasando aquí, ¿no?

–Es cierto, supongo. Pero es precioso, ¿no? –digo, juntando las manos con alegría–. Que vayan a tener un final feliz.

–Si este es el final.

–¿Qué quieres decir?

–¡Vamos, Kate! ¿No pensarás que hemos visto todo esto solo para ver cómo Arty le pide matrimonio a Clara? Tiene que haber algo más.

–Puede que tengas razón –digo, volviendo a dejar caer las manos sobre el regazo–. Me parecería raro que solo fuera esto. Por mi experiencia, la vida nunca es tan sencilla.

–¡Qué cierto es eso! Me alegra saber que Maggie no acabó en una silla de ruedas el resto de su vida. Créeme, nadie querría eso, y menos en aquella época. Tenía que ser mucho más difícil estar en una silla de ruedas en los años cincuenta y sesenta que ahora. Tampoco es que hoy en día sea todo maravilloso, pero es más fácil que hace sesenta años.

–Sí, me ha alegrado oír que se recuperó. Me pregunto qué haría después. Tendrá unos setenta años o así ahora. ¿Seguirá viva?

–Puede que sí. Puede que fuera ella la que vivía en la casa que fuimos a visitar, ¿no Clara?

Sacudo la cabeza.

–No. Según Anita, la mujer que vivía allí se llamaba Peggy, así que no era ella.

–Entonces, ¿de qué crees que va todo esto? –pregunta Jack–. ¿Crees como yo que hay una razón detrás de todo?

Señala el cuadro.

–Anita dice que St. Felix es así. Aquí ocurren cosas que no siempre se pueden explicar, pero normalmente solo a gente que necesita ayuda o que puede ayudar a otra persona.

–Anita es una mujer muy sabia –dice Jack con complicidad.

–Sí que lo es –respondo–. No sabía que la conocieras tan bien.

–Nos hemos cruzado unas cuantas veces. ¿A cuál de sus categorías crees que pertenecemos?

–¿Cómo? –pregunto, asombrada todavía por cuándo se habrán cruzado Jack y Anita–. Ah, ya sé a qué te refieres. No estoy segura –respondo con sinceridad–. Pero apuesto a que no tardaremos mucho en averiguarlo.

–Eso espero –dice Jack–. No termina de gustarme nada todo este extraño misterio. Bueno, ¿te apetece tomar algo ahora? –pregunta de repente, mientras yo sigo mirando con nostalgia el cuadro de Clara y Arty.

–Vale, sí, ¿por qué no? –le respondo, volviéndome hacia él–. Vamos a esconder primero esto y luego nos vamos.

Nos dirigimos al Merry Mermaid. Aunque ya hemos estado aquí un par de veces, de repente soy consciente de que es nuestra primera cita.

Entramos en el *pub* porque todos los asientos de fuera están ocupados y, mientras dejo que Jack vaya a la barra –a estas alturas ya sé que es mejor no intentar asumir ese papel–, intento encontrar una mesa en la que sé que Jack podrá meter su silla de ruedas con el mínimo alboroto.

Al fin, Jack llega con nuestras bebidas, una pinta para él y una copa de vino blanco para mí, y nos sentamos juntos.

–¿Cómo va la tienda? –le pregunto, consciente de pronto de que lo único de lo que parece que hablamos cuando estamos juntos últimamente son las imágenes.

–Bien, gracias. ¿Y la tuya?

–Sí, no va mal. Estamos superando las ventas del verano pasado.

–Eso está bien, muy bien.

Jack le da un sorbo a su cerveza.

–¿Cómo te va con dos ayudantes ahora que Ben está aquí? Debe de ser más fácil para ti.

–Sí, Ben se ha adaptado bien. Él y Bronte parecen llevarse genial, así que ahora mismo todo va bastante bien en mis dominios.

–Qué bien –respondo, prácticamente repitiendo a Jack, y bebo un sorbo de mi copa.

–Kate, no quiero parecer el torpe de siempre, pero no necesitamos todas estas sutilezas, ¿verdad? Creo que ahora ya nos conocemos un poco mejor.

–Sí, tienes razón –concuerdo, algo aliviada–, pero parece que de lo único que hablamos cuando estamos juntos es de las imágenes. De repente me he sentido un poco rara, así que he empezado a entablar una conversación cortés contigo.

—Pues dejémonos de cortesía y tengamos una conversación ruda.

—¿A qué te refieres? —pregunto, sin saber si se trata de algún tipo de juego militar obsceno que Jack va a sugerir.

—A que nos hagamos todas las preguntas que hasta ahora hemos sido demasiado educados para hacernos. Hay un montón de cosas que me gustaría saber sobre ti, y espero que tú sientas lo mismo por mí.

Asiento, en parte con alivio y en parte con interés.

—Genial. ¿Quién empieza entonces? —pregunta Jack con impaciencia.

—Tú —le ofrezco, aunque me preocupa un poco lo que pueda preguntarme.

—Las únicas normas son que tenemos que responder con la mayor sinceridad posible y que podemos preguntar cualquier cosa. ¿De acuerdo?

—Claro —respondo, y ahora sí estoy preocupada.

—¿Me prometes que serás sincera? —insiste Jack.

—Sí, te lo prometo.

—Háblame de tu vida antes de venir a St. Felix —pregunta Jack al instante, como si lo hubiera estado planeando—. Por ejemplo, ¿por qué viniste aquí?

—Vale... Siempre quise tener mi propia tienda. Bueno, una tienda de artesanía en realidad. Siempre había hecho cosas en casa que les gustaban a mis amigos y a mi familia, y pensé que podría venderlas bien y hacer negocio con ellas si tenía mi propia tienda.

—Continúa —me pide Jack cuando hago una pausa.

—¿Qué quieres decir con «continúa»? Eso es todo.

—Lo que acabo de oír es tu versión ensayada de la historia que le cuentas a cualquiera cuando te pregunta. Quiero oír la versión auténtica. ¿Por qué St. Felix? ¿Por qué no otro lugar? ¿Por qué en ese momento de tu vida? ¿Qué te hizo dar el salto?

–Vale... –digo, un poco más dubitativa esta vez–. No elegí St. Felix, sino que él me eligió a mí. Un día estaba en la peluquería y alguien que tenía a mi lado me estaba contando que acababa de asistir al funeral de su tía abuela y que su familiar tenía una tienda en Cornualles y que había trabajado aquí toda su vida. Entonces empezó a hablar del lugar y de lo bonito que era, y cuando dijo el nombre de St. Felix inmediatamente busqué en Google locales comerciales en alquiler aquí y así fue como encontré la tienda.

–Bien –dice Jack con aprobación–. En esa época, ¿a qué te dedicabas? ¿Cómo te ganabas la vida?

–Trabajaba para una compañía financiera. Tenía algo ahorrado, así que pensé: «¿Por qué no? Lánzate».

Jack me mira con desconfianza.

–¿Así de fácil? ¿Desarraigaste toda tu vida y también la de tu hija? No te lo tomes a mal, pero no me pareces la persona más espontánea, Kate. Todo lo contrario, de hecho.

Jack tiene razón, por supuesto, pero no pienso admitirlo.

–No digo que no lo pensara mucho –respondo, ignorando su comentario–, pero me pareció que hacía lo correcto. Hablé con Molly, claro que sí. Al principio se mostró un poco reacia, pero pronto entró en razón cuando visitamos St. Felix. ¿Quién no querría vivir junto al mar?

–Así que fue eso: viste una oportunidad y la aprovechaste. ¿No tenías otras razones para mudarte?

Suspiro. He prometido ser sincera.

–Acababa de salir de una relación muy difícil –digo con cuidado–. Era un buen momento para escapar.

Jack asiente y agradezco, y a la vez me sorprende que no me haga más preguntas. La mayoría de la gente querría saber por qué había sido difícil.

–Entendido –dice solamente.

—Bien, ¿ahora me toca a mí? —pregunto a toda prisa, deseosa de pasar a otro tema—. Creo que ya me has interrogado bastante.

—Pregunta —dice Jack, levantando la pinta—. No tengo secretos.

Pienso un momento. Ya sé cómo ha llegado Jack a su silla de ruedas y por qué me gritó aquella noche en su piso.

—¿Por qué no quieres que tus amigos sepan dónde estás? —pregunto, recordando de repente la conversación entre Jack y Ben la última vez que estuvimos aquí. Jack parece desconcertado—. Cuando estuvimos aquí con Molly y Ben, Ben dijo que uno de tus amigos no sabía que estabas aquí en Cornualles llevando una tienda. Le sorprendió oírlo. —Jack asiente lentamente como si estuviera considerando su respuesta—. Has prometido ser sincero —le recuerdo.

—En realidad, tú has prometido ser sincera. Yo no he prometido nada en ningún momento.

Lo fulmino con la mirada.

—Vale, vale, seré sincero contigo. —Hace una pausa—. La verdad es que no quiero que lo sepan.

—¿Por qué?

—Porque me avergüenzo de la persona en la que me he convertido. —Jack deja la vista perdida en la distancia, al otro lado de la ventana—. Antes era un soldado fuerte y en forma. Viajaba por todo el mundo defendiendo a la reina y a mi país. Arriesgué mi vida más de una vez y me gané el respeto de mis camaradas. Ahora no soy más que un tipo triste en silla de ruedas que regenta una tienda de arte en un pueblecito costero y cuco de Cornualles.

Vuelvo a mirar fijamente a Jack, pero esta vez porque no acabo de entender lo que me está diciendo.

—¿De verdad te ves así? —le pregunto en voz baja.

Se encoge de hombros y vuelve a coger la cerveza.

—Más o menos.

—¿Y yo qué?

—¿A qué te refieres?

—Creía que había dejado claro en tu piso que no es así como te veo.

—Bueno, sí, pero eso es diferente. Solo estabas siendo amable, ¿no? Como siempre. Estoy hablando de todos los demás.

—Mmm. —Me recuesto en la silla, pensativa—. Entonces, ¿pierdo el tiempo aquí sentada diciéndote que eso tampoco es lo que ven los demás?

—Sí, más o menos.

—Vale, entonces no lo haré, pero estás muy pero que muy equivocado en esto, Jack. No tienes ni idea de lo equivocado que estás.

—Pero no puedes negar el contraste —insiste Jack, mordiendo el anzuelo como esperaba—. Antes era un soldado condecorado y valiente, y ahora... —hace un gesto de disgusto hacia sus piernas y su silla— ahora soy esto.

—Deja de hacer eso ahora mismo —le digo con severidad.

—¿El qué?

—Compadecerte de ti mismo. Cuando nos conocimos me dejaste claro que lástima era lo último que querías de mí, así que no tienes derecho a sentirla por ti mismo.

Jack me fulmina con la mirada, pero yo se la devuelvo con una expresión igual de desafiante.

—Tienes todo el derecho a sentirte triste. Todo el derecho a sentirte agraviado por la vida que has perdido. Le pasaría a cualquier persona normal, pero lo que no puedes hacer es referirte a ti mismo como una cosa. Sigues siendo la misma persona que eras. Que tu cuerpo ya no esté tan completo como antes no significa que no debas compadecerte de ti mismo ni tener fe en los que te quieren y cuidan de ti.

La expresión de Jack se ha ido suavizando gradualmente a lo largo de mi discursito. Ahora su rostro me mira con ternura, más que con ira.

–Tienes razón, por supuesto –responde en voz baja–. En todo. A veces no puedo evitarlo.

–Es totalmente comprensible –le digo, cogiéndole la mano por encima de la mesa–. Cualquiera que haya pasado por la conmoción y la transformación que tú has pasado tendrá días malos, días en los que dudará de sí mismo y de su valía. Si no lloraras por cómo era tu vida, te pasaría algo raro, pero ni por un momento dudes del valor de tu existencia actual. Tú, Jack Edwards, significas demasiadas cosas para demasiada gente.

–¿Incluyéndote a ti? –dice Jack, mirándome a los ojos.

–Sobre todo a mí –respondo, apretándole la mano–. Después de todo, ¿a quién más voy a encontrar para ver mi telenovela secreta?

Le sonrío y él me devuelve la sonrisa.

–Eso es muy cierto. Nadie más se lo creería, ¿verdad? Todavía no estoy seguro de creérmelo yo, y he estado involucrado en cada episodio. –Nos miramos por encima de la mesa, todavía cogidos de la mano–. Siento lo de hace un momento –dice Jack, avergonzado–. No tienes por qué cargar con mis preocupaciones.

–Ni tú ni tus preocupaciones son una carga. Me alegro de que hayas compartido todo eso conmigo; de alguna manera te hace más... humano.

Jack se ríe.

–¿Más humano? ¿Cómo me veías antes? ¿Como un super-héroe en silla de ruedas?

–No, pero tienes algo de invencible.

–¿En serio? ¿Incluso con esto?

–Sin duda. La mayor parte del tiempo me olvido de que

vas en la silla. ¿Recuerdas cuando nos conocimos? No tenía ni idea hasta que fuiste a invitarme a una copa.

—Fue gracioso; tu cara era un cuadro.

—A eso me refiero. Solo pensé que eras un tipo un poco complicado, obstinado, testarudo, engreído y con muchas ínfulas.

Jack se ríe de nuevo.

—Eso suena a mí, pero ¿qué piensas ahora?

—Más o menos lo mismo, en realidad...

Sonrío.

—Graciosísimo —dice Jack con amargura—. No, en serio, ¿qué piensas?

—Otra vez buscando cumplidos, ¿no? —pregunto con ligereza, pero Jack pone cara seria—. Creo que eres un hombre muy complejo —añado, intentando desesperadamente encontrar las palabras adecuadas—. Tu exterior duro no deja ver en absoluto tu lado más sensible, que sé que intentas mantener oculto.

—¿Cómo sabes que tengo un lado sensible?

—Porque lo he visto, cuando estás con Ben, o con mi Barney, o cuando vemos a Clara y Arty. Ese es tu verdadero yo, Jack, no el Jack que quieres que la gente piense que eres.

—Parece que ya me conoces bastante bien.

—No, creo que me queda mucho más por descubrir.

—Tengo muchas ganas de besarte ahora mismo —dice Jack en voz baja; sus ojos no pierden los míos de vista.

—Yo también tengo ganas de que me beses...

—Entonces salgamos de aquí —sugiere Jack—. Y busquemos un lugar mucho más tranquilo.

Asiento y estoy a punto de levantarme cuando alguien se acerca a nuestra mesa.

—Kate, sabía que eras tú —dice Julian, sonriéndome. Mira a Jack—. ¡Hola! Jack, ¿verdad?

Jack asiente.

—Siento molestaros, pero quería darte esto, Kate. —Me da una bolsa de plástico—. Es tu camiseta de tirantes. Te la dejaste en mi casa el otro día cuando te vestiste con prisas.

Julian vuelve a mirar a Jack para asegurarse de que lo entiende.

Yo también miro a Jack, y no me cabe la menor duda de que ha entendido sin problema lo que quiere decir Julian.

Treinta

—¡Jack! —exclamo, levantándome de un salto mientras él empieza a retroceder de la mesa como si fuera a marcharse—. ¡No es lo que piensas!

—¿Y qué es lo que pienso, Kate? —pregunta Jack, con una expresión pétrea en el rostro.

Miro fijamente a Julian.

—Creía que éramos amigos —le digo—. Y, sin embargo, me haces esto.

—No lo entiendo —pregunta Julian, confundido—. ¿Qué pasa? —Nos mira a Jack y a mí, y luego a la bolsa que hay en la mesa entre todos nosotros—. ¡Ah! Ya veo lo que parece. No, Jack, ese día no ocurrió nada inapropiado... Nada en absoluto. Te doy mi palabra.

—Apuesto a que te hubiera gustado, ¿verdad? —pregunta Jack en un tono acusador—. No soy estúpido. No entendí lo que querías decir ese día; como sabes, tenía otras cosas de las que ocuparme en ese momento, pero estabas deseando que supiera que Kate estuvo desnuda en tu casa. No capté tus burdas pistas porque pensaba que solo ibas a por café.

—Espera, ¿te encontraste con Jack cuando fuiste a por nuestro chocolate caliente? —pregunto, desconcertada—. No lo sabía. ¿Por qué no me lo dijiste cuando volviste, Julian?

Julian se encoge de hombros.

—A eso me refiero —dice Jack, cruzándose de brazos para que sus bíceps destaquen aún más.

Julian mira malhumorado a Jack.

—Tú fuiste el que me dijo que no se lo contara a Kate.

—No sabía que ibas a verla en cuestión de minutos, ¿o sí?

—¡Basta, los dos! —exijo—. Y bajad la voz, que la gente nos está mirando. Vamos a intentar hablar de esto tranquilamente, como los adultos civilizados que estoy segura de que podemos ser. Siéntate, Julian.

Solo un par de personas nos estaban mirando, pero tenía que calmar la situación cuanto antes. Jack tiene razón: Julian seguramente había tenido otras cosas en la cabeza ese día, pero no tenía por qué saber que yo también pensaba eso.

Jack descruza los brazos y vuelve a coger la pinta mientras Julian se sienta en un asiento libre frente al mío con las manos juntas sobre la mesa.

—Bien —digo con toda la calma que puedo reunir—. Ahora que ya sabemos que no pasó nada entre Julian y yo —miro fijamente a Jack—, ¿puedo preguntarte por qué no querías que Julian dijera nada sobre el encuentro que tuvo contigo aquella tarde? Me parece un poco raro.

Julian mira nervioso a Jack mientras Jack mira desafiante a Julian.

Julian traga saliva.

—¿Julian? —pregunto, pensando que podría ser el más fácil de descifrar de los dos—. ¿Qué está pasando?

Julian vuelve a mirar a Jack, pero este niega con la cabeza.

—Bien, entonces —digo, exasperada por todo esto—. Jack, dime por qué. Recuerda —añado— que esta noche hemos prometido responder a cualquier pregunta que nos hagamos con sinceridad... Tus reglas.

Jack sacude la cabeza de nuevo, pero esta vez derrotado.

—La razón por la que no quería que Julian dijera que me había visto era que estaba lidiando con un problemilla en ese momento, y no creí que te conviniera saberlo.

Jack juguetea con el vaso de cerveza, ahora vacío.

—¿Problema? —le pregunto, mirándole fijamente—. ¿Qué clase de problema? ¿Alguien te ha molestado?

Miro la silla de ruedas de Jack.

—No, a mí no —dice Jack con cara de enfado—. A Anita.

—¡A Anita! —grito, y luego bajo la voz rápidamente—. ¿A Anita? —vuelvo a preguntar—. ¿Quién iba a querer molestar a Anita?

Jack vuelve a mirar a Julian. Esta vez Julian le da ánimos con la cabeza.

Jack suspira con pesadez.

—Fue tu ex... Joel.

Contengo el aliento rápidamente al oír su nombre.

—¿Joel ha estado aquí?

Jack asiente.

—En la tienda. Pasaba por allí, volvía de comprar pescado y patatas fritas para Ben y para mí, ya que, si recuerdas, ese día la lluvia le arruinó su descanso para comer, cuando oí voces que venían de tu tienda. Me detuve y asomé la cabeza por la puerta para ver si todo estaba bien.

—¿Y Joel estaba allí?

Jack asiente de nuevo.

—Anita, a decir verdad, estaba apañándoselas muy bien para librarse de él. En ese momento no sabía por qué; tan solo pensé que era un cliente molesto. Estaba muy tranquila. Era Joel el que gritaba.

Sonaba bastante a Joel.

—¿Qué hiciste? —pregunto en voz baja.

—No pude hacer mucho —responde Jack, casi avergonzado—. Con la silla... Intenté hablar con él para calmarlo, lo que pareció funcionar durante un rato, y casi lo saco de la tienda, pero entonces empezó a hablar de ti otra vez y a exigir verte. Anita tuvo que explicarme quién era y por qué no querías verlo, y fue entonces cuando se puso como un loco.

—Ahí es donde entro yo –dice Julian, dispuesto a participar–. Acababa de comprar nuestros chocolates y vi a Jack hablando con alguien a través de la puerta de tu tienda, y entonces yo también oí que alguien levantaba la voz y pregunté si podía ayudar de alguna manera.

–¿Ah, sí? –pregunto, muy sorprendida.

–Sí –dice Julian, con cara de molestia por el hecho de que hubiera dudado de que estuviera dispuesto a enfrentarse a alguien por mí–. Puede que no tenga la experiencia militar de Jack, pero estoy instruido en el arte de la negociación.

Julian lo dice como si hubiera negociado con rehenes para salvarlos de situaciones de conflicto con personas armadas.

–Instruido... ¿en qué sentido? –pregunto, escéptica.

–Estuve en el equipo de debate de la universidad durante varios cursos –dice Julian con orgullo–. Tuvimos varias discusiones muy acaloradas y animadas en nuestra sala de debate.

Sorprendentemente, me dan ganas de reírme, pero me doy cuenta de que Jack ni siquiera esboza una sonrisa.

–Julian me fue muy útil –dice para respaldarlo–. Mientras mantenía a Joel ocupado hablando con él, hice unas llamadas rápidas y reuní algo de músculo.

–¿Músculo? –repito–. ¿Usaste la violencia física para deshacerte de Joel?

–No, al final no hizo falta. Cuando Joel se dio cuenta de que unos cuantos lugareños habían aparecido en la puerta de la tienda, dándole a entender que sería una buena idea que se fuera y no volviera nunca más, pareció pillar el mensaje.

–Pero aun así podría volver –digo con inquietud–. Eso no lo detendrá.

–No, pero lo que Anita le dijo sí. Como te dije el otro día, es una mujer muy sabia.

–¿Qué le dijo?

—Es un poco complejo de explicar, pero, en resumen, que tú y Molly habíais seguido adelante con vuestras vidas y que, si él se preocupaba tanto por ti, te dejara ir y te permitiera ser feliz.

—¿Y le hizo caso?

—Eso me pareció. Fue como si de repente lo entendiera. Estoy seguro de que la fila de muchachos en la puerta de la tienda ayudó a transmitir el mensaje con más fuerza.

—Seguro —digo, intentando asimilarlo todo. No me puedo creer que Joel haya estado aquí, en St. Felix, y no me haya enterado—. Supongo que debo daros las gracias —digo al cabo de unos instantes. Los miro. Ambos parecen haberse relajado visiblemente a ambos lados de la mesa ahora que su secreto ha salido a la luz—. Muchas gracias por ayudar a Anita aquel día; estoy segura de que os está muy agradecida. Sin embargo, deberíais haberme contado lo que pasó. —Me dirijo a Julian—. Tú, Julian, porque eres mi amigo, y los amigos no se mienten. —Julian parece avergonzado—. Y tú, Jack —me vuelvo hacia él—, deberías habérmelo dicho, porque creo que significamos mucho el uno para el otro y no creía que tuviéramos secretos.

—No los tenemos —dice Jack a la defensiva—. Al menos no el uno con el otro. Sabes lo mucho que significas para mí, Kate. Solo quería protegerte.

—¿Protegerme? —lo pongo en duda—. Sobreprotegerme, más bien. No tenéis ni idea de lo que me ha hecho pasar ese hombre. Si ha vuelto a acercarse a mí, tengo derecho a saberlo.

—Pero... —empieza a decir Jack.

—No, ahórratelo, Jack. —Le hago un gesto con la mano—. Es que no lo entiendes.

—Bueno, creo que...

—Dime —digo a bocajarro—, ¿qué es lo que más odias de estar en tu silla, Jack?

Jack parece confuso.

–Odias cuando la gente te trata como a un niño, cuando te tratan con condescendencia y no te hablan como a un igual, ¿no?

Jack asiente:

–Sí, pero no es lo mismo que esto.

–¿En qué se diferencia? –exijo–. ¿Es que vosotros dos, confabulando a mis espaldas y ocultándome secretos, me tratáis como a un igual? ¿Creíais que no me enfrentaría a la verdad? ¿Creéis que mantenerme a salvo significa mentirme?

–No te mentimos, Kate –dice Julian–. No te lo dijimos, eso es todo.

–¡Pero no es solo eso! –grito–. No lo entendéis. Necesito gente a mi alrededor en la que pueda confiar. Después de esto, ¿cómo voy a volver a confiar en vosotros?

Mientras me dirijo hacia la puerta del bar, siento que se me saltan las lágrimas.

«No, Kate –me ordeno–. ¡No te atrevas a llorar ahora!».

Vuelvo a mirar a Jack y a Julian mientras atravieso el abarrotado *pub* y los veo discutiendo entre ellos, seguramente sobre quién va a venir a por mí.

Jack parece ir ganando, así que acelero para salir por la puerta del *pub* sabiendo que abrirse paso entre la multitud de gente que hay en el bar será mucho más difícil para él de lo que lo ha sido para mí. Si es él quien me sigue, no tengo que preocuparme por escapar. Sintiéndome mal por ese pensamiento, me detengo fuera del *pub*, preguntándome hacia dónde girar. Sé que no debería usar la discapacidad de Jack en su contra.

Hace una tarde apacible en St. Felix y la gente disfruta de agradables paseos por el puerto, parándose a mirar los escaparates de las tiendas cerradas y contemplando el resplandor anaranjado del cielo mientras el sol se pone en la bahía.

Jack, para mi sorpresa, aparece por la puerta del *pub* mucho antes de lo que había previsto, así que de repente tengo que moverme deprisa. Como de costumbre, he olvidado que la gente se aparta automáticamente cuando aparece alguien en silla de ruedas, como si no quisieran que los acusaran de no ayudar al discapacitado. Al principio pensaba que la gente era amable y servicial, y a veces lo era, pero lo he visto demasiadas veces con Jack como para fingir que no existe.

No tarda mucho en verme huyendo por el puerto y sale a toda prisa tras de mí.

—¡Kate! —lo oigo decir cuando me he alejado del puerto y me dirijo a una cuesta empedrada bastante empinada—. Kate, espera, por favor.

Dudo. Me siento mal de que Jack intente seguirme en su silla.

«Pero ¿te sentirías mal si fuera una persona sin discapacidad corriendo detrás de ti?», me pregunto. Como la respuesta es «no», sigo corriendo, diciéndome a mí misma que Jack no querría que lo tratara de otra manera.

Al final, doblo otra esquina y llego a la misma colina empinada y cubierta de hierba en la que Jack y yo nos tropezamos cuando yo paseaba a Barney, y Jack ahora aminora la marcha mientras subimos por el camino asfaltado central. Por suerte para él, yo también empiezo a ralentizarme por culpa de mi pésima forma física y me quedo sin aliento. Después de un minuto más o menos, el nivel de forma física superior de Jack le permite ponerse a mi altura al fin.

—¡Por fin! —dice Jack, poniéndose a mi lado—. Creía que nunca te alcanzaría.

—Pues por mí... como si... vuelves a bajar la colina rodando —respondo malhumorada, intentando recuperar el aliento—. No quiero hablar de esto... Has perdido el tiempo.

—Ni de coña —dice Jack—. No he hecho todo este esfuerzo para que te vayas tan enfadada.

–Creo que tenía todo el derecho a salir del *pub* cuando lo he hecho.

–Explícame cómo el hecho de que dos amigos, o tres en realidad, se preocupen lo suficiente por ti como para querer protegerte te da derecho a una rabieta infantil.

–Bueno, si no me hubierais tratado como a una niña, tal vez no tendría que comportarme como tal.

–Siento no haberte contado lo de Joel. Anita y yo tuvimos una larga discusión sobre si contártelo o no después de que Julian nos dejara. Pensamos que era lo mejor. Confías en el juicio de Anita, ¿verdad?

–Sí, pero...

–Creo que estaba pensando en Molly más que nada. Entiendo que ella era la razón por la que Joel conocía tu paradero. Creo que Anita también la estaba protegiendo. Molly se habría sentido fatal si hubiera sabido que ella era la razón de que apareciera Joel.

Jack tenía razón, por supuesto. Molly se sentiría fatal. Especialmente ahora que sabe la verdadera razón por la que Joel y yo rompimos.

–Pero podrías habérmelo dicho –respondo, sin ceder–. Tenía derecho a saberlo.

–Sí, estoy de acuerdo. Echando la vista atrás, quizá debería haber sido un poco más firme con Anita, pero a veces tomamos decisiones precipitadas que no siempre son las correctas.

Hemos llegado a la cima de la colina. Podría subir por el estrecho sendero de tierra hasta la pequeña capilla que hay en la cima, pero Jack no podría seguirme en su silla, así que hasta aquí hemos llegado.

–Lo siento otra vez, Kate –insiste Jack cuando me detengo al borde de la colina y miro hacia el mar–. Solo quería protegerte.

—Sí, ya lo has dicho, pero yo no necesito que me protejan.

Jack guarda silencio un momento mientras ambos contemplamos el vasto océano frente a nosotros.

—¿Alguna vez te has parado a pensar que quizá no lo he hecho solo por ti, sino también por mí? —dice Jack en voz baja.

—¿Qué quieres decir? —le pregunto, volviéndome hacia él.

—¿Cómo crees que me sentí cuando vi a Joel en tu tienda y vi a Anita tan alterada intentando lidiar con él? Mi antiguo yo habría entrado allí y lo habría echado directamente, tanto si quería como si no. En lugar de eso, tuve que pedir refuerzos para hacer algo que debería haber hecho yo mismo. —No lo había pensado así—. Así que quizá protegerte a ti y a Molly para que no os enterarais de lo que había pasado podría haber sido una medida egoísta, aunque estúpida, por mi parte para sentirme un poco mejor por ser insuficiente una vez más.

—No eres para nada insuficiente, Jack —le digo—. De verdad que no. No consigo que lo entiendas.

—¿Por qué estabas en casa de Julian? —pregunta Jack de repente, intentando que parezca una pregunta casual.

«Otra vez lo mismo».

—No seas esquivo, Jack —le espeto, sintiendo que vuelvo a enfadarme instantes después de haberme calmado—. Dilo sin rodeos. Lo que quieres decir es: «¿Por qué estabas en casa de Julian sin ropa?». Creía que ya lo habíamos explicado en el bar, pero sigues sin fiarte de mí, ¿verdad?

—En mi experiencia, hay muy pocas razones por las que una mujer se desnudaría en casa de un hombre. Quizá tenga una discapacidad física, pero no mental.

Jack vuelve a observar el mar, evitando mi mirada, lo cual me irrita.

—¡No te atrevas a montarme dos veces el numerito de que tienes una discapacidad! —le digo, dando pisotones delante de su silla de ruedas para que tenga que mirarme bien–. No después de todas las veces que te has quejado de mí por mencionarlo.

–Me estorbas –dice–. No puedo ver el paisaje.

–¿Por qué estás tan obsesionado con las vistas hoy? No me moveré hasta que me escuches. Sea lo que sea lo que pienses de mí, Jack, yo no engaño cuando estoy en una relación. No me acuesto con cualquiera y nunca miento.

–¿Es esa última parte una indirecta para mí otra vez? –pregunta Jack.

–La única razón por la que me dejé la camiseta en la secadora de Julian fue porque me mojé con la lluvia después de salir de tu tienda ese día. Fui a ver la antigua casa de Freddie, la que habíamos visto juntos en las imágenes. Entonces no sabía que era la casa que Julian tenía en St. Felix ni que se alojaba allí. Me vio fuera empapada y me invitó a entrar, y luego se ofreció a secarme la ropa. Me puse una bata mientras mi ropa estaba en la secadora, tomamos chocolate caliente y hablamos de su padre. Eso fue todo, y luego me fui. Debí de olvidarme la camiseta en la secadora y me puse la camisa y los vaqueros para volver a la tienda. Me fui con un poco de prisa.

–¿Por qué te fuiste con prisas? –pregunta Jack, deseoso de saber la respuesta.

–Si tanto quieres saberlo, Julian estuvo probando... Intentando ligar conmigo, quiero decir. No que se probara la camiseta. –Hago una mueca por haber hecho una broma tan mala, pero Jack guarda silencio–. Así que, sí, tenías razón, parece que siente algo por mí y eligió esa tarde para dejarlo bien claro.

Una expresión de suficiencia aparece en el rostro de Jack.

–¡Deja de mirarme así! Tú eres el que sigue sin llevar razón, no yo.

–Entonces, ¿no pasó nada en su casa?

—¿Cuántas veces más te lo tengo que decir? No, por supuesto que no pasó nada. Jack, eres tú quien me gusta. ¿No te das cuenta? A saber por qué, viendo cómo te comportas a veces, pero a pesar de todas nuestras diferencias hay algo entre nosotros. Algo especial, espero.

Para mi gran alivio, Jack me sonríe. Me coge la mano y tira de ella hacia él para poder besarme el dorso. Luego vuelve a tirar de ella para que no tenga más remedio que seguir mi mano con el cuerpo.

De repente siento mis labios en los de Jack y compartimos el más suave de los besos. Nada que ver con lo que había imaginado que serían. Cuando lo había besado antes había sido yo la que lo había hecho; ahora era su turno.

—Siéntate en mi regazo —me pide.

Sin decir nada, hago lo que me pide y me siento sobre él con tanta delicadeza como puedo, pero Jack quiere más bien lo contrario. Antes de que me dé cuenta, me levanta las piernas y me pone de lado, de modo que mis piernas cuelgan por encima de su silla y apoyo la cabeza en su pecho ancho. Cuando me rodea con esos brazos fuertes y me estrecha contra él, me siento como en casa, envuelta en su cálido abrazo.

Levanto la cabeza hacia él y nuestros rostros quedan a milímetros de distancia.

Jack me mira a los ojos:

—Ahora puedo besarte como es debido.

—¿Por qué no lo haces? —le pregunto, ansiosa por sentir el contacto de sus labios con los míos.

Siento la parte superior de su cuerpo tensa y firme contra mí. El contacto íntimo con Jack es muy placentero.

—Porque no quiero que te pierdas esto —dice, y mira hacia el mar.

Sigo su mirada y me sorprendo al ver la preciosa puesta de sol de color rojo sangre que tenemos frente a nosotros.

—Es igual que el cuadro –le susurro a Jack mientras me giro hacia él–. El cuadro de Arty y Clara.

—Lo sé –me susurra antes de volver a besarme–. Es como si la historia se repitiera... pero esta vez solo para nosotros.

Treinta y uno

Buenos días, Kate –dice Anita al llegar a la tienda a la mañana siguiente–. ¿Cómo estás hoy, querida?

–Genial, gracias, Anita –respondo, feliz–. Muy bien.

–Bien, me alegra oír eso –añade Anita mientras cuelga la rebeca y el bolso en la parte de atrás de la tienda–: He oído que tuviste algún altercado anoche.

–¿Altercado? No, qué va. ¿Quién te lo ha dicho?

Había decidido no decirle nada a Anita sobre la visita de Joel. No quería pelearme con ella más de lo que quería pelearme con Jack o Julian.

–Rita, del Merry Mermaid, se lo dijo a Janice en la farmacia, así que, cuando fui a por mi receta esta mañana, Janice me preguntó si estabas bien. –Meneo la cabeza. ¡La velocidad a la que corren los cotilleos por aquí es increíble!–. Algo de que saliste furiosa del *pub* y Jack salió detrás de ti –dice Anita al volver a la tienda–. Pero está claro que se equivocó.

Suspiro.

–Bueno, vale, tuvimos un pequeño desacuerdo, pero ya está todo arreglado.

No puedo evitar sonreír al recordar lo de anoche en la colina.

Jack y yo estuvimos sentados un buen rato mirando la puesta de sol y el uno al otro, acurrucados los dos, conociéndonos aún mejor. La increíble puesta de sol se había convertido en un cielo repleto de estrellas, y lo contemplamos con el mismo asombro y unión, hasta que finalmente hizo demasiado frío para seguir allí sentados, y con tristeza tuvimos que volver al pueblo.

Hablamos brevemente sobre la posibilidad de pasar la noche juntos, pero ambos estuvimos de acuerdo en que sería un poco preocupante para nuestros respectivos hijos no encontrarnos a ninguno de los dos en nuestra propia cama a la mañana siguiente. O habría sido aún más chocante que alguno de ellos se hubiera encontrado una visita inesperada en la habitación de sus padres.

Lamentándolo mucho, nos despedimos y nos prometimos estar en contacto al día siguiente.

—Por la expresión de tu cara —dice Anita, sonriéndome—, diría que está más que «arreglado».

—Digamos que Jack y yo hemos dado un paso adelante en nuestra relación —respondo, devolviéndole la sonrisa a Anita.

Anita asiente satisfecha y no me pregunta nada más.

—¡Buenos días, campistas! —saluda Sebastian, que entra por la puerta unos minutos después. Esta mañana hemos recibido una gran entrega, así que he hecho venir a mis dos empleados para tramitarla con rapidez y con el menor trastorno posible para la tienda—. Bueno, jefa, ¿qué has estado haciendo? —pregunta Sebastian con una sonrisa malévola—. ¡Eres la comidilla del pueblo!

—No me lo digas; ¿has ido a la farmacia y Janice te ha preguntado cómo estaba? —respondo, cansada.

Sebastian parece perplejo.

—No, he ido a la panadería y Ant me ha preguntado qué pasaba entre Jack y tú. Cuando le he dicho que no sabía a qué se refería, me ha dicho que os habían visto en la colina anoche al atardecer, besándoos y muy acarameladitos.

Pongo los ojos en blanco.

«Qué pueblo».

–¿Sabes que somos la comidilla del pueblo? –me pregunta Jack más tarde, cuando voy a su tienda con las últimas piezas de fieltro bordadas.

Las imágenes han empezado a llegar una detrás de otra, y ahora que tanta gente parece saber que Jack y yo somos pareja, incluidos mis propios amigos y familiares, ya no nos resulta tan difícil escabullirnos y fingir que estamos pasando un rato juntos.

–Sí, he oído todos los cotilleos –le digo mientras llevo el caballete al salón de Jack–. Parece ser que nos vieron anoche.

–¿Te importa? –me pregunta Jack mientras acerco una silla a su lado.

–¿Te parece que me importa?

Paso por alto mi silla y me siento a horcajadas sobre Jack para poder besarlo. La respuesta de Jack a este gesto espontáneo es igual de ferviente, y tira de mí hacia su regazo como anoche.

–Jack –acabo diciendo, intentando separarme un poco de él–, tenemos que ver las imágenes. Hoy no tenemos mucho tiempo.

–Se me ocurren cosas mucho mejores con las que ocupar ese poco tiempo –murmura Jack, sin soltarme.

–Pero para eso no quiero pasar poco tiempo contigo –susurro–. Quiero pasar mucho tiempo.

–No te lo puedo garantizar –dice Jack, sonriéndome–, pero haré todo lo que pueda.

–Bueno, ¡las imágenes! –Me zafo de su abrazo y empiezo a alinear los primeros cuadros y bordados–. Hoy tenemos que ver dos cuadros diferentes... Me pregunto por qué han aparecido juntos de repente.

–A saber –dice Jack–. Tal vez sea un episodio de dos partes de nuestra telenovela de los cincuenta. Hace tiempo que dejé de cuestionármelo; ahora solo dejo que ocurra.

–Tengo que admitir que esta primera parte me preocupa un poco –digo mientras me siento en la silla junto a Jack–. Parece un poco sombría, ¿no?

–Eso pensaba yo. Pero es una iglesia, ¿no? A lo mejor vamos a ver la boda de Clara y Arty.

–Si es así, no parece un día muy feliz –respondo, mirando con recelo la obra de arte que tenemos delante. Jack tiene razón: su cuadro es sin duda una pintura de una iglesia, pero en tonos grises y azules oscuros; no es como un artista suele representar un día de boda alegre. Mi fieltro a juego es el de las lápidas frente a la iglesia–. De verdad espero que nada les haya ido mal.

Jack me coge de la mano, muevo el fieltro bordado para que quede exactamente en el lugar correcto y esperamos ansiosos mientras volvemos a St. Felix una vez más.

St. Felix, diciembre de 1958

Clara, Arty y Maggie están de pie en un cementerio azotado por el viento mirando una tumba recién sellada. Aún no hay lápida; solo tierra suelta que denota que el titular de la fosa no lleva mucho tiempo allí.

Todos visten colores sombríos. Arty, de forma muy poco habitual, lleva traje, y Clara y Maggie vestidos negros de aspecto formal. Clara lleva además un pequeño sombrero negro, y Maggie se ha recogido el pelo con una cinta negra.

–Pensaba que vendría más gente al funeral –dice Clara, mirando hacia la tumba–. Solo estábamos nosotros tres y algunas personas más. Es muy triste.

–Era muy reservado –dice Arty, de pie junto a ella–. No le gustaba la vida social. Estaba solo con su pintura. Decía que después de la muerte de su mujer, Irene, no le quedaba más familia.

—Aun así, esperaba que más gente presentara sus respetos. Es de buena educación.

Arty le aprieta la mano enguantada a Clara.

—¿Estás bien, Maggie? —le pregunta, rodeándole el hombro con el brazo.

Maggie se limita a asentir. Ha estado muy callada desde que Freddie murió. El médico dijo que se había ido plácidamente mientras dormía, y lo descubrió un vecino que se preguntaba por qué no había abierto la parte superior de la puerta de su casa, como siempre hacía cada mañana, lloviera o hiciera sol, para «dejar entrar el aire de St. Felix».

—¿Qué pasará con todos sus cuadros ahora que se ha ido? —pregunta Maggie, formulando una muy buena pregunta que nadie se había planteado aún—. ¿Y si los tiran cuando vacíen su casa? A Freddie no le gustaría.

—Nos aseguraremos de que eso no ocurra, Maggie —la tranquiliza Arty—. ¿Qué tal si vamos mañana y vemos qué va a hacer el casero con ellos?

Maggie asiente.

—Es hora de despedirse, Maggie —dice Clara con dulzura.

No se había dado cuenta de lo mucho que significaba este amable anciano para Maggie hasta que les llegó la noticia de su muerte. Clara y Arty habían vivido la guerra, durante la cual oír noticias de gente que moría era algo habitual. Pero la muerte y todo lo que conlleva era algo nuevo para su hija, y estaba siendo un golpe muy duro para ella.

Maggie asiente.

—Adiós, Freddie —dice con tristeza—. Eras encantador. Gracias por todos los buenos momentos que compartimos. Nunca te olvidaré.

Le pone una flor blanca sobre la tumba.

—Todos teníamos mucho que agradecer a Freddie —dice Arty, mirando de nuevo a la tumba y luego a Clara—. Si no fuera por él, tu madre y yo no estaríamos juntos.

287

Clara asiente con la cabeza. Sabe que Arty se refiere a que, después de llevar a Maggie a casa de Freddie la primera vez para comprobar que todo iba bien, Clara se dio cuenta de que Arty solo quería lo mejor para ellas. Se ablandó y su relación empezó a florecer desde entonces, de modo que hace unos meses Clara aceptó la proposición de Arty y ahora están prometidos.

—Ojalá pudiese saberlo —dice Clara con dulzura.

—Creo que Freddie sabía mucho más de lo que la gente pensaba —dice Maggie, alejándose de la tumba y cogiendo la mano de su madre—. Mucho mucho más.

—Vaya, qué triste —digo, apartando la mirada de las imágenes, que han empezado a arremolinarse otra vez.

—Sí, ha sido triste, pero era un hombre mayor —dice Jack con seriedad—. Había tenido una buena vida.

—Supongo que sí, pero está claro que Maggie estaba muy unida a él y, obviamente, es muy triste para ella... —Hago una pausa—. ¿Pasamos a la segunda imagen? Los colores son un poco más brillantes. Creo que es de la casa de Freddie, ¿no?

—Eso parece. Menos mal que las estamos viendo en el orden en que aparecieron para que todo sea cronológico. Si no, no habríamos sabido lo que estaba pasando... De todos modos, yo apenas lo sé.

—Calla, embustero —me burlo mientras pongo el segundo cuadro en el caballete—. Estás disfrutando de todo esto tanto como yo.

—Tenerte aquí tiene sus ventajas —dice Jack, sonriendo. Vuelve a cogerme la mano mientras espera a que coloque el fieltro en su lugar correspondiente, delante del cuadro—. Eso es algo que tengo que agradecerles a estos cuadros.

Le aprieto la mano.

—¿Listo? —pregunto, deslizando el fieltro.

—Listo.

Maggie y Arty caminan juntos hacia la casa de Freddie. Ambos sienten aprensión por volver a visitarla sabiendo que él no estará allí esta vez.

Arty había acompañado a Maggie en sus visitas en bastantes ocasiones durante el último año, y había llegado a conocer bien a Freddie en ese tiempo. Era un hombre tranquilo, amable e inteligente, y Arty había disfrutado sentándose a pintar con él y escuchando sus historias sobre St. Felix y su vida allí casi tanto como Maggie. Arty le había traído algunos de sus propios lienzos para que los utilizara con la excusa de que ya no usaba ese tamaño. Freddie era un hombre orgulloso y Arty sabía que no aceptaría nada que pareciese caridad, así que cuando le llevaba piezas de material artístico siempre utilizaba la excusa de que ya no las quería o no las usaba. No estaba seguro de que Freddie lo creyera siempre, pero era lo bastante amable como para aceptar los regalos de Arty sin rechistar.

Cuando llegan a la puerta de la casa de Freddie, se sorprenden al ver las puertas abiertas y oír el ruido de martillazos, golpes y gritos procedentes del interior.

—¡Buenos días! —dice Arty tímidamente a través de las puertas.

—Buenas, amigo, ¿puedo ayudarte? —pregunta un hombre vestido con un mono azul y una gorra de tweed que se acerca a ellos por la cocina.

—Sí, tal vez sí. ¿Qué estáis haciendo aquí?

—Reformas, amigo. Este sitio no lo han tocado en años. El nuevo propietario lo quiere todo impecable lo antes posible.

—¿Nuevo propietario? Pero yo creía que esta casa era alquilada.

—Lo era, creo, pero el propietario la ha vendido ahora. Por lo que sé, recibió una oferta que no pudo rechazar.

Maggie tira de la mano de Arty.

–¿Y sabes qué ha pasado con los cuadros que había aquí? –pregunta Arty, mirando las paredes desnudas

La casa ya casi no parece el hogar de Freddie; los albañiles están desmontando los viejos armarios de la cocina y hay polvo por todas partes.

–No sé nada de ningún cuadro, amigo. La casa estaba vacía cuando llegamos.

–Bien, gracias. Solo una cosa más: ¿sabes por casualidad quién es el nuevo propietario?

El albañil se encoge de hombros.

–No, nos ha contratado una empresa de Londres. Nos movemos por Penzance, por lo general.

–Ya veo. Bueno, gracias por tu tiempo –dice Arty, tirando de la mano de Maggie para irse.

–Pero ¿dónde están los cuadros de Freddie? –exclama Maggie, sin moverse del sitio–. ¿Los han tirado?

–No, seguro que no, Maggie –dice Arty con dulzura–. No te preocupes, los encontraremos.

–Podríais preguntarle a George; es la casa número diez –sugiere el albañil, mirando a Maggie con preocupación–. Si había algo importante aquí, quizá él lo sepa.

–¿George? –pregunta Arty.

–Es el antiguo propietario. Aunque ha vendido el local, sigue supervisando las obras para el nuevo propietario. Viene a ver cómo vamos de vez en cuando.

–Vale, eso haremos. Gracias de nuevo.

Arty vuelve a tirar de la mano de Maggie y esta vez ella lo sigue.

–¿Dónde están los cuadros de Freddie, Arty? –vuelve a preguntar Maggie.

–No lo sé, Maggie –responde Arty con determinación–, pero vamos a averiguarlo.

Llaman a la puerta del número diez y les abre un hombre con chaleco blanco, tirantes y zapatillas.

—¿Sí? —pregunta, desconfiado—. ¿Qué pasa?

—Buenos días —dice Arty con confianza, suponiendo que se trata de George—. Creo que usted era el casero del número tres, al final de la calle.

—Sí, ¿quién pregunta?

—Éramos amigos del hombre que vivía allí... Freddie... —responde Arty, dándose cuenta de repente de que no sabe el apellido de Freddie.

—Querrá decir Wilfred —dice George—. Ese era su verdadero nombre. Dejaba que los niños lo llamaran Freddie porque consideraba que era más amistoso. ¿No estuvieron en su funeral? —pregunta, mirándolos a los dos.

—Sí, sí que estuvimos. ¿Usted estuvo, entonces?

—Sí, parezco otro cuando voy de traje —dice George, pasándose la mano por el poco pelo que le queda—. Pensé que alguien debía ir, porque no esperaba que fuera mucha gente, y tenía razón. ¿Por qué preguntan por Wilfred?

—Nos preguntábamos qué ha pasado con sus cuadros ahora que ha fallecido —pregunta Arty—. Sé que ahora ha vendido la casa, pero, antes de que llegaran los albañiles, ¿la vació?

—Es curioso que pregunte eso —dice George, frunciendo el ceño—, porque yo me preguntaba exactamente lo mismo. Un día el viejo Wilfred estaba allí pintando y al siguiente se lo llevó el director de la funeraria. Cuando fui a ver la casa unos días después para asegurarme de que seguía cerrada, todos sus cuadros habían desaparecido.

—¿Desaparecido? —repite Arty—. ¿Cómo que desaparecido?

—No lo sé. Fue extraño. No parecía que se hubieran llevado nada más, aunque tampoco es que el viejo tuviera mucho; solo los cuadros. No valían nada, así que no molesté a la policía. Tal vez a alguien le gustaron... Aunque no sé por qué; algunos parecían hechos por un niño. No te ofendas, cariño —le dice a Maggie.

Maggie se le queda mirando.

–¿*Cuándo recibió la oferta por la casa?* –*le pregunta Arty.*

–*Unos días después. Surgió de la nada, pero era una oferta demasiado interesante para rechazarla. Nos ha dado a mi mujer y a mí unos buenos ahorros.*

–¿*Sabe quién la compró?*

–*Una empresa, creo que con sede en Londres. Yo no sé mucho de este tipo de cosas, así que mi hijo nos ayudó con todos los documentos y cosas complicadas para asegurarse de que todo estaba en regla. Trabaja en un banco –dice George con orgullo–. Es listísimo.*

–*Estoy seguro –contesta Arty, asintiendo–. Y le pagaron bien. ¿Ha llegado todo el dinero?*

–*Sí, ya lo tengo todo en mi nueva cuenta bancaria. Mi hijo nos la abrió.*

–*Estupendo. Me alegro por usted –dice Arty, consternado.*

Las posibilidades de encontrar las pinturas de Freddie se están desvaneciendo rápidamente.

–*Siento no poder ser de más ayuda con los cuadros –se disculpa George. Vuelve a mirar a Maggie–. Te veía ir y venir mucho a casa de Wilfred. Sé que siempre apreció tus visitas.*

Maggie parece que va a llorar en cualquier momento.

–*Nadie sabe por qué han desaparecido los cuadros... –añade George, moviendo la cabeza–. Deben de habérselos llevado por la noche, ya que alguien los podría haber visto durante el día. Es un misterio.*

–*Un misterio que voy a resolver –dice Arty con determinación–. Un artista tan bueno como Freddie; no, Wilfred... ¿Cuál era su apellido?*

–*Jones –responde George–. Wilfred Jones era su nombre completo.*

–*Uno tan bueno como Wilfred Jones no va a caer en el olvido. Me aseguraré de ello.*

Las imágenes se arremolinan y empiezan a desvanecerse.

—Maldita sea, otra vez algo triste —digo, volviéndome hacia Jack—. Me pregunto qué habrá sido de los cuadros.

—Está claro que los robaron —responde Jack, que sigue mirando el caballete.

—Pero ¿quién iba a querer robar los cuadros de un anciano? Todo el mundo los describía como infantiles; no podían ser tan buenos...

Dejo la frase a medias mientras miro los cuadros que tenemos delante.

—¿Qué pasa? —me pregunta Jack—. Te has puesto un poco pálida de repente.

—«Infantiles» —repito—. Todo el mundo los describía como «infantiles».

—¿Y qué?

—La última vez que vi cuadros así fue en la Lyle Gallery, en la exposición de Winston James. El mundo del arte utiliza términos como «naíf» e «inocente» para describir ese tipo de pintura. Pero, al parecer, hay algo más en ella que no todos, incluida yo misma, entendemos.

—De verdad que no te sigo, Kate.

Miro fijamente a Jack.

—No puede ser, ¿verdad?

—¿No puede ser qué? —pregunta Jack con cara de desconcierto—. ¿De qué estás hablando?

—Wilfred Jones. Winston James —le digo—. Tienen las mismas iniciales.

Jack vuelve a mirarme fijamente, a punto de decir algo, pero de repente comprende.

—Espera. ¿Estás diciendo que crees que ese tal Winston James robó los cuadros de Freddie?

—No puedo estar segura, pero Julian me contó que su padre compró la casa de Freddie por esa época. Es una gran coincidencia, ¿no crees?

–Pero ¿por qué haría eso? ¿No era un artista por derecho propio? ¿Por qué robar las pinturas de otra persona?

–No lo sé. –Se me arruga la frente mientras intento recordar las conversaciones que he tenido con Julian sobre su padre–. No estoy segura de que tuviera tanto éxito por aquel entonces. Quizá vio los cuadros de Freddie y pensó que podría ganar dinero con ellos. Arty parecía pensar que eran bastante buenos.

–Si no tenía éxito, ¿cómo pudo permitirse comprar la casa?

–¡Uf, no lo sé! –exclamo con frustración–. Pero... –continúo, pareciendo tan decidida como Arty hace un momento– voy a averiguarlo. Puede que sea esta –le digo a Jack, que me mira atónito– la razón por la que hemos estado viendo todo esto. Esta podría ser la razón por la que la magia de St. Felix nos ha elegido para ayudar.

Treinta y dos

—Me alegro mucho de que hayas llamado, Kate —me dice Julian cuando, un par de días después, quedo con él para tomar un café en una de las muchas cafeterías de St. Felix—. Me moría de ganas de encontrar un momento para disculparme por lo de la otra tarde. Siento mucho lo que pasó.

—No pasa nada, Julian. Es agua pasada. De hecho, me has hecho un favor —le digo, intentando mantener la calma y la compostura.

Tengo que averiguar más cosas sobre el padre de Julian y su posible relación con los cuadros desaparecidos.

Jack y yo visitamos ayer la exposición de Winston James en la Lyle, y observamos detenidamente todos y cada uno de los cuadros. Todos tenían el mismo estilo simplista, con las mismas líneas duras y pinceladas atrevidas, y todos tenían las iniciales «W. J.» grabadas en la esquina inferior derecha. Lo que no había notado antes, sin embargo, era que algunas de las imágenes estaban pintadas en trozos de madera y metal, así como en lienzos de artista, al igual que las de Freddie.

—W. J. —le susurré a Jack mientras examinábamos los cuadros—. Todo el mundo supone que son las iniciales de Winston James, pero ¿y si son las de Wilfred Jones?

—Pero eso no prueba nada —me susurró Jack—. Mucha gente tiene las mismas iniciales.

—Lo sé, pero es muy fácil hacer suposiciones, ¿no? ¿Recuerdas cuando recibí esos misteriosos ramos de flores? Al principio pensé que eran tuyas. Porque la tarjeta que venía con ellas estaba firmada con una «J.». Luego pensé que eran de Joel, pero gracias al cielo no lo fueron. Cuando por fin descubrí que los dos eran de Julian, me quedé de piedra. Es muy fácil ver lo que quieres, Jack. Nadie nunca ha cuestionado que estas pinturas fueran de otra persona, porque no tienen motivos.

–¿Julian te envió más de un ramo de flores? –preguntó Jack con una pizca de celos–. No lo habías mencionado antes.

Jack y yo también les echamos otro vistazo al cuadro y al bordado que teníamos de la casa de Freddie, de cuando Arty la había visitado por primera vez, para ver si podíamos vislumbrar mejor sus pinturas en el interior. Nos preguntamos si la magia funcionaría por segunda vez, ya que solo habíamos visto los cuadros cobrar vida una vez cada uno, pero, para nuestra alegría, así fue. Fue como ver una repetición de uno de tus programas favoritos en la televisión: sabíamos lo que iba a pasar, pero aun así estábamos deseando verlo de nuevo y, como suele ocurrir cuando ves algo dos veces, nos dimos cuenta de cosas que no habíamos visto la primera vez. Por desgracia, sin embargo, seguía siendo increíblemente difícil ver bien los cuadros de Freddie, pero sospechábamos que podían ser los mismos que los de la Lyle Gallery. Pero, si lo eran, ¿cómo íbamos a demostrarlo?

–¿Que te he hecho un favor? –pregunta Julian con expresión perpleja mientras levanta su café–. ¿Por qué?

–Digamos que Jack y yo nos conocimos mucho mejor esa noche.

Me muerdo el labio inferior. No quería contestarle de forma tan evidente. No está bien burlarse de Julian, aunque siga enfadada con él por lo del chaleco.

–Ya veo –dice Julian. Asiente con la cabeza y agacha la mirada hacia la mesa–. Al final ganó el mejor, supongo.

—No soy un premio por el que haya que luchar —le digo con severidad—. Me temo, Julian, que siempre iba a ser Jack. Como he intentado decirte, solo quiero ser tu amiga.

—¿Todavía? —pregunta Julian, volviendo a levantar la vista—. Pensaba que lo había arruinado al no contarte lo de Joel y llevar tu ropa al *pub*.

—Casi lo arruinas, pero, como he dicho, todo ha salido bien y ahora estoy aquí, ¿no?

—Me alegro de que estés aquí, Kate, y lo siento de nuevo. Me he comportado como un idiota.

—No pasa nada, Julian, de verdad. Ya está todo olvidado.

—No, claro que pasa. Tengo que aprender a comportarme como un adulto decente, no como un niño privilegiado de colegio privado que siempre consigue lo que quiere. Me han mimado toda mi vida, Kate, y ha llegado el momento de madurar. Me has hecho darme cuenta de ello, y hasta el otro día pensaba que lo estaba haciendo bastante bien. O, al menos, me estaba esforzando, y luego lo eché a perder cuando te vi con Jack en el *pub*. Me avergüenza decir que estaba celoso y que mi reacción inmediata fue vengarme e intentar haceros daño a los dos, pero cuando cometí ese acto tan atroz me sentí tan mal que enseguida intenté arreglar las cosas.

Asiento con la cabeza.

—Pensé que podría ser algo así, pero, como he dicho, ya está olvidado. Todo ha salido bien. —Hago una pausa. Necesito encarrilar esta conversación. He venido para intentar averiguar más cosas sobre Winston James, pero ahora que estoy aquí vuelvo a sentir lástima por Julian. En realidad no es una mala persona; es solo que su comportamiento no es muy acertado—. ¿Por qué crees que te comportas así? —le pregunto con cautela, con la esperanza de que esto nos lleve a hablar de nuevo de su padre.

–Es muy fácil para la gente decir «la culpa es de los padres» –dice Julian con timidez–, pero la verdad es que yo culpo a los míos.

–Continúa –lo animo.

–Aunque me enviaron a un internado y no se molestaron en venir a verme la mayoría de las vacaciones, se las arreglaron para mimarme de niño con dinero y regalos caros. Y siguieron mimándome del mismo modo cuando por fin terminé los estudios. Primero fui a la universidad, por supuesto, pero me mantuvieron con una buena paga cada mes, también de mi madre esta vez, ya que ella tenía casi tanto dinero como mi padre cuando lo heredó de mis abuelos. No tuve que luchar para llegar a fin de mes como algunos de mis compañeros, ya que mis padres me daban pagas generosas que podía despilfarrar.

–Algunos pensarán que eres muy afortunado –insinúo.

–Sé que parezco un niño llorón y mimado, Kate. Créeme, yo también lo oigo, pero solo intento reconstruir para ti y para mí por qué soy como soy ahora.

–Continúa –repito.

–Después de la universidad decidieron que trabajara en la empresa familiar, pero no empecé desde abajo y fui ascendiendo para aprender bien cómo funcionaba. Qué va; entré directamente en la cima, y me gustaría poder sentarme aquí y decir que me comporté con cierta modestia y decoro en ese puesto, pero me avergüenza decir que no fue así. Estoy seguro de que todo el personal me odiaba, y de que la mayoría sigue odiándome.

Vuelve a levantar la taza y bebe un buen trago de café.

–Quizá tus padres hacían lo que creían que era mejor para ti –le digo, intentando sugerirle algo útil–. Tal vez se sentían avergonzados por no haber pasado más tiempo contigo cuando eras muy pequeño, así que intentaron demostrarte su amor de la única forma que sabían, colmándote de regalos y, más adelante, de dinero. Algunos padres hacen eso, ¿no? Creen que pueden comprar el amor de sus hijos, cuando los niños lo único que quieren es su tiempo y su afecto.

Julian me mira desde el otro lado de la mesa.

—Ay, Kate, qué sabia eres —dice en voz baja—. Apuesto a que no hacés eso con tu hija, ¿verdad? Seguro que ella recibe todo tu tiempo y tanto amor que no sabe qué hacer con él.

—Bueno —le respondo—, estoy segura de que podría haberle dedicado más tiempo en el pasado; no es fácil ser madre soltera y llevar tu propio negocio, pero ella sabe que la quiero.

—Estoy seguro de que sí —dice Julian, asintiendo—. Y apuesto a que tú tampoco la malcrías, ¿verdad?

Nos estamos desviando del tema. ¿Cómo hemos acabado hablando de Molly ahora? Tengo que volver a hablar del padre de Julian, pero, cuanto más escucho a Julian, más difícil me resulta que me caiga mal. Sí, a veces es complicado pero, sabiendo cómo fue su infancia, ¿es realmente culpa suya?

—No, la verdad es que no la malcrío —respondo—, pero en realidad nunca he tenido los medios para ser madre soltera. Quizá tus padres querían malcriarte porque podían. Dijiste que tu madre recibió una herencia, pero ¿y tu padre? ¿Venía de una familia rica?

—No, no que yo sepa. La que tenía toda la riqueza era la familia de mi madre, pero mis abuelos paternos debieron de apoyarlo en sus comienzos como pintor. Al principio no ganaba mucho dinero con eso, eso sí lo sé. Hasta que no se fue a Estados Unidos no empezó a tener algo de éxito; parecía que allí sí que les gustaba su trabajo.

—¿Sabes por qué se fue a Estados Unidos? Seguro que no era tan común en los años cincuenta.

Julian parece perplejo.

–¿Cómo sabes que fue entonces cuando se fue allí?

–Me lo dijiste, ¿recuerdas? –me apresuro a decir–. Cuando cenamos.

–Ah, sí, es verdad. Anda, parece que lo único que hago es desahogarme contigo, Kate.

–No me importa –le aseguro–. Quiero ayudar. Entonces, ¿por qué se fue?

–No lo sé, la verdad. Me parece que quería intentar vender su arte en otro sitio... ¡Y funcionó! No tardó en tener éxito. Creo que los estadounidenses no habían visto nada parecido a mi padre hasta entonces.

Asiento con la cabeza.

–¿Cuándo compró la casa en la que estabas el otro día? ¿Lo hizo con los ingresos de sus ventas o la compró antes de irse de St. Felix?

Por suerte, Julian no parece pensar que sea una pregunta extraña.

–No, no compró la casa hasta principios de los sesenta, cuando vendió muchas de sus obras y empezó a ganar algo de dinero. Creo que antes era un hostal.

–Debió de ser muy pequeño. Esa casa solo tenía un par de habitaciones en la planta de arriba.

–Sí, supongo que sí. Creo que había algunas propiedades en la calle que eran hostales en aquel entonces. Si no recuerdo mal, una empresa londinense las compró una a una y luego las dirigió una sola casera. ¡Supongo que sus huéspedes desayunaban todos juntos por la mañana en una de sus muchas casas! –Sonríe ante su pequeña broma, luego sacude la cabeza y dice–: De todos modos, nada de eso importa ahora.

–No, la verdad. Solo me preguntaba por qué tu padre compraría una vieja casita de pescador cuando vivía en Estados Unidos.

–¿Recuerdos, quizá? –dice Julian–. O, conociendo a mi padre, es más probable que viera una buena oportunidad de negocio. ¿No fue en los años sesenta cuando la gente empezó a ir de vacaciones al extranjero por primera vez? Apuesto a que el hostal no iba demasiado bien y mi padre se lanzó a comprarlo a precio de ganga. Algo muy típico de él.

Sonrío. Esto sigue sin llevarme a ninguna parte con respecto a los cuadros de Freddie. Lo único que está consiguiendo es retratar a Winston James de un modo no demasiado halagador.

–El otro día estuve en la galería –le digo como quien no quiere la cosa, mientras remuevo la cucharilla de café alrededor de mi taza, ahora medio vacía–. Y volví a ver la obra de tu padre.

–Ah, sí –dice Julian, terminándose el café–. ¿Había gente adulándolo, hablando de lo maravilloso que es todo?

Este tono casi sarcástico no se parece en nada al Julian que conocí al principio, el que ensalzó los cuadros de su padre en la inauguración de la exposición. Aquel Julian era un engreído y aclamaba la obra de su padre, pero el Julian con el que estoy ahora es una persona muy diferente, una que quiere redimirse de sus muchos defectos y alejarse de los de su padre.

–No –le contesto–, solo estaba yo echando otro vistazo. Discúlpame si me estoy metiendo donde no me llaman, pero la forma en que describes a tu padre no parece encajar en absoluto con su estilo de pintar. Es decir, que es tan... –elijo mis palabras con cuidado– simple y puro, y tú describes a tu padre como un poco...

Dudo, pero Julian termina la frase por mí:

–¿Un poco cabrón? ¿Te parece una descripción adecuada?

–Bueno, yo no iría tan lejos.

–Pero lo era –insiste Julian–. En lo único que pensaba mi padre era en el dinero y en cómo conseguir más. Nunca se preocupó por mí ni por nadie en realidad. Imagino que mi madre era simplemente una esposa florero para él. Era muy guapa en su época y, como ya he dicho, pertenecía a una familia muy rica. Por eso mi padre estaba tan interesado en ella. Como te decía, adoraba el dinero.

–Estoy segura de que no es verdad.

–Lo es, Kate. Hiciera lo que hiciera, nunca era lo bastante bueno para él. No me dio el puesto en su empresa porque confiara en mí, sino para vigilarme, para asegurarse de que no hiciera nada que los avergonzara a él ni manchara su nombre. Me sorprende que me dejara a cargo del negocio cuando murió. Habría sido mejor si no lo hubiera hecho. Al menos habría tenido que valerme por mí mismo.

–¿Tu madre sigue viva? –pregunto con delicadeza.

Julian niega con la cabeza.

–No, murió hace cinco años.

–Entonces, ¿solo quedas tú? ¿No tienes hermanos ni hermanas?

Julian vuelve a negar con la cabeza.

–Puede parecer una pregunta impertinente, pero ¿heredaste el patrimonio de tu madre?

Julian se me queda mirando un segundo.

–Sí, ¿por qué?

–¿Y está separado del patrimonio empresarial de tu padre?

–Por supuesto. Siempre lo he mantenido así. Que quede entre nosotros, Kate, yo solo soy empleado de la empresa. Ni siquiera tengo acciones. Cuando murió mi padre, decidí mantenerlo así. Me pareció más sencillo seguir cobrando un sueldo generoso que cualquier otra cosa.

–Vale –digo, asintiendo con la cabeza mientras lo pienso–. Menos mal.

—¿Por qué? –Julian parece desconcertado–. ¿Qué insinúas, Kate?

—Te sugiero que dejes tu trabajo lo antes posible y pienses en empezar algo nuevo.

—¿Por qué iba a hacer eso?

—En primer lugar, te libraría de la sombra constante que el nombre de tu padre proyecta sobre ti y sobre todo lo que haces. Y, en segundo... –Vuelvo a vacilar. ¿De verdad debería decirle esto? Sí, tengo que hacerlo. Lo justo es que esté advertido. Nada de esto es culpa suya–. Y, en segundo lugar –repito–, tengo la sensación de que el nombre de Winston James y cualquier empresa con la que esté asociado van a sufrir bastante pronto una... una mala noticia, digamos. Y, cuando esa noticia salga a la luz, creo que harías bien en estar lo más alejado posible.

Treinta y tres

–¿Y va a ayudarnos? –pregunta Jack con suspicacia–. ¿Así de fácil?

–Sí. Te dije que Julian no era tan malo.

–Pero ¿por qué querría ayudarte a manchar el nombre de su padre? Yo pensaba que sería al revés y que estaría intentando detenerte.

Lanzo la pelota de Barney por la arena y él la persigue mientras Jack y yo lo observamos. Hemos sacado a Barney a pasear para poder hablar en privado de lo que ha sucedido antes con Julian, lejos de los oídos indiscretos de nuestras dos tiendas y de sus diversos empleados.

–Julian nunca quiso a su padre, y creo que tiene unos principios muy firmes. De haber pensado por un momento que su padre había robado esos cuadros, habría sido el primero en levantar la mano y admitirlo.

Jack no parece tan seguro.

–Confía en mí, Jack. Julian nos ayudará.

–¿Y no ha querido saber cómo hemos averiguado todo esto? –pregunta Jack–. No se lo has contado todo, ¿no?

–No, todo no. No he mencionado los cuadros y los bordados, claro. Le dije que no podía decirle cómo lo sabía porque, si no, traicionaría la confianza de alguien. Le pedí que confiara en mí.

–¿Y lo hizo?

–Creo que sí.

–Yo no sé si lo haría –dice Jack, bajando de su silla para volver a lanzarle la pelota a Barney.

–¡Gracias!

–No, me refiero a confiar sin ver ninguna prueba. Claro que confiaría en ti. Te confiaría mi vida, Kate. –Me coge de la mano y yo le sonrío–. Entonces, ¿toca esperar? –pregunta Jack.

–Sí, por ahora toca esperar y confiar en que Julian haga lo que dice que va a hacer.

Al día siguiente, estoy en la tienda, mirando por el escaparate y pensando en Clara, Arty, Maggie, y ahora también en Freddie, cuando Molly entra en la tienda.

–Lo he hecho –dice, consternada.

–¿Qué has hecho? –pregunto, aún distraída.

–He roto con Chesney.

–Ay, Molly, siento no haberme dado cuenta. ¿Cómo ha ido?

Molly se encoge de hombros.

–No muy bien.

–Las rupturas rara vez van bien. ¿Cómo estaba él?

–Enfadado al principio; luego un poco... despechado.

–¿Despechado?

–Sí, como si estuviera bromeando o algo así. No estoy segura de que creyera de verdad que quería cortar con él. –Se ríe a medias–. Menuda autoestima tiene.

La rodeo con los brazos y la abrazo.

–Estoy segura de que no será la última vez que tengas que romper con un chico. Como he dicho, nunca es fácil.

–No creo que me interese por los hombres en el futuro –dice Molly con un suspiro–. Es demasiado complicado. Me quedaré con Ben. ¿Sabías que es gay?

–Sí –digo, sonriendo–. Lo sabía. Es un chico encantador.

–Sí, el mejor, ¡y mucho más divertido que un novio de verdad! Podemos salir juntos sin todos esos rollos.

Me suena el móvil en el bolsillo. Lo saco y miro la pantalla. Es Julian.

–Perdona, Molly, tengo que contestar. ¿Estarás bien?

–¡Por supuesto! –dice Molly–. Anita nos ha dejado una tarta Reina Victoria arriba, así que creo que voy a ver si me animo comiéndomela.

–Hola, Julian –digo rápidamente en el auricular mientras Molly sube al piso–. ¿Alguna alegría?

–Lo tengo –dice Julian.

–¿Tan pronto?

–Sí, no ha sido fácil conseguirlo, pero te sorprendería lo sencillo que es convencer a la gente cuando hay dinero de por medio.

No me gusta pensar que Julian haya tenido que sobornar a alguien para conseguir la información que necesitamos, pero es la única forma de llegar al fondo de este misterio.

–¿Qué tienes? ¿Un nombre, un número, una dirección? –pregunto, esperanzada.

–Todo eso –dice Julian con orgullo–. ¿De verdad crees que servirá de algo?

–Sí –respondo con confianza–. De verdad que sí.

A la hora de comer me reúno con Jack y nos dirigimos a la casa de Julian.

Jack y Julian se saludan con cierta incomodidad, pero hoy no tengo tiempo para sus inseguridades masculinas, ya que tengo que seguir adelante con lo que de verdad nos trae aquí.

–Aquí tienes –dice Julian, dándome un trozo de papel–. Todos los datos de la última propietaria del número 7 de Treleven Hill, en St. Felix.

Julian ha conseguido lo que nosotros no pudimos: el nombre, el número y la dirección de la última propietaria de la casa de la puerta azul. La casa de la que procedían tanto la máquina de coser como el caballete, y la casa en la que encontramos el nombre de Maggie garabateado en el armario bajo la escalera.

Miro el papel. Ponía «Susan Cross», seguido de un número de móvil y una dirección cerca de Penzance.

—¿La llamo? —les pregunto a los dos.

—Ese es el plan —responde Jack—. A menos que quieras que lo haga yo.

—No, ya llamo yo —digo, y respiro hondo antes de pulsar los dígitos en el teléfono.

Casi espero que Susan Cross no conteste. Siempre he desconfiado cuando me llama un número desconocido, así que me preparo para dejar un mensaje, pero para mi sorpresa alguien contesta.

—¿Diga?

—Ah, hola —respondo, mirando fijamente a los otros dos—. ¿Es Susan?

—Sí. ¿Quién es? —dice; tiene un acento extraño, mitad británico, mitad estadounidense.

—No me conoce, pero me llamo Kate... Kate Anderson. Me preguntaba si podría hacerle algunas preguntas sobre la casa que tiene en venta.

Hay una ligera pausa antes de que Susan diga con voz seca:

—Todas las preguntas sobre la casa deben dirigirse al agente inmobiliario..., perdón, a la agencia inmobiliaria. ¿Cómo ha conseguido mi número?

—No, no se trata de la compra de la casa —me apresuro a decir—. Se trata de quién vivía allí. Me pregunto si conoce a alguien que se llame Maggie, Clara o incluso Arty.

Se hace el silencio al otro lado de la línea y me pregunto si Susan me habrá colgado.

—¿Cómo ha dicho que se llama? —pregunta.

—Me llamo Kate y busco a alguien que pueda haberlos conocido. Sé que vivían en la casa o que alguien de su familia los conocía.

–No tengo ni idea de lo que está hablando –dice Susan–. Como le he dicho, si tiene alguna pregunta sobre la casa, póngase en contacto con nuestro agente inmobiliario. La casa saldrá a subasta muy pronto y entonces podrá pujar por ella.

«¡Maldita sea!».

Miro a la pared y veo uno de los grabados de Winston James.

–¿Y Freddie? –digo a toda prisa, antes de que cuelgue–. ¿Sabe algo de él?

–¿Qué ha dicho? –pregunta Susan bruscamente.

–Freddie –repito–. Creo que en realidad se llamaba Wilfred.

Se produce otra larga pausa, pero esta vez no creo que Susan haya colgado. Al final, dice:

–Creo que tenemos que hablar.

Treinta y cuatro

—Deja de moverte —dice Jack mientras esperamos a Susan en la cafetería al día siguiente—. Me estás poniendo nervioso.

—Lo siento, no puedo evitarlo. Estoy nerviosa. Me pregunto de qué querrá hablarnos Susan.

—Pronto lo sabrás, ¿no?

Susan ha quedado con nosotros al día siguiente en St. Felix. Dijo que vendría en coche desde Penzance, pero no dijo nada más que nos diera alguna esperanza o expectativa.

—Debe de tener algo que ver con Freddie —continúo, golpeando la mesa con el dedo—. No le interesó nada de lo que le dije hasta que lo mencioné.

—No tendrás que esperar mucho más —dice Jack, mirando hacia la entrada de la cafetería—. Creo que es ella.

Una mujer de mediana edad con el pelo oscuro recogido en una cola alta y suelta mira con curiosidad el interior de la cafetería.

—¿Susan? —le digo mientras me levanto. Ella asiente y se acerca a nuestra mesa—. Soy Kate —me presento, tendiéndole la mano—. Y este es Jack. Gracias por aceptar reunirte con nosotros.

Susan nos da la mano a los dos, coge una silla y se sienta.

—¿Quieres tomar algo? —le pregunto—. ¿Té, quizá, o un café?

—No, gracias —responde—. No puedo quedarme mucho tiempo.

—Bien, de acuerdo entonces —digo, sintiéndome increíblemente nerviosa de nuevo.

No sé por qué, pero siento un gran peso sobre mí, el peso no solo de nuestras expectativas, sino también de las de Arty y Maggie, por resolver este misterio.

–Entonces, Susan –dice Jack, tomando el relevo al ver que me quedo callada–, de los nombres que Kate te mencionó ayer por teléfono, ¿conoces alguno?

Susan asiente.

–Los conozco a todos –admite para mi sorpresa–. Bueno, digo conozco... Conocía a algunos. –Respira hondo–. Clara y Arty eran mis abuelos, y Maggie es mi madre.

Observo a Susan mientras Jack continúa.

«¿La pequeña Maggie de los cuadros sigue viva? No sé por qué, pero suponía que todos ellos ya habrían fallecido».

–Ya veo... –dice Jack, que suena como un detective en una novela policíaca a punto de resolver el crimen.

–¿Por qué preguntáis por ellos? –pregunta Susan–. ¿Tiene que ver con la casa?

–Nos ha llegado cierta información –responde Jack enigmáticamente–. No podemos decir cómo ni de quién, pero creemos que tiene que ver con tu familia y posiblemente con la relación que tuvieron con un pintor llamado Freddie, o más bien Wilfred Jones, para llamarle por su nombre correcto.

Susan mira a Jack con suspicacia.

–Voy a ser sincera con vosotros dos –dice, volviéndose también hacia mí–, con la esperanza de que vosotros también lo seáis conmigo. La única razón por la que estoy aquí hoy es que mi madre está enferma... muy enferma en realidad. Tiene demencia.

–Siento mucho oír eso –digo, reaccionando–. Lo siento mucho. Pobre Maggie.

Susan me mira con extrañeza. No la culpo; al fin y al cabo no sabe cómo conocimos a su madre. Solo somos dos extraños haciendo unas preguntas peculiares.

—¿Conoces a mi madre? —pregunta Susan, reflejando mis pensamientos—. Porque suena como si la conocieras.

—No la conozco exactamente...

Miro a Jack; quizá debería callarme.

—Lo que Kate quiere decir es que hemos oído hablar mucho de ella. Sabemos que superó la poliomielitis en los años cincuenta, que estuvo en silla de ruedas y que luego aprendió a andar de nuevo. Tu madre debió de ser una mujer fuerte. Créeme, sé lo difícil que es perder el uso de las piernas.

Susan asiente.

—Sí, todo eso ocurrió, pero ¿cómo...?

—Eso no importa —la interrumpe Jack rápidamente—. Lo que importa ahora es Freddie. Es evidente que sabes algo de él. Kate dijo que reaccionaste por teléfono cuando mencionó su nombre.

—Sí, es verdad, y eso es a lo que venía. Como mi madre tiene demencia, no siempre tiene mucho sentido lo que dice, y se pierde bastante en sus recuerdos del pasado. Pero a veces puede ser tan precisa como un bisturí, y uno pensaría que no le pasa nada. Son esos momentos los que más apreciamos ahora.

Asentimos en señal de comprensión y esperamos a que Susan continúe.

—Voy a tener que contaros algunos antecedentes para que lo que voy a decir tenga sentido. ¿Os parece bien?

—Perfecto —digo, deseosa de saber todo lo que podamos sobre Maggie.

—Mis abuelos vivieron muchos años en St. Felix. Mi abuelo era artista y mi abuela tenía una pequeña tienda allí. Unos años después de casarse compraron la casa que vendemos ahora. —Sonríe—. Tenían la intención de ponerle un nombre, pero mi abuela siempre la llamaba «la casa de la puerta azul», y así se quedó el nombre.

Me invade una sensación de calidez.

—Por desgracia, mi abuela, a la que nunca conocí, murió antes de que yo naciera de una neumonía contraída durante una gripe, creo.

Esta noticia me revuelve el estómago. Pobre Clara.

—Pero mi abuelo siguió viviendo en la casa con mi madre durante muchos años. No era su verdadera hija, pero siempre la cuidó como si lo fuera. Un día, cuando tuvo edad para hacerlo, mi madre decidió que quería encontrar a su verdadero padre. Estoy segura de que a mi abuelo no le hizo mucha gracia, pero mi madre era muy testaruda, y sigue siéndolo —sonríe Susan—. En fin, lo único que sabía era que se trataba de un militar estadounidense del que mi abuela se había quedado embarazada al final de la guerra, cuando estaba destinado cerca de su casa, así que os podéis imaginar que no fue nada fácil tratar de encontrarlo.

Miro a Jack. Por fin conocemos la historia de Clara. Maggie era fruto de un escarceo con un soldado estadounidense en tiempos de guerra.

—Así que decidió ir a Estados Unidos para intentar encontrarlo, y así fue como llegué yo. Mi madre, como mi abuela antes que ella, se quedó embarazada de alguien a quien solo conoció brevemente y nunca volvió a ver. Por lo visto es cosa de familia. —Sonríe de nuevo—. A mí también estuvo a punto de pasarme, pero me alegra decir que al final me casé con el padre de mi hija.

Ahora soy yo la que sonríe. La historia de su familia me resulta demasiado familiar.

—¿Tu madre encontró a su verdadero padre? —pregunto.

—Sorprendentemente, sí. Él ya estaba casado y tenía otra familia, pero acogieron a mi madre y luego a mí en su familia.

—Qué bonito —digo—. ¿Así que Maggie y tú os quedasteis en Estados Unidos?

–Sí, unos diez años. Veíamos mucho a mi familia adoptiva, y pasábamos Acción de Gracias y Navidad con ellos. Fueron muy generosos con nosotros, pero mi abuelo inglés enfermó y mi madre decidió volver aquí para cuidarlo. Al fin y al cabo, él la había cuidado cuando lo necesitaba, y ahora le tocaba a ella devolverle el favor.

Pienso en Arty, solo en aquella casa durante tanto tiempo, y en lo mucho que debió de significar para él que Maggie volviera a estar con él.

–Así que nos mudamos aquí de nuevo y vivimos en esa casa durante muchos años. Con el tiempo, mi abuelo Arty falleció, así que allí nos quedamos solas mi madre y yo, hasta que de repente me tocó a mí seguir adelante. Estaba desesperada por volver a Estados Unidos. Sentía que allí había crecido mucho. Pero siempre volvía al Reino Unido para ver a mi madre, y en uno de esos viajes conocí al que se convertiría en mi marido, el padre de mi hija Maggie.

–¿Llamaste a tu hija como tu madre? ¡Qué bonito! Debe de ser un poco confuso con dos Maggies en la familia.

–Normalmente lo sería, pero mi madre se fue volviendo cada vez más excéntrica a medida que envejecía. Durante un tiempo empezó a responder solo al nombre de Peggy.

–¡Otro apodo cariñoso para Margaret! –digo, entendiéndolo de repente–. Por eso nadie en St. Felix conocía a Maggie, porque la última vez que estuvo aquí se hacía llamar Peggy. Mi compañera creía recordar a una anciana excéntrica llamada Peggy que vivía en la casa de la puerta azul. Dijo que era muy reservada.

–Así es. Se convirtió en una especie de ermitaña en aquella casa grande y vieja, pero empezamos a darnos cuenta de que se estaba volviendo olvidadiza y nos preocupamos por ella. Mi hija se trasladó a Cornualles para estar más cerca de ella; también es artista, así que no le supuso un gran sacrificio venir a Cornualles a pintar y a cuidar de mi madre. Antes vivía en Londres. No queríamos que mi madre se diera cuenta de que la estábamos vigilando, así que hicimos que pareciera lo más natural posible.

Se me ocurre algo más.

–¿Pasaba tu hija mucho tiempo en casa cuando era pequeña?

–Sí, pasábamos las vacaciones aquí con mi madre.

–¡Eso explica las pintadas del armario! Pensamos que eran de tu madre, pero parecía un poco mayor para estar jugando en un armario bajo las escaleras.

–No, era mi Maggie –dice Susan–. En aquella época estaba obsesionada con Harry Potter; supongo que todavía lo está un poco, aunque ahora tiene casi treinta años. Entonces, ¿conocéis la casa?

–Sí –admito–. La visitamos con el agente inmobiliario cuando se puso a la venta.

–Pero ¿por qué?

–Es curioso, pero Jack y yo nos conocimos porque los dos habíamos comprado cosas de esa casa. Le pediste al dueño de la tienda de antigüedades Noah's Ark que te vaciara la casa, ¿no?

Susan asiente.

–Sí, tardamos varios años, pero empezamos a darnos cuenta de que los olvidos de mi madre eran cada vez más graves. Se olvidaba de comer y de lavarse, y a menudo parecía no saber qué año era, y mucho menos qué día. Se resistía a irse de casa, por supuesto. Es testaruda, como he dicho antes, pero tuvimos que obligarla por su propio bien. Maggie, mi hija, dijo que cuidaría de ella en su casa de Penzance, ya que allí hay más asistencia disponible, para que mamá no tuviera que ir a una residencia de ancianos, pero no estoy segura de cuánto tiempo podrá seguir cuidándola. Últimamente está bastante mal. ¿Alguno de vosotros ha tenido a alguien cercano que sufra demencia?

Sacudimos la cabeza.

—Me alegro. Espero que no os pase nunca. Es realmente horrible presenciarlo, pero, como he dicho antes, hay algunos días más animados. Me estoy quedando con Maggie mientras limpian y venden la casa, para que no tenga que lidiar con todo y con mi madre. No queríamos vender la casa, pero, si mi madre necesita atención especializada, eso ayudará a pagarla, ya que es carísima. ¿Has dicho que comprasteis algunas cosas de la casa?

—Sí, creo que tengo la vieja máquina de coser de tu abuela.

—Y yo tengo el viejo caballete de Arty —dice Jack.

—¡Los tenéis vosotros! ¡Qué maravilla! Me alegro de que fueran a buenos hogares. Mi madre siempre decía que eran especiales. Es una verdadera lástima que no pudiéramos quedarnos con todo, pero esa casa guardaba muchas cosas y también muchos recuerdos —dice con nostalgia—. Por eso trajimos a mi madre aquí no hace mucho. Estaba desesperada por volver a ver el lugar, así que dejamos que ella, bueno, sus recuerdos, nos guiaran por St. Felix. Nos llevó a lugares extraños.

—¿Como cuáles? —pregunto, pensando si ya sé la respuesta a mi pregunta.

—Nos llevó al final del puerto, junto al faro. Y luego por el sendero de la costa. Puede que a mi madre le falle la cabeza, pero no el cuerpo. Luego a unos apartamentos de vacaciones en los que, a juzgar por lo que decía, podría haber estado el estudio de Arty, y después, y esto es muy raro, a una de las antiguas casitas de pescadores. Se quedó fuera mirándola, y luego empezó a murmurar algo realmente extraño. Decía algo sobre Freddie y los cuadros de Freddie. No teníamos ni idea de lo que quería decir.

Miro a Jack. Está tan pálido como me siento yo de repente.

—Se alteró bastante —continúa Susan—, así que la llevamos a tomar una taza de té a la cafetería al aire libre, junto a la Lyle Gallery. Se calmó un poco, así que pensamos que todo iba bien, pero entonces vio un cartel de una exposición de arte que había en la galería y juro que nunca había visto a mi madre moverse tan deprisa. Era como si volviera a ser una niña.

—¿Qué pasó entonces? —pregunto, aunque estoy bastante segura de lo que ocurrió.

Julian mencionó un incidente en la galería, y, sabiendo lo que sé ahora, estoy segura de que va a ser esto.

—Pagamos para entrar y ella se dirigió directamente a la exposición temporal que tenían. Entonces se quedó muy callada. Se quedó mirando los cuadros durante un rato y luego empezó a llorar. Se derrumbó por completo en medio de la galería, sollozando. Intentamos consolarla y explicarle a una mujer que se había acercado, que tenía demencia y no sabía muy bien lo que hacía, pero nos pidió que nos fuéramos porque estábamos molestando a los demás visitantes. Solo había un par de personas, ¡por el amor de Dios!

Apuesto a que era Ophelia, creo. Estúpida engreída...

—Y fue entonces cuando mi madre perdió la cabeza de verdad —continúa Susan, antes de que me dé tiempo a terminar de pensar—. Pasó de inconsolable a indignada en cuestión de segundos. Empezó a gritar que le habían robado los cuadros a ese hombre y que no eran suyos, sino de ese tal Freddie. Apenas podíamos controlarla. Como digo, no es el cuerpo de mi madre lo que le está fallando; sigue siendo muy fuerte. Al final, mi hija y yo conseguimos calmarla a ella y al personal de la galería, y nos acompañaron fuera del edificio.

—¿Tu madre dijo algo más? —le pregunto—. ¿Sobre Freddie?

Susan niega con la cabeza.

—Apenas ha dicho nada desde entonces. Se ha encerrado en su propio mundo. Casi ni se comunica con nosotras. Es desgarrador, y sé que tiene algo que ver con ese tal Freddie, pero no quiere hablarnos de ello. Cuando le preguntamos se calla, así que, cuando me llamaste de repente y mencionaste su nombre, supe que tenía que venir y averiguar lo que sabías, para ver si podíamos reconstruir este misterio entre nosotras.

—Me parece que podemos hacer algo mejor que eso —le digo a Susan, que parece apesadumbrada—. Creo que podríamos resolver el misterio y corregir un error que se ha mantenido en secreto durante demasiado tiempo.

Treinta y cinco

—Gracias por conducir —dice Jack mientras viajamos juntos hacia Penzance en mi viejo y maltrecho Land Rover—. Aún no me he decidido a comprarme un coche y, como puedes imaginar, tiene que ser uno especial.

Pone los ojos en blanco cuando dice la palabra «especial».

—No pasa nada —le respondo—, no me importa. Yo tampoco conduzco mucho. Este pobre cacharro está en un garaje cerrado la mayor parte del tiempo. Los coches no son necesarios cuando pasas casi todos los días en un pueblecito pesquero como nosotros.

—No, es verdad. Supongo que por eso aún no he necesitado uno. Por suerte, me traen todo lo que pido para la tienda y el transporte público es bastante bueno si tienes que ir más lejos.

—¿Cómo lo llevas? —pregunto, adelantando a un tractor con remolque que circula muy lento—. Me refiero al transporte público.

Jack se encoge de hombros.

—Bien, puede ser un lío si tienes que pedir rampas y cosas así en trenes y taxis, pero hoy en día muchos autobuses tienen escalones que bajan automáticamente, así que eso es una ventaja.

Asiento con la cabeza.

—Supongo que lo más difícil son las cosas en las que no piensas.

—¿Qué quieres decir?

—Como cuando llegas a un sitio y no hay ascensor, o tienes que subir escaleras para entrar.

—Sí, puede ser molesto, pero casi nunca voy a ningún sitio sin comprobar antes si es accesible. Eso es algo que le falta a mi vida hoy en día: espontaneidad. Tengo que planearlo todo de antemano. Sobre todo los viajes a lugares donde no he estado antes.

—Debe de ser duro.

—Te acostumbras. Tú también te acostumbrarás si quieres pasar mucho tiempo conmigo.

Me mira, pero yo finjo estar concentrada en la carretera.

—¿Quién se ocupa hoy de tu tienda? ¿Otra vez Ben?

—Ben y Bronte. ¿Y de la tuya?

—Sebastian y Anita. Por suerte Sebastian tiene ganas de amasar todo el dinero que pueda este verano. He tenido que llamarlo mucho últimamente cuando hemos estado corriendo de un lado para otro.

—¿No se lo has pedido a Molly?

—A veces, sí, pero es demasiado joven para dejarla sola con la tienda. Sebastian y Anita tienen que estar allí con ella, así que no siempre es factible a la hora de los descansos y esas cosas.

—Me alegro de que nuestros dos hijos se lleven bien —dice Jack—. Me pone muy contento.

—Molly piensa que Ben es genial. Es como si fuera el hermano mayor que nunca tuvo.

—A Ben también le cae bien Molly. Creo que pudo ser un poco incómodo al principio, pero, una vez que Molly se dio cuenta de que es gay, su relación cambió para mejor.

—Es un joven atractivo. Muy guapo, como su padre.

Miro a Jack.

—Hacía tiempo que nadie me decía eso —dice, mirando hacia la carretera con las mejillas sonrojadas.

—Menos mal, si no, puede que no hubiera tenido ocasión de hacerlo.

—Hablo en serio, Kate. Mi historial con las mujeres no ha sido precisamente bueno desde que tuve el accidente. Es decir, ¿quién iba a querer salir conmigo?

—Supongo que lo dices porque eres un poco borde y un intenso —replico con ligereza—. Y no por tus atributos físicos o la falta de ellos.

Lo miro para ver cómo se lo ha tomado.

—Ya sabes lo que quiero decir —dice Jack con seriedad—. Soy una carga para quien esté conmigo.

—¿Te has levantado con el pie izquierdo esta mañana? —le pregunto—. ¿O te has tomado la pastilla del «ay, pobre de mí»? Hoy te estás machacando mucho.

—Me compadezco de ti, por haberte liado conmigo. Podrías irte con alguien mejor que no fuese un lisiado.

—¡Bueno, ya está bien! —exclamo, y me desvío dando un volantazo hacia la explanada de una gasolinera que estamos a punto de pasar.

—¡Guau! —dice Jack, agarrándose al salpicadero cuando freno bruscamente en la zona de llenado de neumáticos—. ¿Por qué has hecho eso?

—Porque no voy a seguir hasta que me digas qué pasa —le espeto, y apago el motor.

—¿A qué te refieres?

—Ya sabes a lo que me refiero. ¿Por qué te estás revolcando en la miseria?

—Anoche estuve pensando en ti y en Julian, eso es todo.

—¿Qué quieres decir con eso? Entre Julian y yo no hay nada.

—Obviamente le sigues gustando; si no, ¿por qué haría todo lo que ha hecho por nosotros con respecto a Maggie?

Suspiro.

—Si le gusto a Julian de otra forma que no sea como amiga, es su problema, no el mío. Le he dejado muy claro que eso es lo que siento. Creía que lo sabías.

—Lo sé. Es solo que es un hombre en forma, sano y rico. Estarías mucho mejor con él que conmigo. Yo solo voy a frenarte.

Me agarro al volante y me golpeo la cabeza contra él un par de veces, pero he olvidado que el claxon está en el centro del volante, así que también suena un par de veces.

Jack y yo nos reímos.

—Eso está mejor —le digo, cogiéndole la mano—. Jack, sabes lo mucho que me importas. Ya te lo he dicho, ¿verdad?

Jack asiente.

—Pero...

—No hay peros —lo interrumpo, poniéndole el dedo en los labios—. Me importas tú, Jack. No tu capacidad para correr una maratón o subir a toda velocidad unas escaleras. No quiero tus piernas. ¡Te quiero a ti! ¿Por qué no te das cuenta?

Jack me coge la otra mano y la aparta suavemente de su boca, de modo que ahora me agarra las dos manos.

—No te merezco —susurra—. De verdad que no.

—Sí que me mereces —le digo—. ¡Aunque soy un partidazo!

Me inclino hacia él y nos besamos y, como siempre que beso a Jack, en ese momento me olvido de todo lo demás que ocurre a nuestro alrededor. En esta ocasión, sin embargo, el hecho de que estemos sentados en mitad de una gasolinera no dura demasiado tiempo, porque un coche detrás de nosotros hace sonar el claxon.

Me separo de Jack y me giro hacia el coche que viene detrás.

—¡Vale, vale! —grito a través de la ventanilla abierta—. ¡Que algunos estamos teniendo un momento romántico!

—¡Pues pillaos una habitación, guapa! —responde el conductor.

—Eso pienso hacer —digo mientras arranco de nuevo el motor—. No te preocupes.

Salgo de nuevo al tráfico y miro a Jack. Creo que nunca lo había visto sonreír tanto como ahora.

—Hola otra vez —le digo a Susan mientras estamos en la puerta de la casa de su hija, esperando para entrar.

—Hola, Kate. Hola, Jack —nos saluda Susan, apartándose para dejarnos pasar—. Gracias por venir. Acompañadme.

La seguimos por el pasillo de la casa victoriana adosada hacia un salón en la parte de atrás.

—Vale, no puedo garantizar que esto vaya a ayudar —dice Susan, y se detiene justo antes de la puerta—. Como os advertí antes, puede ser... difícil comunicarse con mi madre, incluso en sus mejores días.

—Tendremos que intentarlo —digo con dulzura.

Susan asiente y la seguimos a la habitación.

La luz del sol entra a raudales por dos altas ventanas francesas situadas al fondo de un salón amplio y luminoso. Está amueblado en un estilo cómodo y moderno, con toques artísticos. Un gran sofá y dos sillones se bañan de luz natural, y sentada en uno de los sillones hay una mujer joven, y en el otro, una mucho mayor.

Hago una pausa al entrar en la habitación. Sabía que venir hoy aquí y encontrarme por primera vez con la Maggie de nuestras imágenes iba a ser un poco raro, pero lo que no había previsto era ver también a alguien que se parece a ella.

La hija de Susan se levanta para saludarnos. Es realmente asombroso: es justo como me imaginaba que sería Maggie de mayor. Tiene los mismos ojos, la misma tez pálida y el mismo pelo negro azabache que nuestra Maggie llevaba tantas veces recogido en coletas, pero esta Maggie lo lleva recogido en un moño suelto.

—Hola, soy Maggie —se presenta, acercándose a estrecharnos la mano—. Muchas gracias por venir hoy. Esta es mi abuela... ¿Cómo quieres que te llame hoy, abuela? —pregunta con voz clara.

La mujer mayor, que no parece haberse dado cuenta de nuestra presencia cuando entramos en la habitación, mira confundida a su nieta.

—Tenemos visita, abuela —vuelve a decir la joven Maggie—. ¿Quieres que hoy te llamemos Peggy o Maggie? Cambia de opinión casi a diario —nos explica—. ¿Verdad, abuela?

La anciana se vuelve hacia nosotros, pero no dice nada. Se limita a mirarnos fijamente con los mismos ojos que su nieta, primero a mí y luego a Jack.

—Estás en una silla de ruedas —dice—. Una vez yo también lo estuve.

—Sí, lo sé —responde Jack, empujándose hacia ella.

—Tu silla es mucho más elegante que la mía. Mi madre tenía que empujarme y no era divertido para ninguna de las dos.

Sonríe a Jack.

—Me lo imagino —contesta Jack—. Ya es bastante peñazo tener que empujarme a mí mismo.

—Esto ya es un progreso —me susurra Susan—. No suele decir nada a los desconocidos.

—Me llamo Maggie —nos dice la Maggie mayor; parece ser que ya ha elegido cómo quiere que la llamen hoy. Le tiende la mano a Jack—. ¿Cómo te llamas?

—Yo, Jack —responde Jack, cogiendo la delicada mano de Maggie entre las suyas—, y esta es Kate.

Me hace un gesto y yo avanzo, pero Maggie solo tiene ojos para Jack en este momento.

—Fuiste soldado —dice Maggie, más como una afirmación que como una pregunta.

—Sí, así es. ¿Cómo lo sabes?

Maggie señala uno de los tatuajes de Jack que asoma por la manga de su camiseta. «Militar».

–Así es.

–Mi padre estuvo en el ejército –dice Maggie–. El ejército estadounidense... A lo mejor lo conociste.

–No, no lo creo –dice Jack diplomáticamente–. Yo estuve en el ejército británico.

Maggie asiente.

–Sí, eso tendría sentido. ¿Estuviste en Normandía durante el desembarco? Mi padre estuvo en Omaha. Lo hirieron, pero sobrevivió.

Jack niega con la cabeza.

–No, me temo que fue un poco antes de mi época.

Maggie parece aceptarlo y vuelve a asentir.

–Mamá, estas personas tan amables han venido hoy a hablarte de cuando vivías en St. Felix con tu madre y Arty –dice Susan con dulzura–. ¿Te acuerdas?

–Claro que me acuerdo, niña. No estoy enferma, aunque todos me tratéis como si lo estuviera la mayor parte del tiempo.

Susan se vuelve hacia mí y hace una mueca.

–Buena suerte.

Me siento en el sillón junto a Maggie, de modo que ella queda entre Jack y yo.

–¿Quién eres tú? –me pregunta Maggie.

–Soy Kate –le digo–. Encantada de conocerte, Maggie.

Le tiendo la mano, pero Maggie se vuelve hacia Jack.

–¿Es tu novia? –pregunta.

–Sí –dice Jack, sonriéndome, y siento cómo se me sonrojan las mejillas.

–Qué pena –dice Maggie–. No suelen venir a visitarme soldados guapos.

Le hago un gesto de aliento a Jack. Es obvio que él va a llegar más lejos con Maggie que yo.

—Maggie —dice Jack en voz baja—, queríamos hablarte de Freddie.

La expresión ligeramente vacía de Maggie se aguza de repente.

—¿Lo conocías? —pregunta inmediatamente.

—Algo así —dice Jack—. Sabemos que solías pintar con él.

—Sí —dice Maggie con voz triste—. Pero luego me dejó, como me deja todo el mundo al final: mi padre, luego Freddie, luego mi madre, luego Arty, luego Susan. Todos acaban yéndose.

—Mamá, yo no estoy muerta —protesta Susan.

—Podría estar viviendo con los yanquis. Mi padre era uno de ellos —vuelve a decirle a Jack—. Estuvo en el ejército, ¿sabes?

—Sí, lo sé —dice Jack amablemente—. Nos preguntábamos si Arty y tú averiguasteis alguna vez qué pasó con los cuadros de Freddie. Desaparecieron, ¿verdad?

Maggie sacude la cabeza con tristeza.

—No, Arty los buscó y los buscó, pero nunca los encontró.

—¿Tenía idea de a dónde habían ido? —pregunta Jack—. ¿Alguna pista?

Maggie vuelve a negar con la cabeza.

—No, simplemente desaparecieron, y con ellos el nombre de Freddie. Ya nadie se acuerda de él. Solo yo. Era un gran pintor y un hombre encantador.

Maggie parece tan desolada ahora que empiezo a sentirme mal por haber venido aquí y perturbar los recuerdos de esta anciana.

—¿Lo conocías? —vuelve a preguntarle a Jack—. ¿A Freddie?

Jack niega con la cabeza.

—No, por desgracia no, pero hemos oído hablar mucho de él y queríamos ayudar a encontrar sus cuadros perdidos. Sabíamos que tú lo conocías y esperábamos que pudieras ayudarnos.

—Mamá, si esto es demasiado molesto para ti, Jack y Kate pueden irse —dice Susan, mirando a su madre con preocupación.

—¡No! —exclama Maggie con voz severa—. Ya no me quedan muchas cosas mías, pero tengo mis recuerdos. No puedes quitármelos.

—Nadie quiere quitarte tus recuerdos, abuela —le dice su nieta con dulzura—. Nadie puede ni quiere hacerlo.

—Ahora que los tengo escondidos en mi habitación, ¡no pueden! —dice Maggie crípticamente.

Asiente y cruza los brazos sobre el pecho.

—Te estás confundiendo otra vez, abuela. Tus recuerdos están guardados aquí. —Se señala la cabeza y luego el corazón—. Y aquí.

Miro a Jack.

«Exactamente lo que dijo Clara, su bisabuela...».

—No, boba —dice Maggie, mosqueada—. Me refiero a mis verdaderos recuerdos. Tengo mi caja.

Susan mira a la Maggie más joven y dice en voz baja:

—¿Qué caja?

Su hija se encoge de hombros y niega con la cabeza.

—Ya ves —dice Maggie, dándole una palmadita en la mano a Jack y sonriendo—. Creen que lo saben todo sobre mí, pero no es así.

—¿De qué estás hablando, mamá? —pregunta Susan—. ¿Qué caja?

—Si quieres ir a mi habitación, Susan, encontrarás una caja de hojalata escondida debajo de mi cama. Tráemela enseguida.

Susan, desconcertada, hace lo que se le pide mientras su madre se acomoda en el sillón con las manos en el regazo y espera pacientemente a que su hija vuelva.

—¿Alguien quiere té? —pregunta la nieta de Maggie—. Quería preguntároslo cuando entrasteis, pero se me olvidó por completo. Lo siento mucho.

–¡Té! –resopla su abuela–. Esta gente no ha venido aquí a tomar el té. Son profesionales que hacen un trabajo importante.

Me gustaría mucho tomarme una taza de té, pero ahora no me atrevo a decir nada.

–Pondré la tetera de todos modos, abuela. Sean profesionales o no –su nieta nos sonríe–, pueden tener sed.

Maggie sacude la cabeza mientras la joven desaparece en la cocina.

–No tienen ni idea –dice, dirigiéndose a mí por primera vez–. Creen que estoy completamente tarumba. No lo estoy, por supuesto, solo soy un poco olvidadiza a veces. –Asiento con la cabeza–. Pero no olvido las cosas importantes, las que importan de verdad. ¿Conocías a mi madre? –me pregunta–. Me recuerdas a ella.

–En realidad, no..., pero he oído que era una gran señora.

–Lo era. Muy buena. Le gustaba coser, ¿sabes?

–Sí, lo sé.

–Al principio hacía ropa, luego se volvió más aventurera cuando llegaron los sesenta y empezó a coser fieltros con su máquina. Los bordaba en faldas y vestidos, y con el tiempo empezó a crear sus propios cuadros con ellos. Arty pintaba y ella cosía. Éramos una familia de artistas. ¿Sabías que estuve a punto de ir a la Facultad de Bellas Artes? No se me daba mal... Pero luego tuve a Susan y olvidé todo eso.

–Eso pasa a veces cuando llegan los niños –le digo con conocimiento de causa–. Tus sueños se quedan a un lado.

–Es cierto.

–¿Te referías a esta? –pregunta Susan, que vuelve a la habitación con una caja de hojalata del tamaño de una caja grande de galletas.

–Sí, esa es –responde Maggie, cogiéndola–. No sabías que tenía esto, ¿verdad? –le dice astutamente a Susan–. Me la traje a escondidas con las pocas cosas que me permitiste conservar de mi casa antes de que las vendieras todas.

–Mamá, ya sabes que no fue así –dice Susan, sacudiendo la cabeza–. Deja de exagerar.

–Así es como me sentí –contesta Maggie, apretándose la caja contra el pecho–, pero esta no te la llevaste, ¿eh? No, me aseguré de ello.

–Bien, la tetera está puesta –dice su nieta volviendo a la habitación–. ¿La has encontrado? ¿Qué hay dentro, abuela?

Maggie nos mira a todos con aire conspirador, como si estuviera sopesando si puede confiarnos el contenido de su preciada caja.

–Aquí dentro están mis recuerdos –dice en voz baja–. Cuando no logro recordar, miro aquí y lo tengo todo; así no tengo que esforzarme demasiado. –Abre con cuidado la tapa de la lata y saca unas cuantas fotos–. Arty hacía muchas fotos cuando yo era joven. Se compró una cámara y la usaba a todas horas. Hacía fotos de todo; incluso tenía su propio cuarto oscuro en la casa grande para poder revelarlas. Mi madre se volvía loca cuando lo veía a todas horas haciendo clic con su pequeña Brownie, pero su afición se convirtió en mi salvación.

Gira una de las fotos en blanco y negro hacia nosotros y reconozco de inmediato a Clara, probablemente vestida con una de sus creaciones: un vestido de flores con falda de vuelo. Está de pie junto a una bicicleta y tiene una cesta de pícnic a los pies.

–No recordaba este día hasta que vi esta foto –continúa Maggie–, pero es del día que cumplí dieciséis años. Fuimos los tres al pueblo de al lado e hicimos un pícnic en la playa... Hacía un tiempo estupendo. –Mira las fotos que tiene sobre el regazo–. Mirad –añade, y vuelve a mostrarnos una foto–. Esta soy yo. Nunca habríais imaginado que unos años antes iba en silla de ruedas.

Todos miramos la foto de una chica guapa con el pelo largo y oscuro cayéndole en cascada por los hombros. Parece increíblemente feliz mientras sonríe a la cámara.

–No sabía que tenías todas estas fotos, mamá –dice Susan, acercándose a ella–. Qué maravilla.

Maggie levanta la mano.

–No, Susan, tú puedes verlas más tarde. Ahora es el momento de que mi amigo el soldado vea algunas fotos conmigo. –Vuelve a rebuscar en su lata–. Mira –dice, sacando otra foto en blanco y negro–. Este es Freddie.

Jack le coge la foto.

–Sí, está tomada delante de su casa. ¿Puede verla Kate también?

Maggie asiente, Jack me pasa la foto y veo a Freddie con un atuendo similar al que le vimos antes, de pie, con las manos en los bolsillos y mirando con desconfianza a Arty detrás del objetivo. Es extraño; cuando se nos apareció antes era en color y parecía muy real y lleno de vida. Ahora, en blanco y negro, Freddie parece mucho más distante y de una época lejana.

–Otra –dice Maggie, dándole la siguiente foto a Jack–. Yo pintando con Freddie en su casita.

Jack examina la foto y me la pasa. Era casi igual a la escena que presenciamos juntos antes: Maggie sentada en una mesa pintando junto a Freddie.

–Esta es de Freddie en plena acción –dice Maggie–. En esta casi ha terminado de pintar.

Esta vez vemos una foto de Freddie de pie junto a un cuadro apoyado en un caballete, probablemente uno de los de Arty. Tiene un pincel en una mano y pintura al óleo en la otra.

–Arty le dio ese caballete –dice Maggie–, porque Freddie no tenía ninguno.

Maggie sigue sacando una foto tras otra de Freddie y ella en su casita pintando, dibujando y, sobre todo, sonriendo.

–Me atormenta hasta el día de hoy el que alguien haya robado los cuadros de este hombre tan amable y encantador –se lamenta Maggie, mirando las fotos que ahora están colocadas en la mesita de café frente a ella–. La gente debe saber lo que les pasó. Tiene que saberlo.

Para mi consternación, unas lágrimas silenciosas empiezan a recorrerle la cara y caen sobre la caja de hojalata que sigue sobre su regazo.

Su nieta sale disparada hacia delante con una caja de pañuelos y Susan corre al lado de su madre.

–Creo que ya hemos tenido bastantes recuerdos por hoy –dice, mirándonos con preocupación a Jack y a mí mientras reconforta a su madre abrazándola por los hombros–. Quizá deberíais iros.

–¡No! –grita Maggie, apartando a su hija y a su nieta–. No, quiero saber si pueden ayudarme a encontrar a la persona que se llevó todos los cuadros de Freddie.

Jack me mira y asiente.

–Maggie –digo en voz baja pero con firmeza, observando las imágenes que tenemos delante–. Si nos prestas estas fotos durante un rato, y el original de Wilfred Jones que vi colgado en el vestíbulo cuando entramos, creo que no solo podremos recuperar todos los cuadros de Freddie, sino que por fin podremos darle el reconocimiento que realmente se merece.

Treinta y seis

Un mes después...

Veo a los novios dar vueltas en la pista de baile mirándose a los ojos con amor y sonrío.

Las bodas son siempre un momento de alegría lleno de pensamientos y expectativas de futuro, y esta noche no ha sido una excepción.

Amber, de la floristería, y Woody, nuestro policía local, se han casado hoy por la mañana en St. Felix y, además de los invitados que los han acompañado en la iglesia local, una segunda congregación ha esperado fuera a que saliera la feliz pareja para desearles lo mejor.

Woody es una figura muy popular en St. Felix, un hombre amable y relajado que disfruta de los placeres sencillos de la vida, y Amber es muy conocida no solo en el pueblo, sino mucho más allá, por los ramos de flores especiales que crea junto a Poppy.

A mí, junto con Molly, Anita y Sebastian, nos han invitado a la recepción vespertina que se celebra en uno de los hoteles más grandes de la localidad. Y aquí estamos, sentados en una mesa junto a Jack, a quien he traído como acompañante, para ver a los novios en su primer baile juntos.

—Forman una pareja muy bonita —dice Jack, mientras vemos a Amber y Woody balancearse de un lado a otro abrazados.

—Sí, la verdad es que sí —respondo, dirigiendo la mirada a Jack—. Por lo que he oído, parece que ha sido una boda preciosa. Ha hecho un día estupendo.

El tiempo se ha portado bien y el sol ha brillado sobre todos los asistentes, permitiendo que su día estuviera bañado de luz y de amor.

Jack me coge de la mano.

–Gracias por invitarme. Las bodas no suelen ser lo mío, pero me ha gustado estar aquí esta noche con tus amigos; son un grupo genial.

–¿A que sí? –respondo, sonriéndoles–. Tengo mucha suerte de teneros a todos en mi vida.

Jack me aprieta la mano.

–Estoy seguro de que todos sentimos lo mismo por ti.

Me inclino y lo beso.

–¡Calma! –oigo a Sebastian exclamar al otro lado de la mesa, pero no me importa; Jack y yo tenemos una relación de verdad y nunca he sido tan feliz.

–Siento interrumpiros, tortolitos –dice la voz familiar de Ben por encima de nosotros–, pero ¿habéis visto a Molly?

Para mi gran alivio, Ben ha sido el acompañante de Molly esta noche. Me alegro mucho de que Chesney ya no esté presente. Aunque no lo he visto ni he oído hablar mucho de él en las últimas semanas, tengo la impresión de que sigue rondando a Molly, y deseo con todas mis ganas que pase página y la deje tranquila. Hace poco oí hablar mal de él y agradezco que Molly rompiera con él en su momento.

–No, la verdad es que no –respondo, mirando a mi alrededor–. Dijo hace un rato que iba a salir a tomar el aire.

–No te preocupes –dice Ben con su calma habitual–. Iré a buscarla.

–¿Crees que yo también debería ir? –le pregunto a Jack mientras se aleja.

Jack niega con la cabeza.

–No, Ben la encontrará. No te preocupes.

Me recuesto en la silla y hago justo lo contrario, pero, por suerte, después de uno o dos minutos de imaginarme todo lo malo que podría haber pasado, otra voz familiar me distrae de mis angustias.

—¿Kate?

—¡Julian! ¡Hola! No sabía que estabas invitado esta noche.

—No lo estoy; me he pasado porque Molly me ha dicho que estabas aquí.

—¿La has visto?

Julian parece confuso.

—Eh, sí... Estaba sentada en la entrada del hotel con otros jóvenes.

—Ah, vale.

«Por favor, que no sea con Chesney», pienso.

—Me preguntaba si podría hablar contigo un momento —me pide Julian—. En privado.

Miro a Jack.

—Adelante —dice amablemente—. No pasa nada.

—Vuelvo en unos minutos —le digo, y le doy un beso en la mejilla.

Sigo a Julian hasta un bonito jardín en la parte trasera del hotel. El aire de la tarde es fresco, un cambio agradable con respecto al calor y la mala ventilación del salón de recepciones.

Encontramos un banco y nos sentamos a la luz del sol del atardecer.

—¿Qué pasa? —pregunto.

—Me voy de St. Felix —contesta Julian—. Mañana temprano; y quería hablar contigo antes de irme.

—¡¿Te vas...?! Pero ¿por qué? Todo está casi arreglado. No puedes irte ahora, Julian.

Después de haber dejado a Maggie, Susan y su hija en su casa de Penzance, y de haberles garantizado que no nos íbamos a fugar sin más con las fotos de Maggie y el original de Wilfred Jones, los acontecimientos se precipitaron. Primero fui a ver a Julian, le conté lo que Maggie me había revelado y le enseñé las fotos y el cuadro. Sus reacciones fueron diversas. Primero llegó la conmoción, luego la tristeza, e incluso soltó algunas lágrimas antes de que le invadiera la vergüenza por lo que había hecho su padre, seguida de la firme determinación de enmendar el error.

—Existe la posibilidad de que tu padre no haya robado los cuadros —le dije para suavizar un poco el golpe—. Puede que se los encontrara en alguna parte o que se los comprara al verdadero ladrón.

—Vamos, Kate —dijo Julian—, ¿no te creerás eso de verdad? Mi padre estaba en St. Felix en aquel momento, eso lo sabemos, y poco después se marchó a Estados Unidos. No hace falta ser un genio para saber por qué. Vio una oportunidad de usar a alguien que tenía talento para tratar de progresar en su propia carrera, y le funcionó.

—Pero ¿por qué volvió años después y compró la vieja casa de Freddie, quiero decir, de Wilfred? Seguramente no querría vincularse a ella.

—¿Culpa, tal vez? ¿Tal vez el viejo tenía algunos principios después de todo?

—Puede que sí. Lo digo en serio, Julian —insistí cuando puso mala cara—. Quizá sintió remordimientos por lo que había hecho, compró la casa y decidió amueblarla con copias de los cuadros de Wilfred. Nadie más sabría por qué, pero él sabría que las copias de los cuadros se habían devuelto al lugar donde se crearon originalmente...

—Te agradezco que intentes hacerme sentir mejor, Kate —respondió Julian—, pero en realidad no tienes por qué hacerlo. Lo conocía muy bien. Era muy capaz de hacer eso y no tener ningún remordimiento. No te hagas ilusiones de lo contrario.

Julian, Jack y yo viajamos a Londres para hablar primero con un abogado y luego con un experto en arte que Julian conocía y en el que confiaba, y a partir de ese momento las cosas se precipitaron.

Como Jack y yo esperábamos, las fotos de Maggie eran pruebas suficientes para demostrar que Winston James no era el autor de la mayoría de los cuadros que se le habían atribuido. Las fotos no solo mostraban a Wilfred Jones en el proceso de creación de algunos de sus cuadros, que ahora eran tan famosos, sino que también mostraban claramente muchas de sus otras obras, colgadas detrás de él en las paredes de su casa, que estaban en diversas etapas del proceso. Esto y el cuadro original de Maggie, que Freddie le había regalado y ella había atesorado todos estos años, junto con su testimonio escrito, iban a bastar para desacreditar a Winston James y permitir en cambio que se contara la historia de Wilfred Jones, para que fuera reconocido no solo por la comunidad artística mundial, sino también por el pueblo donde había vivido toda su vida.

Algo que no me esperaba, pero que sucedió con bastante rapidez, fue el interés de los medios de comunicación por la historia, y tuve que convertirme rápidamente en una experta en gestionar entrevistas con la prensa y en que me grabaran para las noticias locales e incluso nacionales. Por suerte, la mayor parte de la prensa no estaba interesada en realidad en Julian y la empresa; lo único que querían saber era cómo me las había arreglado para hacer de detective y resolver este encubrimiento.

Jack se había mantenido en un segundo plano, pero había sido de gran ayuda para que todo siguiera su curso, al igual que Julian, que también se había mantenido al margen, por razones obvias.

Como era de esperar, la policía se interesó por el asunto, pero, por suerte, tras las primeras investigaciones, comprobaron que Julian no tenía conocimiento de ningún robo por parte de su padre ni de que este hubiera hecho pasar las obras por suyas. Julian tenía un abogado muy bueno que estaba trabajando con él para arreglar el lío en el que se había metido la empresa de su padre, pero parecía confiar en que todo se resolvería y todos quedarían satisfechos.

Además, Julian nos había ayudado a poner en marcha nuestros planes para la nueva Fundación Wilfred Jones de St. Felix. Wilfred no tenía parientes vivos, por lo que nadie había dado un paso adelante para reclamar lo que ahora era su patrimonio.

—Y justo por eso me voy —dice Julian mientras estamos sentados juntos en los jardines del hotel—. Todo ha terminado aquí para mí; no tengo nada más que hacer. Jack y tú lo tenéis todo bajo control; mi utilidad ha llegado a su fin. De hecho, tenerme cerca podría causaros problemas si alguien descubriera que sigo involucrado en la fundación. Esta nueva labor no puede vincularse de ninguna manera con mi padre, para darle el comienzo limpio que se merece.

—Pero nos has ayudado tanto, Julian —le digo—. No te vayas ahora, antes de que la nueva galería se haga realidad.

—Me temo que debo hacerlo. Voy a utilizar parte de la herencia de mi madre para hacer un viaje.

—¿Un viaje? ¿A dónde?

—A todas partes. Voy a ver mundo, Kate. Me has demostrado que incluso en un lugar tan pequeño como St. Felix hay mucha gente y muchas experiencias nuevas. Si puedo encontrar todo eso aquí, ¡imagínate lo que descubriré en el mundo entero! Nunca me había parado a pensar en lo protegida que había sido mi vida hasta que llegué aquí y te conocí. Una vida privilegiada, sí, pero protegida. Me has abierto los ojos, Kate, y siempre te estaré agradecido.

«Qué extraña es la vida», pienso mientras abrazo a Julian. Si alguien me hubiera dicho hace unos meses, cuando lo conocí, que lo estaría abrazando y deseándole lo mejor de verdad, me habría reído en su cara. Julian me había parecido un hombre estúpido, ridículo y engreído, pero el tiempo y algunas circunstancias muy extrañas habían demostrado lo contrario.

–¿Estás seguro de que no puedes quedarte a ver cómo nace la galería? –vuelvo a preguntar–. Sé que la casa tardará en estar lista, pero me parece justo que estés para verlo. Después de todo, te perteneció.

Julian nos ha ofrecido la antigua casa de Freddie para convertirla en la Wilfred Jones Gallery, un lugar donde todos sus cuadros, junto con duplicados de las fotos de Maggie que muestran las pinturas en proceso, puedan exponerse para que todos los vean. Ahora mismo es un poco complicado debido a los problemas que hay con la Winston James Estate, pero tenemos grandes esperanzas de que la galería pueda abrir sus puertas en un futuro próximo.

Julian niega con la cabeza.

–No, no me quedo... Pero ¿podrías enviarme algunas fotos por correo electrónico? ¡Creo que hoy en día hay wifi en los sitios más remotos!

–Me encantaría, siempre y cuando me envíes a cambio fotos de tus viajes.

–Estaré encantado de seguir en contacto contigo, Kate. Ni que decir tiene.

–Casi me das envidia –le digo–. Te vas y viajas por el mundo mientras el resto de nosotros nos quedamos aquí, en una de las zonas más remotas de Cornualles. No es la selva amazónica, ¿eh?

—Pero a ti te gusta esto tal y como es —responde Julian, sonriéndome—. Te encanta estar aquí. Y St. Felix te adora. Por eso tengo una sorpresa para ti.

—¿En serio? ¿Qué es?

—No sería una sorpresa si te lo dijera, ¿no? No me hagas más preguntas; lo sabrás dentro de unos días, ¿vale?

Pongo cara de enfado, pero luego sonrío.

—Vale, tú ganas, supongo, pero ahora me tienes muerta de curiosidad.

—Te gustará. Te lo garantizo —me asegura—. Solo prométeme que lo aceptarás.

—¿Por qué no lo iba a aceptar? —pregunto, aún más desconcertada.

—Kate, ¿me lo prometes?

Asiento con la cabeza.

—Claro, te lo prometo.

—Estupendo. Ahora debo irme. Adiós, mi querida Kate, y gracias una vez más.

—No, gracias a ti, Julian, por facilitarnos tanto las cosas.

—Ha sido un placer —dice, poniéndose de pie—. De verdad. Me has liberado de mi prisión autoimpuesta y nunca podré agradecértelo lo suficiente.

Nos abrazamos de nuevo y luego veo a Julian caminar por un sendero que va desde el jardín hasta el aparcamiento del hotel. Me saluda por última vez y se va.

Suspiro. Voy a echar de menos a Julian y lo rarito que es. Ha sido tan comprensivo con el tema de su padre y nos lo ha puesto tan fácil para que Freddie tenga al fin el reconocimiento que se merece... Es una verdadera lástima que no vaya a estar aquí para ver los cuadros devueltos a donde pertenecen en realidad.

Todavía pensando en cuál podría ser su sorpresa, estoy a punto de volver a entrar en el hotel cuando oigo un griterío a la vuelta de la esquina. Camino en dirección al ruido, pero me detengo al ver lo que creo que es un grupo de jóvenes invitados discutiendo.

«No es asunto mío», pienso, y decido dejarlos tranquilos. No sería la primera boda en la que una pelea familiar forma parte de las celebraciones. Estoy a punto de darme la vuelta cuando me doy cuenta de que la espalda de una de las personas me resulta familiar. Es Ben.

Cuando voy a moverme de nuevo, oigo lo que dice.

—Repítelo —le dice a otro chico en tono tranquilo pero enérgico.

—Tu padre es un lisiado inútil —responde el otro con voz burlona—. Y tú eres un gay pajillero.

Suelto un grito ahogado y me llevo automáticamente la mano a la boca, pero el grupo está lo bastante lejos como para no oírme.

Ben se limita a asentir despacio con la cabeza, se adelanta con la misma lentitud y se coloca delante del chico, a quien le saca al menos una cabeza.

—Debería darte un puñetazo por eso —dice en voz baja—. pero entonces me rebajaría a tu nivel, cosa que no me apetece mucho, así que te voy a pedir educadamente que retires lo dicho.

—¿Retirar qué? —se burla el chico, que ahora veo claramente que es Chesney—. Es la verdad, ¿no?

Hay una pausa horrible y por un momento pienso que Ben va a pegarle. Yo sí que quiero pegarle a Chesney, así que no tengo ni idea de cómo se está conteniendo Ben.

—Vamos, Molly —dice con calma—. ¿Volvemos adentro?

Para mi espanto, de repente me doy cuenta de que Molly también es una de las personas que están de pie en el grupito, y tengo que contenerme para no salir corriendo e involucrarme de inmediato.

—¡Molly no quiere ir contigo, maricón! —se burla Chesney—. ¿Verdad, Molls? Es mi novia, ¿verdad, nena?

Molly se queda callada durante lo que parece una eternidad, pero que en realidad son solo unos segundos, antes de ponerse delante de Chesney y decir en voz baja y, si no fuera mi hija a la que estoy escuchando, diría que seductora:

—¿Chesney?

—¿Sí, nena? —responde Chesney, apartando la mirada de Molly para sonreírle triunfante a Ben.

—Ya no soy tu novia —Molly habla ahora en voz alta y dominante para que todos la oigan—. Rompí contigo hace siglos; lo sabrías si no fueras tan tonto, así que lo último que quiero es ir a ningún sitio contigo, ¡neandertal homófobo!

Vuelvo a soltar otro grito ahogado, pero esta vez no me molesto en taparme la boca, porque tengo la mano agarrada con fuerza a un canalón para impedir que me precipite hacia delante y rescate a mi hija.

El rostro de Chesney se ensombrece, da un paso adelante y agarra a Molly.

—Serás zorra —murmura—. Te vas a enterar.

Ben también se adelanta, pero llega demasiado tarde. En un movimiento hábil, Molly consigue apartar las manos de Chesney y luego le da un codazo en el estómago para tirarlo al suelo.

—Aquellas clases de defensa personal en la escuela fueron muy útiles. Lástima que tú no estuvieras, Chesney; podrías haber aprendido algo —dice, arreglándose la blusa y pasándose las manos por los vaqueros.

Luego camina victoriosa hacia Ben y se cogen del brazo.

—Vamos, hermanito —dice, feliz, mirándolo—. Volvamos a la fiesta.

Me escondo rápidamente detrás de la esquina para que Molly y Ben no me vean mientras entran en el hotel cogidos del brazo.

Mientras intento controlar mi respiración entrecortada antes de volver a reunirme con ellos, me siento más orgullosa que nunca de mi hija.

Se ha hecho mayor.

Treinta y siete

Seis meses después...

St. Felix, septiembre de 1959

Clara y Arty salen de la pequeña iglesia de St. Felix irradiando felicidad y amor.

Clara es una novia preciosa, con una de sus propias creaciones: un vestido rosa pálido ceñido a la cintura y una chaqueta rosa pálido a juego. Rezuma felicidad mientras se agarra con fuerza al brazo de su nuevo marido, que hoy está increíblemente elegante con su flamante traje y corbata, muy distinto de su atuendo habitual: el delantal suelto de pintor y pantalones salpicados de pintura.

Maggie aparece detrás de ellos con un vestido de flores en el mismo tono de rosa que su madre, con todo el aspecto de una dama de honor guapa y orgullosa tras presenciar a sus dos personas favoritas en el mundo declararse su intención de pasar el resto de sus vidas juntos.

Mientras se fotografían con sus amigos y familiares, el grupo, encantado, no puede contrastar más con la escena que tiene lugar en el cementerio, en la parte trasera de la iglesia.

Hay un hombre de pie delante de una lápida nueva y reluciente, mirándola con tristeza. Va bien vestido: lleva unos zapatos brillantes y caros y un traje a medida que, sin duda, no ha comprado en la tienda local de artículos para caballeros, sino en algún lugar del extranjero.

—Lo siento —le dice a la lápida—. Lo siento de verdad.

Mira a su alrededor para ver si alguien lo observa, pero no hay nadie, solo el murmullo lejano de la gente charlando animadamente y el sonido de las campanas de la iglesia, que señalan el final de la boda que, para su horror, ha visto que se celebra hoy.

Pero no puede cambiar de planes. No estará aquí en St. Felix el tiempo suficiente; es una visita relámpago. Mañana viaja de vuelta a Estados Unidos, después de haber conseguido, a un alto coste, un asiento en uno de los nuevos vuelos transatlánticos de Londres a Nueva York. Es mucho más caro que el barco pero mucho más rápido, y lo que no tiene hoy en día es tiempo, debido a su reciente éxito al otro lado del Atlántico.

Sin embargo, hoy ha tenido que visitar este lugar para presentar sus respetos y asegurarse de que hayan hecho y colocado como es debido la lápida que ha pagado anónimamente. Se ha alegrado mucho al comprobar que así ha sido y que es tal y como esperaba. A pesar de que esta lápida algo extravagante marcará ahora de forma permanente el último lugar de descanso del hombre que le estaba ayudando a alcanzar la fama y la fortuna, no ayuda a aliviar su sentimiento de culpa. Ningún regalo monetario podría.

—Lo siento, Freddie —repite el hombre, mientras una lágrima le cae por la mejilla—. De verdad, lo siento. Tú eras, y siempre serás, el mejor de los dos. No debería haber hecho lo que hice. Vi una oportunidad y la aproveché sin pensar. Nunca imaginé que despegaría de esta manera. Pensé que quizá tus cuadros me harían llamar la atención un poco más y conseguir que reconocieran los míos, pero debería haber sabido que solo querrían tus obras. Tus creaciones inocentes, libres de la corrupción de la codicia, algo que yo nunca podría aspirar a conseguir. Quizá algún día alguien sepa la verdad. Sabrán el genio que eras y lo cobarde y patético que soy yo. Hasta

entonces, solo puedo ofrecerte de nuevo mis más sinceras
disculpas, y espero que este monumento y tu casa, que tengo la
intención de comprar cuando salga a la venta y decorar como
un santuario para ti, sirvan para compensarte un poco.

Las imágenes se desvanecen como siempre, y nos dejan con un cuadro de una iglesia y, delante, un trozo de fieltro bordado en forma de lápida.

—Bueno, menuda mezcla de emociones —le digo a Jack mientras nos acomodamos como siempre para hablar de nuestra última inmersión en el pasado de St. Felix, siempre tan intenso e interesante. El caballete y la máquina de coser llevaban tanto tiempo sin ofrecernos nada que empezábamos a preguntarnos si íbamos a recibir más de sus creaciones únicas—. Qué bonito ver a Clara y Arty el día de su boda, pero no sé qué me parece ver a Winston James en la tumba de Freddie.

—¿Cómo sabes que era Winston? —pregunta Jack—. Solo suponemos que era él.

—He visto una foto suya, creo que en la galería, con sus cuadros... Bueno, los cuadros de Freddie. ¿No la viste cuando fuimos?

—Sí, el tipo me resultaba familiar, pero no sabía quién era. Era mucho más joven ahí —señala el cuadro— que en la foto, pero se ve el parecido con Julian.

—Sí, se nota. Pobre Julian. Intenté decirle que tal vez su padre tuviera algún remordimiento por sus acciones, pero no lo aceptó. En realidad tampoco puedo decirle que tenía razón, ¿no? ¿Cómo iba a saberlo?

—Eso ha sido lo más difícil de todo —dice Jack, mirando de nuevo al caballete—. Tratar de ocultar cómo llegamos a saber tanto sobre Freddie, Maggie, Arty y Clara. Creo que nos las arreglamos para que nuestra historia sonara convincente, ¿no?

—No creo que a nadie le importara cómo lo supimos una vez que demostramos que teníamos razón. Todo el mundo estaba contento de que se hubiera hecho justicia y de que se hubieran encontrado los cuadros perdidos de Freddie.

—La cara de Maggie fue increíble cuando se lo dijimos, ¿verdad? —dice Jack con nostalgia—. Todavía puedo ver su expresión de euforia total.

—Y de repente estaba en paz. Parecía que se había quitado años de encima. Era algo que había llevado consigo toda la vida. Estoy deseando que vea la galería cuando se inaugure; será el final perfecto para esta historia.

—Sí, es verdad. Pero me sigue pareciendo extraño —añade Jack— que nos hayamos visto envueltos en todo esto.

—Quizá nunca sepamos por qué. —Me encojo de hombros—. Pero ¿acaso importa ahora? Hemos logrado algo muy importante con la ayuda de una máquina de coser antigua y un viejo caballete maltrecho.

—¿Por qué lo tuyo es antiguo y lo mío viejo y maltrecho? —pregunta Jack, sonriendo—. Creo que han hecho su parte por igual.

—Así es. Quizá deberíamos reunirlos alguna vez para que puedan saludarse de nuevo.

—Saludarse de nuevo —se burla Jack—. Hablas como si fueran reales.

—Bueno, es que no son normales, ¿no?

—Es verdad. ¿Crees que les gustaría reunirse? Me refiero a de forma permanente...

Miro a Jack, interrogante. ¿Está diciendo lo que creo que está diciendo?

—Sí, Kate, te estoy preguntando si te gustaría que nos fuéramos a vivir juntos. Sé que no hace mucho que nos conocemos, pero...

–Sí –digo rápidamente, antes de que cambie de opinión–. Sí, Jack, me gustaría. Me encantaría.

La sonrisa de Jack se ensancha aún más y estamos a punto de darnos un beso cuando giro la cabeza de repente y Jack acaba besándome la mejilla.

–Oye –digo, mirando al caballete–. ¿Cómo ha pasado eso?

–¿El qué? –pregunta Jack, siguiéndome con la mirada–. Pero ¿qué...?

El caballete que hasta hace un momento albergaba un cuadro de una iglesia ahora muestra un cuadro de una casa erguida con elegancia en lo alto de una colina, y mi fieltro con forma de lápida es ahora una puerta. Una puerta azul.

–Es la casa –susurro, emocionada, mientras ambos miramos asombrados el caballete–. La casa en la que vivían Clara, Arty y Maggie. Es la casa de la puerta azul, Jack.

–Júntala –dice Jack, con una voz mucho más calmada que la mía–. La puerta, quiero decir. Hazla coincidir con la del cuadro.

Hago lo que me dice: emparejo con cuidado las dos creaciones y, como siempre ocurre, los colores empiezan a arremolinarse de inmediato para formar una nueva imagen en movimiento que se va enfocando poco a poco.

Mientras observamos las imágenes, un coche pasa por la carretera de delante de la casa, seguido de un hombre en bicicleta. Lleva casco y una traje ajustado de ciclista de licra de colores vivos.

–¡No estamos en los cincuenta! –le grito a Jack–. No puede ser. Es como ahora.

Jack guarda silencio mientras entramos en este nuevo mundo moderno.

Una mujer que lleva una bolsa de la compra reutilizable y va hablando por el móvil atraviesa la puerta. Está de espaldas a nosotros, así que no podemos verle la cara, pero es alta y tiene el pelo largo y oscuro; un perro viejecito, un cruce entre un labrador y un *golden retriever,* camina despacio detrás de ella.

Termina la llamada, se acerca a la puerta principal y saca una llave del bolsillo, pero, cuando está a punto de meterla en la puerta, esta se abre de golpe y un hombre la saluda con una sonrisa cariñosa. Al entrar, la mujer tiene que agacharse para besarlo, porque va en silla de ruedas.

–Somos nosotros –susurro en voz tan baja que apenas puedo oírme–. Somos nosotros, Jack, y ese es Barney, que me sigue al entrar por la puerta.

Siento que la mano de Jack coge la mía mientras seguimos observándonos.

La mujer, que puedo ver claramente que soy yo ahora que se ha dado la vuelta, sonríe de repente a alguien que viene por el camino detrás de ella, y no tardamos en reconocer las versiones algo mayores de Molly y Ben jugueteando mientras caminan hacia la casa, empujándose y dándose codazos como suelen hacer los hermanos. Llevan un segundo perro con correa, esta vez un cachorro de labrador color chocolate.

Entonces, justo cuando me muero de ganas de ver más de lo que solo podemos ser nosotros en el futuro, la puerta de la casa se cierra tras ellos y la imagen empieza a desvanecerse...

–¡No! –grito–. No, quiero ver más.

Me vuelvo hacia Jack, esperando que diga algo parecido, pero en vez de eso veo su cara descompuesta y una lágrima recorriéndole la mejilla.

–Entonces, ¿aún me quieres en el futuro? –dice Jack, más como observación que como pregunta–. No te cansas de estar conmigo.

Se seca la lágrima que se le ha escapado.

–¡Por supuesto que te quiero! ¿Por qué piensas que no querría estar contigo? Te quiero, Jack. Sabes que te quiero.

–Yo también te quiero, Kate. Más de lo que crees.

Mientras intentamos besarnos, mi teléfono empieza a sonar en el bolso.

–Déjalo –digo, inclinándome de nuevo hacia Jack–. No será importante. –Pero, en cuanto se apaga, vuelve a sonar–. No te preocupes; esta vez dejarán un mensaje si es importante.

La tercera vez que suena, Jack insiste en que conteste.

–Será mejor que contestes, Kate. Parece urgente.

De mala gana, me agacho y rebusco en el bolso, pero, como sospechaba, es un número desconocido. Vaya momento para recibir una llamada de publicidad.

–¡¿Sí?! –contesto agresivamente al teléfono–. ¿Quién es?

–Kate –dice una voz lejana–. Kate, ¿eres tú?

–¡Julian! –exclamo–. ¿Dónde estás? Parece que estás en el quinto pino.

–Lo siento... La línea no es muy buena aquí... Se corta bastante... ¿Te gusta tu sorpresa?

–¿Qué sorpresa? –le pregunto.

–¿Recibiste el correo electrónico?

–¿Qué correo? –digo–. ¿Qué correo, Julian? Te estoy perdiendo... Julian, ¿puedes oírme? –grito al teléfono.

–Sí, todavía te oigo... Pero ¡muy poco! Tendré que darme prisa. Podría... en cualquier momento. Deberías haber recibido un correo electrónico, Kate, del... abogado. Te estoy regalando la casa. La que te gustaba en St. Felix... la casa en la colina con la puerta azul... Toda tuya.

–¿Qué quieres decir con «toda mía»? ¿Cómo?

–¡La he comprado, Kate! –responde Julian, que ahora también está gritando–. Acordé... muy buen precio con... Susan y... tu Maggie... Querían que la tuvieras... La compré con el dinero de mi madre... hace... Ahora te la doy para que vivas en ella... Para darte las gracias.

–¡No, Julian, no puedes hacer eso! –grito–. No lo puedo aceptar. Si la has comprado, es tuya.

–Lo siento, Kate... perdiendo –dice Julian, que suena cada vez más débil–. El abogado se pondrá en contacto... lo que Maggie quería y tú me lo prometiste, ¿recuerdas?

La línea se corta.

Me quedo mirando a Jack. Parece tan desconcertado como me siento yo ahora.

–Julian nos va a regalar la casa –digo despacio, para que Jack y yo podamos asimilarlo todo.

Los últimos minutos han sido una completa locura.

–¿Qué casa? –pregunta Jack.

–La casa del cuadro, la de la puerta azul. Es nuestra.

–¿Cómo puede hacer eso?

–Creo que ha dicho que ha acordado un buen precio con Susan y que tanto él como Maggie quieren que vivamos allí.

–Me preguntaba cómo íbamos a pagar esa casa –dice Jack, sonriéndome–. Creía que tendríamos que ganar la lotería o algo así.

Sonrío y niego con la cabeza. Confío en que Jack me devuelva a la realidad.

Vuelvo a mirar el cuadro e intento mover la puerta para que las imágenes cobren vida de nuevo. Quiero ver más de mi futuro con Jack.

Sin embargo, esta vez las imágenes permanecen inmóviles.

–Creo que ya está –dice Jack, observándome–. Creo que es el final de nuestros días como guardianes de estas imágenes mágicas.

–Un final muy feliz –le digo, sentándome de nuevo a su lado y cogiéndole la mano– para todo lo que ha creado y confeccionado una pequeña máquina de coser increíble...

–Y un caballete muy inteligente –termina Jack por mí.

–Que sus dueños pasados y presentes estén unidos para siempre.

Agradecimientos

¡Hola, querido lector!
Gracias por elegir este libro.

Tanto si es tu primer libro como si es el undécimo de los que he escrito, espero que lo hayas disfrutado y que te anime a leer más novelas mías en el futuro.

Siempre me gusta escribir sobre St. Felix y la gente que vive allí, ¡y me encanta que lo disfrutes tanto como yo! Ya he vuelto tres veces a este mágico pueblo de Cornualles, y espero poder contaros muchas más historias de allí pronto.

Pero, además de darte las gracias a ti, querido lector, también me gustaría darles las gracias a otras personas que han contribuido a que este libro sea lo que es: a Hannah Ferguson, mi fantástica agente; a Maddie West, mi maravillosa editora; a todo el fabuloso equipo de Sphere and Little, Brown, incluidas Clara Díaz, Tamsyn Berryman y mi nueva editora, Darcy Nicholson; a mi increíble familia: Jim, Rosie, Tom y nuestros dos perros, Oscar y Sherlock. No podría hacerlo sin ninguno de vosotros.

También me gustaría enviar un agradecimiento póstumo especial al artista de St. Ives, Alfred Wallis, en quien me inspiré para el personaje de Freddie, y cuya historia real me dio la idea para este libro.

A todos vosotros os envío mi cariño y mi agradecimiento por todo lo que hacéis.

Besos,
Ali

Índice